은빛까마귀

나남
nanam

고승철

부산, 통영, 마산 등 항도(港都)에서 유년시절을 보내며 바다 너머 세계를 동경했다.
서울대 경영학과 졸업, 고려대 대학원 경영학 박사과정 수료, 미국 인디애나대 연수.
경영학이란 창(窓)을 통해 삶과 재화(財貨)의 상관관계를 바라보려 했다.
경향신문 파리특파원, 한국경제신문 산업2부장, 동아일보 경제부장 및 출판국장 등으로
27년간 언론계에서 활동했다. 취재 또는 개인여행으로 40여 나라를 찾아 인식의 지평을
넓힌 체험을 소중한 자산으로 삼는다.
장편소설《서재필 광야에 서다》를 출간하며 소설가로 데뷔했다.
《학자와 부총리》《밥과 글》《CEO 책읽기》등 기자 경험을 바탕으로 한 저서도 냈다.
대학강의(고려대 미디어학부 등)와 책읽기, 글쓰기, 심신수련 등으로 알찬 일상을
보내려 노력한다.

나남창작선 90
은빛까마귀

2010년 7월 25일 초판 발행
2010년 7월 25일 초판 1쇄

저자_ 고승철
발행자_ 趙相浩
발행처_ (주) 나남
주소_ 413-756 경기도 파주시 교하읍
       출판도시 518-4
전화_ 031) 955-4600 (代)
FAX_ 031) 955-4555
등록_ 제 1-71호(79. 5. 12)
홈페이지_ www.nanam.net
전자우편_ post@nanam.net

ISBN 978-89-300-0590-6
ISBN 978-89-300-0572-2(세트)
책값은 뒤표지에 있습니다.

권력자에 저항하는 마이너리티의 통쾌한 반란!

은빛까마귀

고승철 장편소설

나남
nanam

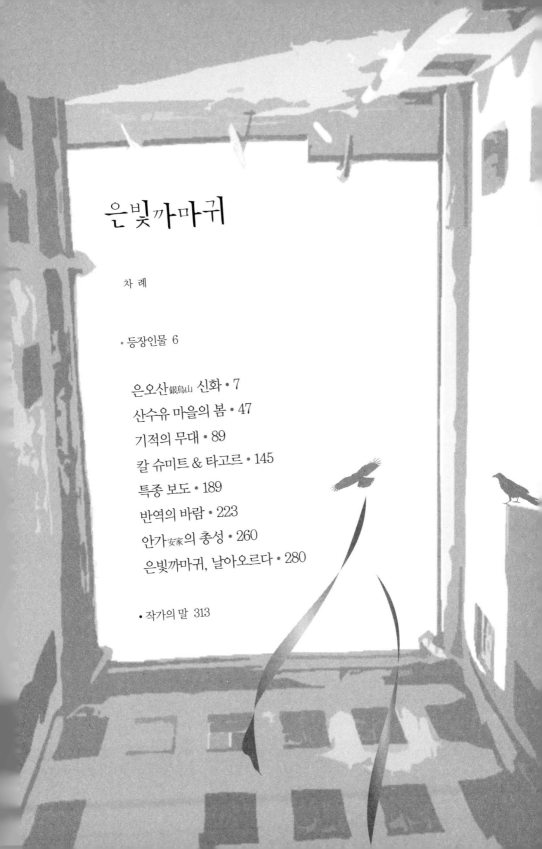

은빛까마귀

차 례

등장인물

시　현: 카이스트를 졸업한 20대 여기자. 대통령 비리를 특종보도함.

김시몽: 현직 대통령(작품에선 '통령'으로 불림). 헌법 개정으로 재선을 노림.

두희송: 외인부대 출신. '베드로'라 불리며 신부에 의해 양육된 행동주의자.

김종률: 전직 장관. 대통령의 오랜 후원자인 '킹 메이커'.

김장권: 대권을 꿈꾸는 현직 도지사. 청년시절엔 '7공자' 중 한 사람.

암브로시오: 한센병 환자를 돌보는 벨기에인 천주교 신부.

가희복: 청년시절 김시몽의 애인. '소피아'라 불리며 민간요법에 능통함.

음태출: 떠돌이 사진사로 대통령의 비리를 촬영함. 가희복의 남편.

용재훈: 독서에 열중하는 청년. 시현을 사모하며 사회개혁을 꾀함.

반윤식: 시현의 신문사 선배 기자. 언론 정도를 걸으려 노력함.

성종문: 유명한 칼럼니스트인 신문사 주필.

전지연: 뮤지컬 가수. 두희송의 아내.

황영국: 도청 대변인. 뉴욕특파원을 지낸 전직 언론인.

최양묵: 도지사 비서실장.

시상춘: 도청 총무과장. 주인공 시현 기자의 아버지.

홍순창: 대통령 안가 경호팀장.

은오산銀烏山 신화

1

배코를 친 정수리에서 푸르스름한 기운이 솟았다. 중늙은이 남자는 시퍼렇게 날이 선 작은 도끼를 머리 위로 들어올렸다. 도끼 자루를 쥔 양손이 부르르 떨린다.

퍽!

도끼날이 물컹한 땅거죽을 내려치자 가벼운 파열음과 함께 땅이 쩍 갈라진다.

퍽, 퍽, 퍽….

"웬 도끼예요?"

아내인 듯한 초로의 여성이 눈을 동그랗게 뜨며 물었다.

"가만 가만…."

남자는 제의(祭儀)를 진행하는 듯 엄숙한 표정으로 도끼질에 열중한다. 숨이 차 콧김이 허옇게 나오는데도 입을 굳게 다문 채 도끼 자루에 힘을 쏟는다. 누르스름한 땅 속살이 드러났다. 자궁같이 아담하고 아늑한 공간이 생겼다.

남자는 이마에 흐르는 땀을 오른손으로 스윽 닦고 배낭에서 보라색 공단 보자기에 싼 자그마한 상자를 꺼냈다.

"여보, 안에 든 게 뭐예요?"

"훗날 열어보면 알아요."

"무언데요?"

"……."

"보석상자예요?"

"폭탄이오."

"예?"

"놀라기는… 농담이오. 당신에게 줄 선물도 있고…."

남자는 말을 흐렸다. 그는 상자를 구덩이에 넣고는 두 손으로 정성스레 흙을 떠서 덮었다.

그가 일을 마치고 숨을 헐떡거리며 너럭바위에 앉자 아내가 남편의 얼굴에 맺힌 땀방울을 손수건으로 닦아준다. 키가 껑충한 남편에 비해 아내는 체구가 자그마해서 얼핏 보면 어른과 아이가 앉아 있는 듯하다. 부부는 황토색 누비 개량한복을 입었다. 아내는 보온병을 꺼내 남편에게 차를 따라 준다.

"뽕잎차, 이거 맛이 무덤덤하구만."

"중풍 예방에 좋다고 하잖아요."

"근거가 있는 이야긴가?"

"뽕잎이 가진 루틴이라는 물질이 혈액순환을 촉진한답니다."

아내는 남편의 손을 잡고 경혈을 찾아 엄지를 곧추 세워 꼭꼭 누른다. 남편의 오른손 검지 끝부분인 상양(商陽) 자리를 지그시 누르자 남편의 굵은 눈썹이 움찔한다. 남편은 아내에게 손을 맡긴 채 땅바닥을 응시하다 감탄사를 내뱉는다.

"햐! 저기 보라색 꽃… 예쁘게 생겼네. 가지런히 뻗은 잎이 몇 갠가?"

아내는 남편의 눈길이 머문 곳을 쳐다본다.

"삿갓나물이에요. 잎이 일곱 개여서 칠엽일지화(七葉一枝花)라고도 하지요."

아내가 일어서서 몇 걸음 걸어가 삿갓나물을 뽑으려 하자 남편이 소리친다.

"잠깐, 사진부터 좀 찍고…."

남편은 구닥다리 라이카 카메라를 배낭에서 꺼내 여러 차례 셔터를 눌렀다.

찰칵! 처연(凄然)한 색조에서 의연한 기품을 뿜어내는 꽃….

"필름 아깝잖아요. 인터넷을 뒤지면 삿갓나물 사진이 수두룩한데…."

"내 손으로 만들어야 진짜 사진이지."

그는 접사렌즈를 끼워 여러 장 더 찍었다. 찰칵!

"이것, 무엇에 쓰려나?"

"그늘에서 말려 하룻밤 물에 담갔다가 약으로 쓰지요. 위장병이나 불면증에 효험이 있어요. 이 뿌리를 보세요. 인삼처럼 생겼지요? 이 뿌리를 조휴(蚤休)라 하는데 독사에 물렸을 때 해독약으로 그만이랍니다."

"허허, 당신 이제는 한의학에도 박사가 다 됐구만."

"무슨 그런 말씀을…."

"의술 실력으로 따지자면 당신이 의사 열 명보다 낫지."

"듣기 민망해요. 칠엽일지화 전설이나 들어보세요."

아내는 다시 남편의 손을 주무르며 노래하듯 높낮이를 바꿔가며 이야기를 한다.

"옛날 옛적, 섭씨(葉氏) 집안에 아들 일곱과 외동딸이 살았답니다. 어느 날 이무기가 마을에 나타나 사람과 가축들을 마구 잡아먹었어요.

이무기 퇴치에 나선 일곱 형제들도 힘이 달려 죽었습니다. 여동생은 오빠 원수를 갚으려 낮에는 무예를 닦고 밤에는 갑옷을 만들었지요. 49일 만에 완성한 갑옷을 입고 나선 여동생도 이무기에게 잡아먹히고 말았답니다. 바늘로 만든 갑옷을 삼킨 이무기는 배가 아파 뒹굴며 죽었답니다. 이무기가 죽은 곳에서 싹이 돋아 깃잎 일곱 개와 한 송이 꽃으로 자랐지요. 의로운 남매가 꽃으로 태어났지요."

"여기 은오산 전설도 신비롭지 않소?"

"은색 은(銀), 까마귀 오(烏)라는 산 이름부터가 범상치 않잖아요. 은빛 까마귀가 요즘도 가끔 나타난다고 하지요. 그 까마귀를 보는 사람은 선계(仙界)로 간다 하는데 ⋯."

"마음이 맑은 사람 눈에는 보이는 법이오."

해발 500미터 급의 자그마한 산인 은오산(銀烏山). 여기저기에 기암괴석이 솟았고 계곡엔 물이 철철 흘러 여느 웅장한 산 못잖다. 늦가을 단풍은 금강산, 내장산을 방불케 한다. 하지만 워낙 외진 곳이라 덜 알려졌다. 백두대간을 여러 번 종주한 등산 전문가도 잘 모른다. 희부연 안개에 파묻힌 날이 많아 외부인의 눈에는 잘 띄지 않는다.

"저기, 많이 변했소."

"상전벽해지요."

부부는 산기슭에 자리 잡은 '글로벌 빌리지'를 내려다보며 말했다. 전체 모양이 세계지도와 엇비슷하게 생겼다. 글로벌 빌리지(지구촌)라는 이름에 걸맞게 인공적으로 그렇게 조경작업을 했다.

칵, 카~악, 카깍 ⋯.

"무슨 소리에요?"

아내가 소리 나는 곳으로 시선을 향하며 남편에게 묻는다.

"까마귀 울음소리 아닌가?"

카앍, 카 악, 칵, 칵···.

"여러 마리겠지요?"

"그런 것 같소."

푸드드, 푸드드득···.

새 날갯짓 소리가 들린다.

후드드, 후드드득···.

까마귀 대여섯 마리가 부부의 머리 위로 날아간다. 그 가운데 몸통이
큰 한 마리는 거의 수직으로 치솟는다. 힘차게 용솟음치는 기운이 놀랍
다. 그 까마귀는 하늘 저 멀리 아득한 곳으로 표표히 사라진다.

"저게 은빛 까마귀가 아닌가?"

"글쎄요. 너무 빨리 치솟는 바람에 제대로 못 봤네요."

"아까운 기회를 놓치고 말았네···."

"다음에 또 와서 보기로 하지요."

"다음이라··· 다음이 언제가 될꼬?"

남자는 독백을 하며 구부정한 허리를 펴서 일어섰다. 그는 상자를 묻
은 곳에 봉긋 솟은 흙더미를 발로 조심스레 밟았다. 그의 정수리에 비
친 희미한 석양 햇살이 빛을 번쩍 반사한다.

·

2

매봉에 오른 20대 남녀가 넓적한 바위를 발견하고 그 위에 나란히 앉
는다. 둘 다 청바지 차림이다. 젊은 여성은 높은 굽 구두를 신어 등산
복장과는 거리가 멀다. 이들은 호젓한 곳을 찾다가 산속으로 빨려 들어
왔다.

봉우리에 부는 차가운 늦가을 바람 때문에 이들은 오들오들 떤다. 추위를 핑계로 딱 달라붙고 싶었지만 이들은 아직 서먹서먹한 관계여서 거리를 두고 앉았다. 청년은 어깨가 떡 벌어지고 근육이 발달된 체형이다. 여성은 긴 생머리가 돋보인다.

"저기 보이는 글로벌 빌리지는 여느 영어마을과는 어떻게 달라요?"

얇은 스웨터 위에 춘하복 재킷을 입은 여성이 어깨를 잔뜩 움츠린 채 말문을 열었다.

"영어 말고도 중국어, 러시아어, 불어 같은 외국어 사용구역도 설치됐지요. 여러 나라 외국인 강사들이 함께 살았답니다."

"그 외국인들은 왜 떠났나요?"

"방문객 발길이 뚝 끊어지는 바람에 ⋯."

"지금 일하는 레스토랑에서 월급은 얼마나 받아요?"

"편의점 갑절 정도⋯. 요즘엔 손님이 거의 없어 돈을 못 받는답니다."

"그러고도 그냥 참아요?"

"사정을 뻔히 아는 처지여서 ⋯. 몇 달 치 월급으로 와인 다섯 병, 초콜릿 열 통을 받았죠. 돈 대신에 ⋯. 지난 추석 때 제가 드린 르 세드르, 그게 그 와인입니다."

"피땀 맺힌 와인인 줄 몰랐네요. 우리 아빠에게 드렸더니 엄청 좋아하시던데요. 아빠는 그 와인을 직장 상사에게 상납하셨대요."

파란색 점퍼를 입은 청년은 손에 쥔 비닐 쇼핑백에서 과자봉지와 생수병을 꺼냈다. 봉지에는 초콜릿이 들어 있었다.

"이 초콜릿도 그때 받은 거예요?"

"예. 벨기에산 고디바라는 명품입니다. 맛을 보세요."

청년은 조개모양의 초콜릿 하나를 꺼냈다. 여성의 입에 넣어줄까 하다가 멈칫하고 그냥 손에 건네준다.

"아! 달콤하네요."

"이것 한 알값이 자장면 한 그릇과 맞먹는답니다."

"그렇게나 비싸요? 모양이 예쁘고 맛이 좋긴 한데….."

"브랜드값이죠. 소비자는 초콜릿보다는 브랜드에 돈을 내는 셈이죠."

"명품 마케팅이라는 게 다 그런 원리 아니겠어요?"

"명품은 소비자의 과시욕에 기생하는 마약 같은 존재…."

청년은 분풀이를 하려는 듯 어른 주먹만 한 돌을 집어 허공으로 휙 던진다. 돌은 포물선을 그리며 건너편 숲속으로 날아간다.

"매사 너무 심각한 편이네요?"

"명품, 명문학교, 명문가, 명사…. 이런 것들은 인간의 허위의식이 빚어낸 산물입니다. 탤런트 사유리 있잖아요. 얼마 전에 씨에프 모델료로 10억 원을 받았답니다. 울화통이 터지더군요. '인간 명품'은 나 같은 잡제품과는 사람값이 달라요."

"졸업 앨범사진 찍을 무렵에 나도 그 소식을 듣고 열이 올랐어요. 나는 적잖은 돈을 내고 사진을 찍는데 유명 모델은 거액을 받으니…."

둘은 초콜릿을 씹으며 얼굴을 마주 봤다. 청년이 낯빛을 약간 붉히며 말을 이었다.

"사유리의 에스라인 몸매, 찰랑거리는 머릿결, 고혹적인 눈매…. 이런 것은 영상 이미지가 만들어낸 허구에 불과해요. 시뮬라크르일 뿐이죠."

"시뮬라크르?"

"존재하지 않는 대상물을 마치 실재하는 것처럼 만든 조작물…. 철학용어죠."

"허상이란 뜻인가요?"

"그렇게 이해하시면 되겠네요. 음… 우리가 사는 현실은 어쩌면 진짜

현실이 아닐 수 있어요."

"무슨 뜻이죠?"

"중국 고전 《장자》를 보면 호접몽(胡蝶夢) 이야기가 나와요. 장자가 꿈속에서 나비가 돼 훨훨 날아다녔는데 자신이 사람임을 알지 못했죠. 문득 깨어 보니 다시 사람으로 변신했어요. 장자가 나비 꿈을 꾸었는지 나비가 사람 꿈을 꾸었는지 알 수 없었다는 것이죠. 데카르트의 《성찰》에도 거의 비슷한 얘기가 나옵니다. 데카르트가 《장자》를 읽지는 않았겠지만 …."

청년은 쇼핑백에서 책 한 권을 꺼내 여성에게 보여준다.

"이 책 저자는 장 보드리야르라는 프랑스 학자입니다. 이 분의 문장은 난해하기로 악명이 높답니다. 이 책을 보니 시뮬라크르 현상이 심화되면 진짜 가짜를 구분하지 못한다고 경고했더군요."

"설마?"

"과학기술이 발달하면 그런 현상이 생길 수 있지요. 복제인간이 너무 정교해지면 진짜와 가짜가 혼동되지 않겠어요?"

여성이 윤기 흐르는 생머리를 찰랑거리며 고개를 끄덕이자 청년은 신이 나서 다른 책을 꺼낸다. 표지에 저자의 얼굴 사진이 큼직하게 실렸다.

"멋있게 생겼죠? 질 들뢰즈입니다. 역시 프랑스 철학자 …."

"들뢰즈? 생소한데요."

"이 분의 이론 가운데 차이의 의미를 강조한 부분이 마음에 들더군요."

"차이라뇨?"

청년은 단풍잎 몇 개를 집어 들고 말을 잇는다.

"자, 여기 단풍잎들을 잘 살펴 보세요. 색깔이 조금씩 다르죠?"

"예, 그렇네요."

"다섯 손가락 모양의 이 단풍나무 잎은 그야말로 정통파 단풍잎이죠. 타원형의 이 잎은 사람주나무와 배롱나무 잎입니다. 붉은 빛이 덜하지요?"

"예 …."

"우리는 흔히 붉은 단풍잎이라며 단풍 색깔을 같이 표현하지만 색조 차이가 분명히 있죠. 그 차이를 인정하고 존중해야지요."

"단풍잎까지 존중한다고요?"

"작은 단풍잎의 특이성을 인정하는 것, 중요한 개념이죠. 소수 약자의 권리를 존중하는 개념과 같은 흐름입니다."

"논리의 비약 같은데요. 그래도 듣기엔 그럴듯하네요."

"타인과의 차이를 인정해야 톨레랑스, 즉 관용이 생겨요. 한국에 사는 수십만 외국인 노동자들의 문화를 존중해야죠."

차이, 소수 약자, 톨레랑스….

익숙하지 않은 어휘에 여성은 대답을 잊고 멍한 표정으로 단풍잎을 응시했다.

눈송이 하나가 여성의 하얀 목덜미에 톡 떨어졌다.

"앗, 차가워."

해가 저물어 사방이 컴컴해진다. 청년은 벌떡 일어선다.

"얼른 내려가시죠."

"예."

여성은 대답은 그렇게 하면서도 몸이 굼뜨다. 그녀는 추위에 몸을 바들바들 떨면서 바위 위에 깔린 색색의 단풍잎을 주워 핸드백에 담는다. 청년도 단풍잎 한 움큼을 쇼핑백에 넣었다. 5분쯤 시간이 흘렀을까. 여성이 바위 아래 단풍을 주우려고 손을 뻗었을 때다.

"악!"

여성의 비명이 숲을 흔든다.

"헉!"

청년도 놀라 숨을 멈춘다.

뱀!

단풍잎 사이로 얼룩무늬가 있는 흰 뱀의 몸통이 어른거렸다. 새끼손가락 굵기의 가느다란 뱀은 유영(遊泳)하듯 날렵한 움직임으로 사라졌다. 여성의 손가락에서 핏방울이 떨어진다.

청년은 여성의 손가락을 살폈다. 오른손 중지 끝에 뱀 이빨자국이 났다. 독사인 듯해서 겁이 덜컥 난 청년은 여성의 손가락을 눌러 피를 빼냈다. 손가락을 입에 넣고 피를 빨아 내뱉었다. 독이 몸에 퍼지지 않도록 손수건으로 팔목을 단단히 동여맸다.

3

도청 구내 이발관에는 소독약품 냄새, 싸구려 남성용 화장품 향기, 낡은 소파 천에서 풍기는 악취 등이 범벅이 돼 코를 찌른다. 이곳에서 20여 년째 일하는 이발사는 이 기묘한 냄새를 맡아야 몸에 힘을 얻는다. 그는 이 냄새에서 자신의 존재 이유를 깨닫는다.

"지사님, 오늘도 일찍 등청하셨군요."

"나 때문에 일부러 새벽같이 나오시느라 수고가 많소. 하루 사이에 수염이 더부룩해졌으니 말끔히 밀어 주시오."

이발사는 도지사를 의자에 눕히고 얼굴에 비누거품을 듬뿍 칠한다. 밀레의 〈만종〉 그림 액자가 벽면에 붙어 있다. 그림 밑에 두툼한 가죽

띠가 걸렸다. 이발사는 가죽 띠에 칼을 대여섯 번 문질렀다. 시퍼런 날을 확인하고는 면도를 시작한다. 전통식 면도가 최선이라고 굳게 믿는 그의 얼굴엔 자부심이 가득하다.

"부루(블루)하우스 어르신이 경호실장 다음으로 신임하는 사람이 누군지 아십니까?"

"글쎄요."

"바로 전속 이용삽니다."

"이발하시는 분?"

"예, 맞습니다. 경호실장은 총으로 각하의 신변을 지켜줍니다. 이용사는 칼로 각하의 목과 얼굴을 다듬는 사람입니다. 각하는 이용사 앞에 목숨을 내놓은 셈이지요. 그러니 각별히 신임하지 않으면 안 되지요."

"듣고 보니 그렇군요."

"언젠가 〈효자동 이발사〉란 영화를 봤어요. 어르신 전속 이용사의 기구한 운명을 그린 영화였지요. 실화를 바탕으로 만든 영화인데 그 이용사가 제 집안 아저씨 되는 분입니다. 저희 집안에는 이·미용 계통에서 일하는 사람이 많아요. 제 딸내미도 서울에서 미용사로 일합니다."

"서울 어디에서요?"

"청담동에서요."

"청담동이라…. 연예인 손님도 많다고 하던가요?"

"물론이지요. 딸아이가 일하는 곳이 제일 유명한 데라고 합니다. 걔는 제가 미용사라고 하면 화를 내지요. 헤어 아티스트라 불러달라고 닦달한답니다. 하기야 이태리에 유학까지 갔다 왔으니 콧대가 높을 만도 하지요."

도지사는 이발사의 말에 일일이 대꾸하기가 곤란했다. 칼날이 입 주위에 오가는데 어찌 말을 하랴. 건성으로 음, 음 하고 대답했다. 도지사는 며칠 전 치과병원에서도 비슷한 일을 당한 기억이 떠올랐다. 입을 아, 벌린 상태에서 치과의사가 견딜 만하느냐고 묻기에 큵큵, 목젖만 떨며 응답했다.

도지사는 청담동 미용실 풍경을 그려보았다. 만약 옆자리에 탤런트 사유리가 없다면 어떻게 말을 붙여볼까 상상했다. 그녀의 날렵한 허리선이 어른거린다.

볼륨을 높여 틀어놓은 라디오에서는 시사 프로그램이 흘러나온다. 도지사는 귀를 기울였다. 시사평론가가 출연해 향후 대선구도에 대한 전망을 펼쳤다. 대선 후보에 들 만한 인물 9명을 열거하면서 이들을 '9룡'이라 불렀다. 9룡 가운데 엉뚱한 인물도 포함됐다.

예를 들면 탁광팔 같은 사람이다. 그는 씨름선수를 하다 이종격투기로 종목을 바꿔 미국, 일본 링에서 활동했다. 은퇴 이후에 방송에서 격투기 해설을 맡다가 입심을 인정받아 연예 프로그램 사회자로 발탁됐다. 국회의원 선거판에 뛰어든 그는 집권당 공천에 떨어졌으나 대중적 인기 덕분에 무소속으로 출마해 당선됐다. 유세기간에 그는 여러 온라인 매체로부터 주목을 받았다. 대학을 졸업했지만 알파벳도 모른다는 흑색선전이 나돌자 영어를 섞어가며 연설을 해 유세장을 거의 코미디 무대로 만들었다. 그런 탁광팔이 벌써 재선의원이다.

눈을 감고 누운 도지사의 머릿속에는 탁광팔이 이마에서 피를 흘리며 격투기 챔피언 척 노리스를 때려누이는 장면이 떠올랐다. 9룡 가운데 자신의 이름이 빠져 서운했다. 정치인과 연예인은 모름지기 매스컴에 이름이 자주 오르내려야 몸값이 올라가는 법 아닌가. 시사평론가들도 앞으로 '밀착관리'해야겠군….

"우리나라 역대 부루 하우스 어르신들의 공통점을 아십니까?"

이발사가 이렇게 물어 귀가 번쩍 떴다. 이제 면도를 마친 모양이다.

"공통점이라?"

"피부가 좋다는 점입니다. 잡티가 없어요. 한결같이 뽀얀 살결입니다."

"티브이에 나오려고 분장을 한 덕이 아니었나?"

"진짜로 피부가 좋다고 합니다. 전속 이용사 입에서 나온 이야긴데요."

"박통은 시커멓던데 ….."

"어릴 때 고생을 해서 그렇지 원 바탕은 하얀 피부였답니다."

"음 ….."

"지사님 피부도 정말 좋군요. 우윳빛이 감도는 게 귀인상입니다."

"그래요? 그런 말은 처음 들어보는데 ….."

피부가 거무튀튀한 편인 도지사는 이발사의 그 말이 아부성 거짓말임을 알았다. 까마귀를 백로라 우기는구만 ….

"머리 골상을 살펴보니 용두상입니다."

"허허, 그 말도 처음 들었고 ….."

"제가 초등학교 졸업하고 열네 살 때부터 지금까지 모신 손님이 수만 명입니다. 오래 하다 보니 손으로 얼굴과 머리를 만져보면 인물 됨됨이를 파악합니다. 관상학 대가 백운학 선생님에게서 직접 배우기도 했습니다. 백 선생님도 제 단골손님이었지요. 지사님은 제가 모신 손님 가운데 가장 길상입니다."

도지사는 이발사의 말이 허풍임을 알지만 기분이 흐뭇해졌다. 지갑을 열어 퍼런 지폐 몇 장을 손에 잡히는 대로 꺼내 수고비로 주었다. 도지사는 벽면에 걸린 조잡한 액자에 쓰인 '삶이 그대를 속이더라도 슬퍼하거나 노여워 말라'는 푸시킨의 시구를 보고 탁광팔 탓에 치솟은 짜증을 삭이기로 했다.

도지사가 나가자마자 이발사는 라디오 채널을 돌려 찬송가가 흘러나오는 방송에 맞추었다. 마침 아는 노래가 나오자 이발사는 목청을 높여 따라 부른다.

4

도지사가 집무실로 들어서니 '대비총' 회의에 참석하는 간부들이 기다리고 있었다. '대비총'은 대변인, 비서실장, 총무과장 등 핵심 측근 3인방을 일컫는다. 비서실 여직원도 이른 시간에 출근해 찻잔을 나르느라 종종걸음을 걷는다.

도지사 집무실 벽에는 큼직한 지도 3개가 걸렸다. 도 전체를 한눈에 볼 수 있는 관내지도, 한국지도, 세계지도다. 책상 위에는 대형 지구본이 놓였다.

도지사는 사각 가죽의자에 단단한 몸뚱이를 깊게 묻고 진한 냄새를 풍기는 계피차를 후루룩 마시며 말문을 열었다.

"이 프로젝트가 성공하면 더 큰 일을 도모할 수 있소. 구구하게 설명하지 않아도 잘 알겠지요?"

도지사가 대비총 세 사람을 슥 둘러보자 그들은 고개를 꽉 숙였다. 명심하겠다는 제스처였다. 몸피가 두툼한 대변인은 벌겋게 핏발이 선 눈을 퉁퉁한 오른손으로 계속 비빈다.

"어제 기자들에게 잘 설명했소?"

"물론입니다. 낮에 백그라운드 브리핑을 했고 저녁에는 단합모임을 가지며 보충설명을 했습니다."

"무슨 단합모임?"

"일도회라고…. 도청출입 1진 기자들의 모임입니다. 기자실 간사인

박 차장이 미국 연수를 떠난다 해서 환송회를 겸하는 바람에 참석자들이 근 스무 명이나 됐습니다."

"몇 차까지 갔었소?"

"3차까지 …. 그래도 과음하지는 않았습니다. 요즘 기자들은 술을 덜 마시지요."

"수고 많았소. 3차는 어디로 갔나요?"

"포장마차죠. 1차는 밥집, 2차는 단란주점에서 마이크 잡고…."

"잘 했소. 공보예산에 여유가 있더라도 고급 일식집이나 룸살롱 같은 데는 가지 마시오. 돈 쓰고도 욕 먹기 십상이오."

"지사님, 언론관리에도 이젠 도통하셨군요."

"몇 년 동안 민선 도지사 밥을 먹었는데 그런 것도 모르겠소?"

"어젯밤 1진 기자들은 나이가 들어서인지 폭탄주 네댓 잔 돌리니 그만하자고 하더군요. 문제는 내일 밤 2진 기자들입니다. 연부역강한 양반들이라 체력이 대단하겠지요."

"대변인도 기자 출신인데 후배들이 알아서 잘 봐주겠지요."

"말 마십시오. 요즘 후배기자는 과거 선배기자라고 안 봐줍니다."

"그래요?"

도지사는 찻잔을 내려놓고 호두 두 알을 큼직한 손으로 움켜잡고 빠그락 소리를 내며 문지른다.

"그럼 오늘 기자회견 준비는 다 된 거요?"

"지사님은 취지문만 읽으시면 됩니다. 기자들이 여러 질문을 던지겠지만 까다로운 질문은 없을 겁니다."

"알았소."

도지사와 대변인이 이야기를 나누는 사이 비서실장은 도가머리를 쓰다듬으며 연신 하품을 한다. 넥타이를 비뚜로 맨 그는 손가락으로 눈곱을 떼어낸다.

"비서실장도 어제 나 대신에 서울 갔다가 심야에 돌아오느라 고생 많았지? 성 주필 막내아들 결혼식장에 하객은 많던가?"

"요새 언론인들 영향력이 줄어들었다 해서 식장이 썰렁할 줄 알았는데 그게 아닙디다. 한마디로 도떼기 시장판 같았습니다. 고급 승용차가 얼마나 많이 몰렸는지 인터콘티넨탈 호텔 주변교통이 마비됐답니다. 신랑 부모에게 눈도장 찍는 하객 행렬이 근 칠팔십 미터나 되었어요."

"대단했겠군."

"신랑은 미국 스탠퍼드에서 엠비에이 받고 와서 벤처회사를 경영한다더군요. 신부는 현역 검사이고…."

비서실장은 휴대전화로 촬영한 결혼식 장면을 도지사에게 보여주며 말을 이었다.

"신부 얼굴을 보세요. 니콜 키드만 닮았잖습니까? 두뇌도 명석한 모양입니다. 대원외고에다 서울대 경영학과를 나오고 서울대 로스쿨 삼석 졸업이랍니다."

"삼석이라니?"

"3등 졸업이라는 뜻이지요. 수석, 차석, 삼석, 사석, 오석 … 이렇게 부릅니다. 법조계에서는 석차를 중시하다 보니 사법연수원 시절부터 이런 타이틀이 붙었지요."

"수석, 차석은 들어봤어도 삼석이란 말은 생소하군. 아무튼 이 여성 검사는 야심이 대단하게 생겼네. 눈꼬리가 살짝 올라간 것으로 보아 한 성깔 할 것 같고…. 언젠가 정치권에서 영입하겠지?"

"그렇잖아도 장래 여성지도자라는 말을 식장에서 얼핏 들었습니다."

도지사는 쩝쩝 소리를 내며 쓴맛을 다신 후 TV 화면에 비치는 아침뉴스를 흘깃흘깃 보며 비서실장에게 물었다.

"결혼식 마치고 삼성병원에 조문도 갔지? 조문객들이 많았겠지?"

비서실장은 큼큼 헛기침을 몇 번 한 뒤 대답했다.

"인산인해였습니다. 현역 국회 재경위원장 모친상이니 오죽하겠습니까. 대형 화환이 얼마나 많이 들어왔던지 3부 요인 것만 놔두고 나머지는 리본만 달아놓았더군요."

"브이아이피들이 많이 왔겠군."

"여의도 국회의사당을 옮긴 것 같았습니다. 번쩍거리는 금배지를 단 의원 수십 명이 나타났지요. 멱살 잡고 싸우던 여야의원들도 상가에서는 삼삼오오 둘러앉아 소주, 맥주를 마시며 다정스레 이야기하더군요. 은행장, 증권보험사 사장들도 줄지어 문상을 와서 '조문(弔問) 로비'를 벌이더라고요."

"윤 의원 상가는 그렇다 치고, 그날 강 총장 상가는 어떻던가? 아무래도 조문객들은 주로 학계 인사였겠지?"

"강 총장이 대학총장이지만 감사원장 하마평에 올라서인지 공무원 문상객들도 부쩍 많이 보였습니다."

"하여간 공무원들은 눈치가 빨라."

"드리기 민망한 말씀입니다만, 부의금도 엄청 많이 들어오더군요. 은행창구에서 지폐 셀 때 쓰는 기계 있잖습니까. 그걸 갖다놓고 현금을 세더라고요."

대변인과 비서실장이 말하는 동안 총무과장은 허리를 꼿꼿이 세운 채 진시황제릉의 석상처럼 미동도 하지 않았다. 도지사보다 나이가 열두 살이 많은 띠동갑 총무과장은 9급 공무원으로 들어와 40년 가까이 근무하며 산전수전을 겪었다. 머리칼에 포마드를 말끔히 바른 단정한 모습으로 앉은 그는 자기보다 나이가 훨씬 아래인 대변인과 비서실장에게도 깍듯이 머리를 조아린다.

비서실장이 총무과장에게 거의 반말조로 지시했다.

"이번 도청 직원 체육대회 때 지급할 추리닝은 좀 세련된 것으로 준비해. 작년 것은 디자인이 너무 촌스러웠어."

총무과장은 고개를 숙이며 절도 있는 목소리로 대답했다.

"예, 실장님, 알았습니다."

대변인은 뉴욕특파원으로 있을 때 갑자기 신문사에 사표를 냈다. 도지사 후보 캠프 대변인으로 발탁되자 급거 귀국하면서 언론계를 떠난 인물이다. 비서실장은 행정고시 출신으로 도지사의 고교 후배이다.

명문고, 명문대를 나온 이들에 비해 총무과장은 지방의 농업고교와 방송통신대를 졸업했다. 이들이 학력을 자랑할 때면 총무과장은 자식 농사 쪽으로 화제를 은근히 돌린다. 대변인 아들은 한국 고등학교에 적응하지 못해 미국 기숙학교에 유학을 떠날까 검토중이고 비서실장의 여고생 딸은 성적이 하위권이다. 총무과장의 아들, 딸은 모두 과학고와 카이스트를 나왔다.

5

도청 기자회견장에는 TV 중계요원 수십 명이 카메라를 설치하느라 북적인다. 마이크가 20여 개나 되는 것으로 보아 공중파, 케이블, 인터넷 방송이 얼마나 많은지 짐작이 간다. 단상 정면 벽에는 '글로벌 빌리지 조성—지구촌을 은오산으로!'라는 플래카드가 붙었다.

단상 좌석에는 어깨가 벌어져 무인(武人) 분위기를 풍기는 도지사와 몇몇 늙수그레한 남자들이 앉았다. 늙정이들 틈에 상아색 실크 상의와 짧은 가죽치마를 입은 여성이 다리를 꼬고 앉아 각선미를 자랑한다. 기자들의 시선이 일제히 이 여성의 미끈한 다리에 쏠린다.

도지사가 파우더를 발라 피부주름을 덮은 얼굴로 단상에 올라섰다. 눈썹도 새카맣게 칠했고 입술에 발그레한 루주도 발랐다. 조명기구에서 강렬한 빛이 뿜어져 나오자 도지사의 얼굴은 달아올랐다. 그는 아, 아 하며 마이크 성능을 점검한 뒤 회견문을 읽어나갔다.

"본 도가 추진하는 글로벌 빌리지 조성사업이 드디어 확정되었습니다. 은오산 부지에 건립할 이 시설은 세계평화를 추구하는 상징성을 갖습니다. 세계의 여러 언어를 배우며 국가간 상호 이해의 폭을 넓히도록 하겠습니다. 기존 영어마을과는 차원이 다릅니다. 이곳에서 우리 청소년들을 글로벌 인재로 키울 것임을 다짐합니다."

도지사는 유리잔에 든 생수로 목을 축인 후 단상에 앉은 인사들을 소개했다.

"이 프로젝트를 맡을 '글로벌 빌리지 추진위원회'를 오늘 발족시킵니다. 위원장에는 김종률 전 예산처 장관을 모셨습니다. 부위원장으로 이민홍 전 예산실장과 최상호 전 교육부 기획관리실장 두 분을 영입했습니다. 주영 한국대사와 주 제네바대표부 대사를 지낸 외교전문가 윤장주 님을 고문으로, 국민여가수 리나 씨를 홍보대사로 위촉했습니다."

여가수 리나가 꼰 다리를 풀고 일어서서 가볍게 목례를 하자 사진기자들은 카메라 플래시를 일제히 터뜨렸다. 어느 사진기자가 큰 소리로 외쳤다.

"리나 씨, 옆으로 비켜서서 포즈를 취해 보세요."

리나는 환한 미소를 짓고 손을 흔들었다. 익숙한 무대매너였다. 펑펑, 플래시가 멈추지 않았다. 도지사를 비롯한 추진위원회 위원들의 표정이 일그러졌다.

대변인이 부리나케 단상 앞으로 나가 사진기자들을 제지했다.

"자, 그만 그만…. 리나 씨는 따로 포토 세션을 갖도록 할게요."

장내가 겨우 진정되자 도지사는 머쓱해하는 얼굴로 다시 마이크에 입을 바짝 붙였다.

"이어 말씀드리겠습니다. 시설규모, 예산, 재원 조달방안, 조감도 등 구체적인 추진계획은 별도 보도자료에 있습니다. 이 사업은 국책사업이나 마찬가지여서 중앙정부의 예산지원을 기대합니다. 아무쪼록 이 글로벌 빌리지가 무사히 건립돼 세계화 엔진 역할을 하기를 기원합니다."

도지사의 스피치가 끝나자 기자들의 질문이 시작됐다. 도지사는 손을 드는 여러 기자 가운데 눈길이 먼저 마주친 기자실 간사 박 차장을 지명했다.

"김장권 지사가 선거 공약사항을 실천하는 모습을 보여 모양새는 좋습니다. 그러나 아무래도 재원 조달방안이 불명확합니다. 중앙정부 예산을 어떻게 받을 수 있을지 구체적으로 설명해 주십시오."

도지사는 예상한 질문이라 당황해하지 않고 준비한 모범답안을 말했다.

"글로벌 빌리지의 필요성에 대해서는 범국민적 컨센서스가 형성돼 있습니다. 이는 국민 2,000명을 대상으로 한 여론조사에서 확인됐습니다. 사업타당성 조사에서도 높은 점수를 받았습니다. 관계요로에 이런 자료를 보내 충분히 사전 정지작업을 했습니다. 추진위원회 위원장인 김종률 장관님께서 여기 계십니다만, 예산처 장관으로 나라살림을 책임지시던 분이 위원장직을 수락하셨다면 기대해도 좋지 않겠습니까?"

도지사는 몸을 돌려 뒤편에 앉은 김종률 위원장에게 고개를 깊이 숙여 인사했다. 정부예산을 듬뿍 받아달라는 간청의 표시였다. 다음 질문자로 지역방송의 여기자를 지명했다.

"학생들이 줄지어 찾아와야 시설이 유지될 텐데 입시공부에 바쁜 학생들이 그런 여유가 있을까요?"

"그 문제도 걱정하지 마십시오. 교육부에 오래 계셨던 최상호 부위원장께서 해결하실 것입니다. 이 분야의 전문가인 최 부위원장께서 직접 답변해 주시겠습니까?"

이동용 마이크를 전달 받은 최 부위원장은 그런 정도의 질문이라면 답변하기가 식은 죽 먹기라는 듯 빙긋이 웃으며 목소리를 높였다.

"연수 이수증을 발급하는 방식 등 다양한 해결책이 있습니다. 이수증 소지자에게 대학입시 또는 외국어고교 입시에서 가산점을 주도록 권장하면 서로 들어오려고 불이 붙을 겁니다. 기업체의 해외 파견요원 프로그램까지 만들면 수요는 폭발적으로 늘어납니다."

인터넷 매체의 20대 청년기자가 질문권을 얻었다.

"리나 씨에게 질문하겠습니다. 홍보대사의 역할은 무엇이며 어떤 인연으로 이 임무를 맡게 되었습니까?"

실크 상의가 너무 얇아 속살이 어른어른 비치는 리나는 야릇한 미소를 내내 머금으며 대답했다.

"제 역할은 이 사업이 성공하도록 열심히 노래를 부르는 것이죠. 홍보가요를 곧 레코딩할 예정이에요. 홍보대사를 맡은 인연은요… 도지사님이 오랫동안 저를 물심양면으로 후원해주신 데 대한 보답입니다."

"물심양면이라니요? 구체적으로 설명해 주세요."

"제가 대학에 입학했을 때 도지사님은 그 학교 총장님이셨어요. 가을 축제를 준비하며 큰 도움을 받았죠."

기자회견이 끝나자 인터넷에는 글로벌 빌리지에 관한 뉴스보다는 리나와 도지사 사이의 관계에 관한 기사가 더 많이 떴다. 어떤 온라인 매체엔 '리나와 김장권 지사, 무슨 관계?'라는 제목과 함께 '핑크빛 뒷담화 무성…'이라는 부제가 달렸다.

대변인은 도지사에게 불려가 불벼락을 맞았다.

6

추진위원회 위원장직을 수락한 김종률 전 예산처 장관은 예산처 간부 명단을 꺼내놓고 요즘 누가 어느 자리에 앉았는지 살폈다. 국장급 이상 간부는 모두 알겠는데 과장급 가운데는 생소한 이름이 몇몇 보인다. 조 직도 크게 바뀌었다.

"내가 장관으로 있을 때 수행비서관을 지냈던 조 사무관이 이제는 어엿한 핵심 국장이 됐으니⋯."

김종률은 혼자 중얼거리며 장관 시절을 회상했다. 조 사무관이 매일 새벽에 성북동 집으로 와서 승용차 앞자리에 앉아 함께 출근하고 하루 종일 지근거리에서 시중을 들던 모습이 되살아났다. 조 사무관은 굳은 살이 두둑하게 박인 손, 새카만 얼굴 등 벽촌 출신 냄새를 풍기는 외모를 지녔지만 서울대 수석 졸업생인데다 붙임성이 좋아 조카사위로 삼고 싶은 인재였다. 재벌집안의 둘째인 조카딸과 맞선을 보게 했으나 조 사무관이 퇴짜를 놓았다.

"조 국장, 오랜만이오. 나, 김종률이오."

"장관님, 안녕하십니까. 오래 문안드리지 못해 죽을죄를 졌습니다. 그렇잖아도 언론보도를 보고 전화 올리려던 참이었습니다만⋯."

"텔레파시가 통한 모양이오."

"앞으로 많이 바쁘시겠네요?"

"명예직 위원장이니 그냥 앉아 있기만 하면 되오. 말이 나온 김에, 혹시 오늘이나 내일 저녁에 시간 낼 수 있겠소? 회포나 풀지."

"오늘 저녁에 선약이 있긴 합니다만, 가능합니다."

"나 때문에 선약을 취소하신다고?"

"얼굴만 내밀고 자리를 떠도 되는 선약입니다. 장소는 인사동입니다."

"우리도 인사동에서 만나지. 과장, 사무관도 몇몇 데리고 나와요."

인사동 한정식 식당 '서원'. 손님이 줄어 한산한 분위기다. 김종률이 들어서자 짙은 화장으로 얼굴 주름살을 감춘 70대 초반의 여주인이 반색을 한다.

"장관님, 어서 오세요. 오마 샤리프 닮은 미남자 모습은 여전하시네요. 호호호…."

"한국의 에바 가드너여, 그대의 우아한 모습에 세월도 비켜가오. 허허허…."

여주인 공 여사가 김종률의 코트를 받아 말코지에 걸 때 조 국장과 후배관료 4명이 우르르 방에 들어왔다. 사무관으로 보이는 청년은 연기자처럼 얼굴이 곱상하고 키도 훤칠하다. 그가 입은 드레스 셔츠의 색상은 연한 자줏빛이다. 얼굴이 유난히 하얀 20대 여성도 보인다. 조 국장은 목에 살이 쪄 머리와 몸통이 맞닿았다. 머리칼에는 서리가 허옇게 내렸다.

"조 국장, 신수가 훤하구만. 신언서판을 다 갖추었어."

"과찬이십니다."

선후배 사이에 명함을 주고받느라 한동안 어수선했다. 상 위에 차려진 음식은 종류만 해도 좋이 스무 가지가 넘었다. 전골, 너비아니, 조기구이, 광어회, 갈비, 나물…. 수라상 같다. 와인 애호가인 김종률은 반주로 와인을 주문할까 하다가 '귀족풍'이라는 오해를 받을까봐 소주를 시켰다. 김종률과 조 국장이 주로 이야기를 하고 나머지 후배는 음식을 먹는 데 열을 올린다. 술이 몇 순배 돌았다.

"그 자리는 어떤 인연으로 맡으셨습니까?"

"조 국장도 아시다시피 김장권 지사가 내 장조카 아닌가. 하도 도와달라고 간청하기에 ….."

"김 지사님 동생인 그 조카 따님은 잘 지내시는지요? 음대에서 하프 전공하신 분 ….."

조 국장의 뇌리에 그 음대 졸업생의 얼굴이 떠올랐다. 광대뼈, 사각 턱이 두드러진 용모는 참을 만했으나 〈사상계〉의 발행인 장준하, 〈오적(五賊)〉 시인 김지하의 이름을 처음 들어본다는 무식함에는 견딜 수 없었다.

"아, 자네가 맞선 본 그 조카딸? 시집가서 아들 딸 낳고 잘 살고 있어요. 그때 퇴짜 맞고 충격을 받아 바로 미국 유학을 갔었지."

"저도 장관님 추천 덕분에 하버드 케네디스쿨에 가서 공부 잘 했습니다."

"그러고 보니 조 국장과 나는 케네디스쿨 동문이군."

"여기 앉은 후배들도 모두 케네디스쿨과 인연을 가졌습니다. 저기 멋진 와이셔츠 입은 최 사무관은 올 여름에 케네디스쿨에 갈 예정이고요. 여기 윤 사무관은 행정부 공무원 가운데서 영어실력이 가장 뛰어난 국제통인데 케네디스쿨의 린다 빌메스 교수와 언니 동생 하는 사이입니다."

조 국장은 케네디스쿨 한국동창회 수첩 한 권을 꺼내 김종률에게 건넨다.

"어제 새 수첩이 나왔더군요. 아직 못 받으셨지요?"

"고맙소."

김종률은 수첩을 얼른 펼쳐보며 소장파 동문들이 더 늘어났음을 확인하고 득의의 웃음을 지었다.

"오늘 케네디스쿨 동창회여서 더욱 뜻 깊은 자리군요. 자, 우리 건배합시다."

김종률은 글로벌 빌리지 이야기는 한마디도 꺼내지 않았다. 그런 부탁은 추진위원회 실무자가 하도록 하면 된다. 김종률은 줄기차게 하버드 유학시절 에피소드를 이어나갔다.

"보스턴 교외에 웰슬리 여자대학이 있잖소. 거기에 한국 여학생 몇 명이 다니고 있었지. 하버드 한국 남학생들이 그 여학생들과 미팅을 하기로 한 모양이오. 나는 그때 결혼을 하고 가족과 함께 갔기에 승용차를 갖고 있었지. 뷰익 구형으로…. 어느 봄날 남학생 하나가 나를 찾아와 웰슬리까지 데려다 달라고 간청하기에 태우고 갔지. 가는 날이 장날이라고, 아 그날 보스턴 마라톤대회가 열려 교통이 통제되는 것 아니겠어. 약속이 펑크 나고 엉망이 되었소. 하하하…."

조 국장은 김종률의 이 에피소드를 과거에도 여러 번 들었으나 마치 처음 듣는 것처럼 껄껄거리며 화답했다.

"그 때문인지 저희들이 보스턴에 있을 때 웰슬리 여대생들이 한국 남학생들을 박대했지요. 여기 윤 사무관이 웰슬리 출신입니다. 윤장주 대사님의 따님이지요."

김종률은 한구석에 앉은 윤 사무관을 응시하며 반색했다.

"그래요? 아버님께서도 글로벌 빌리지 고문으로 활약하시는데…. 우리, 인연이 깊군요."

소주 몇 잔에 얼굴이 불콰해진 조 국장은 유학 첫 학기에 미시경제학 세미나 과목에서 생애 처음으로 F학점을 받은 사연을 털어놓았다.

"3시간짜리 수업에 읽어가야 할 페이퍼 분량이 300페이지가 넘었어요. 깨알같이 작은 글씨에 복잡한 수식이 많은 원서를 그 정도 읽으려면 죽을힘을 쏟아야 했지요. 게임이론, 복잡계이론 같은 새로운 학설이 수두룩해서 애를 먹었답니다. 텀(term) 페이퍼를 작성할 때는 한영사전, 영한사전을 뒤적이느라 눈알이 빠질 지경이었지요. 텀 페이퍼를 출력하려는데 컴퓨터에서 위~잉 하는 소리가 나기에 일단 전원을 껐다가 켰지요. 아, 이게 웬일입니까. 두어 달간 작업한 원고가 몽땅 사라져버린 거예요. 결국 제때 제출하지 못해서 낙제하고 말았습니다."

조 국장의 사연고백이 끝나자 최 사무관이 추임새를 넣었다.

"서울대 수석 졸업생이 F를 받다니 그건 하버드가 잘못한 겁니다."

최 사무관은 조 국장이 서울대 수석 졸업생이라는 사실을 강조하기 위해 이 말을 꺼냈다. 김종률도 맞장구를 쳤다.

"맞아, 하버드가 한국의 수재를 잘못 본 거지."

조 국장도 화답했다.

"존경하는 김 장관님께서는 행정고시, 사법고시, 외무고시에 모두 합격한 3관왕이셨어요. 행시는 수석 합격하셨고…."

분위기는 더욱 화기애애해졌다. 김종률은 내친 김에 발렌타인 30년짜리 위스키 1병과 맥주 10병을 주문해 폭탄주를 만들어 돌렸다. 몸매가 가냘픈 윤 사무관도 거리낌 없이 폭탄주를 들이켠다. 김종률은 윤 사무관이 미혼인지 기혼인지 궁금해서 넌지시 물었다.

"피앙세와 누가 술이 더 세시오?"

"그런 사람 없습니다. 앞으로 결혼하지 않고 이 나라 발전을 위해 이 한 몸 바칠까 하옵니다. 한국의 잔 다르크가 되겠사옵니다."

다분히 장난기 섞인 말투였다. 참석자 모두가 취기로 얼굴이 붉어졌다. 위스키가 바닥이 났다. 김종률은 시계를 얼핏 보더니 조 국장의 손을 가볍게 잡고 마무리 발언을 한다.

"고맙소. 오늘 이 멤버들을 뫼시고 운동이나 한번 할까 하는데…."

"요즘 공무원들, 골프장 가기가 눈치 보여서…."

"케네디스쿨 동창회 단합대회 명목으로 하겠소. 참가자 이름도 다른 사람 것으로 할 테니까 걱정 마시오."

최 사무관은 혀가 약간 꼬부라진 말투로 이야기했다.

"장관님, 와인 애호가라고 하시던데 다음번에는 청담동 와인 바에 소집해 주십시오."

식당 문을 나서는 이들의 손에는 쇼핑백이 하나씩 들렸다. 내용물은 김장권 지사가 보낸 지역특산물 세트였다. 최 사무관과 윤 사무관은 식당 앞에 대기하던 모범택시를 탔다. 김종률의 수행비서가 모범택시 기사에게 차비를 선불했다.

7

글로벌 빌리지의 프랑스식 레스토랑. 손님이 아무도 없어 썰렁하다. 40대 남자주인은 텅 빈 홀에 서서 벽을 향해 팔을 힘껏 뻗으며 무엇인가를 던진다. 단단한 근육질의 팔뚝에는 굵은 핏줄이 불끈 솟았다. 핏줄 위 피부는 모종의 적의(敵意)를 품고 파르르 떨린다.

휙!

바람을 가르는 날카로운 마찰음이 울린다.

탁!

벽을 때리는 둔탁한 소리가 들린다.

주인의 손에는 끝이 날카로운 쇠 다트가 쥐어졌다. 그는 벽 한쪽에 붙은 다트 보드를 향해 다트를 던지며 입술을 움직인다.

"이놈들, 머리통을 박살내야지. 이따위 주먹구구식으로 추진해서 망치게 했으니 ···."

그는 다트를 던지고 뽑고, 다시 던진다. 손목 힘으로, 팔목 힘으로 던지다가 가끔은 야구 투수처럼 와인드업한 다음 상박근의 반동력을 이용한다. 주방에 있다가 홀에 나타난 그의 아내가 탁자를 탕 치며 목소리를 높인다.

"주먹구구는 당신도 마찬가지야. 전 재산을 걸고 투자한다면 요모조모 따져보았어야지."

"출범할 때만 해도 대단했잖아. 점포 프리미엄도 꽤 올라갔고⋯."

큰 눈에 광대뼈가 솟은 얼굴을 가진 아내는 옷소매를 걷어붙이며 말을 잇는다. 40대 치고는 탄탄한 몸매를 지닌 남편은 아내의 기세에 눌려 의자에 앉아 테이블을 만지작거린다.

"당신은 정부가 벌인 사기극에 속았어. 기공식 때 유엔 사무총장까지 와서 축사를 읽지 않았어?"

"도지사라는 작자가 애초부터 진정성을 가지지 않았어. 재선에 활용하려고 쇼를 부린 거야."

아내는 남편의 변명을 듣기가 지겨워 벌떡 일어났다. 그녀는 홀 안을 한번 휘익 둘러본 뒤 오디오 전원을 켜고 음반을 넣었다.

레스토랑 안에는 마리아 칼라스가 부르는 '정결한 여신이여'가 낮게 깔린다. 레이스가 달린 긴 치마를 입은 아내는 눈을 감고 아리아를 나직하게 따라 부른다.

위~잉⋯.

시커먼 왕파리 한 마리가 홀 안을 빙빙 돌더니 벽면에 앉는다. 벽에 걸린 르네 마그리트의 복사본 그림 〈이것은 파이프가 아니다〉의 파이프 꼭대기 부분에 파리가 붙었다.

"이놈이⋯."

주인은 매미만큼 큼직하게 보이는 파리를 향해 다트를 던진다.

탁!

파열음이 울린다. 다트는 그림에 꽂혔으나 파리는 가뿐히 날아 도망갔다.

아내는 눈을 번쩍 뜨면서 고함을 지른다.

"무슨 짓이야. 노래 연습하는데."

"아, 미안 미안…. 파리가 윙윙거려서 잡으려고 …."

"잡긴 잡았어?"

"못 잡았어. 그놈이 은오산 정기를 받아서 그런지 총알보다 더 빠르더라구."

"왕년엔 날아다니는 모기도 잡았다며?"

아내는 팔짱을 끼고 빈정거렸다. 남편은 군색한 변명거리를 찾느라 침을 꼴깍 삼켰다.

"다트 챔피언 하던 시절엔 그랬지."

"다트엔 왜 그리 집착하는 거야?"

"집착이라기보다는 집중이지. 정신집중…, 마음 수련의 일종이야."

"갖다 붙이기도 잘 하시네."

"정신을 한곳에 모으면 안 되는 일이 없어. 정신일도 하사불성(精神一到 何事不成), 일체유심조(一切唯心造) … 이런 말이 있잖아?"

"그런 말을 믿다니 순진하기는 …."

"그리고 이 다트 세트는 어느 슬픈 영혼이 내게 선물한 것이어서 각별한 의미를 지녔지."

아내는 좀 누그러진 목소리로 물었다.

"슬픈 영혼? 그 사연은 못 들었는데?"

"내가 다트에 몰두한 이유는 역사가 길지. 와인이나 한잔 마시며 이야기합시다."

주인은 와인 셀라를 열어 알록스 코르통 한 병을 꺼냈다. 안주거리로는 카망베르 치즈와 검고 탄탄한 올리브를 골랐다. 부부는 홀 중앙의 테이블에 마주 앉았다. 하얀 테이블보에 비친 와인의 불그레한 색깔이 돋보인다.

"아 보트르 상테(당신의 건강을 위하여)!"

부부는 술잔을 부딪치고 와인을 한 모금 마셨다. 상큼한 향기를 맡으니 보르도 들녘의 황혼 풍경이 떠오른다. 알싸한 맛이 혀에 감돌자 알퐁소 도데의 단편 〈별〉의 주인공 남녀가 된 기분이 든다. 이 좋은 와인이 팔리지 않으니 우리가 마실 수 있지…. 이렇게 한가하니 부부끼리 오붓한 시간을 누리지 않으냐….

"벽초 홍명희 선생의 걸작 대하소설《임꺽정》을 보면 박유복이라는 인물이 나와. 이름대로 유복자로 태어난 그 사람은 청년시절에 앉은뱅이가 되는 기구한 역경에 빠졌어. 방에 우두커니 앉아 있기가 무료해서 댓가지 창을 던지는 연습을 했지. 몇 년간 수련했더니 날아가는 참새의 눈을 맞히는 달인이 됐어. 그러다가 어느 도인을 만났지. 그 도인이 지어주는 약을 먹고 앉은뱅이 병이 나은 유복이는 표창을 던져 아버지 원수를 갚았지."

주인 남자는 와인을 들이켜고 제 감정에 겨워 눈시울이 불그스레해졌다.

"나도 유복자로 태어났기에 박유복이란 인물에 푹 빠졌지. 유복이의 표창이 나에겐 다트 아니겠어?"

그는 치즈 한 조각을 입에 넣어 잘근잘근 씹고 나서 아내의 손을 잡고 일어선다.

"잠깐 바깥으로 나가지."

"왜? 날씨도 추운데 … 눈도 내리기 시작했고 …."

"보여줄 게 있어."

부부는 손을 잡고 실외로 나왔다. 남자가 레스토랑 간판을 손가락으로 가리키며 말한다.

"저기 르 꼬르보 다르장(le Corbeau d'Argent, 은 까마귀) … 우리 레스토랑 이름처럼 번쩍번쩍 빛나는 은색 까마귀가 나타나야지 …."

간판에는 옥호 글씨 옆에 은빛으로 칠해진 까마귀가 날개를 활짝 펴고 날아오르는 모습의 그림이 보인다. 까마귀 발톱에는 독수리 눈알이 끼어 있다. 독수리를 잡아먹는 영험한 까마귀를 그렸다.

"저 그림의 원판은 무명화가인 우리 아버지가 그렸어. 내가 태어나기 며칠 전에 새로 태어날 아기에게 줄 선물이라면서 …."

남자는 허리춤에서 다트를 꺼내 심호흡을 하더니 간판을 향해 힘껏 던진다.

타~악!

다트가 힘찬 용솟음을 치며 날아가 목제 간판의 독수리 눈알을 정확히 맞힌다.

"야! 당신 솜씨가 되살아나네. 운수 좋은 일이 생기는 것 아냐?"

"그래야지."

남자는 아내를 살며시 껴안는다. 아내는 이마를 남편 가슴에 대고 눈을 감는다. 부부의 머리와 어깨 위에는 금세 눈이 쌓인다.

"에취!"

아내가 기침을 하며 남편 몸에서 떨어진다.

"이제 들어갑시다."

남편이 아내의 손을 잡고 레스토랑 쪽으로 향한다. 그는 대여섯 걸음을 걷더니 글로벌 빌리지 입구를 바라보며 중얼거린다.

"신부님이 오신다고 했는데…여태 택시를 못 잡으셨나?"

남자는 이번엔 산 쪽으로 눈길을 돌린다.

"재훈이는 왜 여태 안 오나? 아까 그 아가씨와 산에 올라가는 것 같던데…."

8

비선폭포 부근의 중늙은이 부부는 눈발이 흩날리자 하산을 서두른다. 남자는 박박 깎은 머리에 눈송이가 떨어지자 목덜미를 움츠리며 등산용 모자를 얼른 쓴다.

"눈이 금방 쌓이겠군."

"아이젠을 갖고 오길 잘했잖아요."

"스패츠를 달 필요는 없겠지?"

아내가 남편 등산화에 아이젠을 붙이려 할 때다. 뒤에서 부스럭거리는 소리가 들리며 젊은 남녀가 나타난다. 여성은 청년의 부축을 받아 겨우 걷는다. 노부부 앞에 오자마자 젊은 여성은 푹 쓰러졌다.

나이가 든 여성이 얼른 다가가 쓰러진 아가씨를 안는다. 아가씨는 끙끙 신음을 내며 오한으로 몸을 떤다. 나이 든 여성은 아가씨의 이마에 손을 대고 청년을 올려다보며 물었다.

"무슨 일이에요?"

"뱀에 물렸어요. 독사 같았어요."

그녀는 배낭에서 고무줄을 찾아내 아가씨 손목과 팔목을 동여맸다. 랜턴을 켜 손가락에 비치고 상처를 살핀다.

"가만 있자…이빨 자리가 두 갠가, 네 갠가?"

그녀는 눈을 문지르더니 돋보기를 꺼내 쓰고 자세히 본다.

"아, 이빨 자국이 네 개…큰일 날 뻔했네."

청년이 놀라 묻는다.

"네 개라뇨?"

"네 개면 독사예요. 독이 없는 뱀에 물리면 두 줄로 나란히 나지요. 여기 손등이 퉁퉁 부은 것을 봐요. 독이 퍼졌어. 백화사(白花蛇)에 물린 것 같네."

그녀는 배낭 한구석에서 응급 키트 주머니를 꺼냈다.

"이런 때에 대비해서 해독제를 넣어두었지요."

그녀는 해독액을 1회용 주사기에 넣었다. 아가씨 손목에 익숙한 솜씨로 주사기를 찔렀다.

"여보, 저기 그 풀잎을 더 뜯어 와요."

남편이 삿갓나물을 뜯어오자 그녀는 돌 위에 놓고 짓이겨 아가씨의 상처 위에 얹었다. 응급 키트에 든 붕대와 반창고를 잘라 상처를 잘 감쌌다.

"이 아가씨 옷차림 봐. 이렇게 얇게 입고…."

그녀는 혀를 끌끌 차며 배낭에서 바람막이 두 개를 꺼내 입혔다. 그녀는 아가씨의 눈 주위를 손가락으로 눌러 마사지한 다음 보온병에서 뽕잎차를 따라 마시게 했다. 일련의 재빠른 손놀림에 두 남자는 경탄의 눈길을 던졌다. 젊은 여성은 신음을 뱉으며 눈을 떴다.

"응급처치를 했으니 걱정 말아요."

청년은 나이 든 여성에게 머리를 허리까지 굽혔다.

"감사합니다. 조금 전까지만 해도 정신이 아득했어요."

"젊은이들, 아무 준비도 없이 산에 올랐지요?"

"단풍길을 따라 걷다가 우리도 모르게 높은 데까지…."

"눈발이 점점 굵어지네요. 서둘러 하산해요."

청년은 아가씨를 끌어안고 일어선다.

노부부는 폴을 잡고 땅바닥을 짚으며 몸을 일으켰다. 남편은 구부정한 허리를 펴지 못한 자세다.

"여보, 허리를 꼿꼿이 세우고 걸어요."

"아이고 아파. 아까 땅을 파느라 허리를 오래 구부렸더니 …."

"땅 파고 나서 도끼는 챙기셨어요?"

"앗, 도끼를 두고 갈 뻔했군."

남편은 눈 속에 묻힌 도끼를 찾아 허리춤 가죽주머니에 넣었다. 등산로가 보이지 않을 만큼 눈이 내렸다. 땅거미가 순식간에 깔렸다. 산은 적요(寂蓼) 속에 빠졌다.

9

"저기, 불빛이 깜빡거리는 데를 봐. 재훈이 아니야?"

레스토랑 주인은 창밖을 내다보다 산 쪽을 가리키며 아내에게 말했다. 종업원인 용재훈이 늦게 하산하느라 어둠 속을 헤매는 듯했다. 주인은 고성능 랜턴에 불을 켜고 달려갔다. 등산로 입구에 다다르자 용재훈 일행이 보였다. 용재훈은 젊은 여성을 등에 업고 걸어오고 있었다.

"사장님, 어떻게 여기까지 …."

"멀리서 봤지. 이 아가씨, 무슨 일이야?"

"독사에 물렸어요."

"뭐?"

용재훈이 뒤따라오는 나이 든 여성 쪽으로 몸을 틀며 말했다.

"귀한 분을 만나 도움을 받았습니다. 저 분이 해독제 주사를 놓아 주셨어요."

용재훈은 거의 탈진했다. 다리가 휘청거린다.

"아가씨를 내가 업을게."

"사장님이?"

용재훈은 기진맥진한 상황에서도 멈칫했다. 사장이 눈치를 채고 눈을 찡긋했다.

"흑심 안 품을 테니 걱정 마."

일행이 레스토랑에 들어설 즈음에는 눈이 폭설로 바뀌었다. 레스토랑 앞에 눈이 수북이 쌓여 문이 잘 열리지 않았다. 레스토랑 주인의 아내는 남편 등에 젊은 여성이 달라붙어 업힌 모습을 보고 눈을 부라렸다.

나이 든 여성이 삿갓나물 뿌리를 주인 아내에게 건네주면서 삶아달라고 부탁한다.

"어디에 쓸 건데요?"

"우려낸 물을 먹이려고요. 해독제랍니다."

용재훈은 홀 한쪽에 있는 페치카 앞에 의자 몇 개를 붙이고 그 위에 아가씨를 눕혔다. 나이 든 여성은 왼손으로는 아가씨의 팔을 움켜쥐고 오른손으로는 손날을 세워 아래로 훑어 내린다.

"음….."

삿갓나물 달인 물을 마신 아가씨가 신음을 하며 눈을 뜬다. 의식이 돌아온 듯하다.

용재훈은 환히 웃으며 나이 든 여성을 바라보며 물었다.

"덕분에 생명을 건졌습니다. 선생님은 한의사세요? 양의사세요?"

나이 든 여성은 용재훈을 흘깃 쳐다본 뒤 가볍게 웃기만 했다. 그녀의 뺨에 퍼지는 잔주름은 결이 고르지 못했다. 모진 세파(世波)에 시달린 얼굴이었다.

그때서야 주인은 노부부의 얼굴을 똑바로 보면서 인사를 했다.

"식당주인 두희송입니다. 저기 마담은 제 처입니다."

두희송과 악수를 한 중늙은이 남자는 모자를 벗고 머리를 깊게 숙이며 인사했다.

"음태출이라고 합니다. 여기는 제 집사람이고 ···."

식당 주인의 아내는 음태출이란 이름을 듣자 쿡쿡 웃었다. 희성(稀姓)인데다 이름이 '탯줄'처럼 들렸기 때문이다.

"음씨도 있나요? 엄씨 아닌가요?"

당돌한 질문에 음태출이 당황해한다.

"괴산 음씨입니다."

희성이기는 식당주인 두희송도 마찬가지다. 그는 어릴 때부터 성씨 때문에 놀림을 많이 받아 음태출의 심경을 이해했다.

"괴산 음씨는 명문가이지요."

두희송은 아내의 무례를 덮으려 큰 소리로 말했다. 그러나 두희송의 아내 전지연은 또 물었다.

"음씨 가문은 음악에 소질이 있나요? 소리 음(音) 아니에요?"

"소리 음자가 아니고 ··· 음악과는 관계가 없는데 ···."

"대처승인가요?"

"아니오."

"그럼 왜 머리는 그렇게 ···."

"오래 전부터 깎고 다닌답니다. 흐음 ···."

음태출의 길쭉한 얼굴이 굳어졌다. 두희송은 분위기를 반전하려고 일부러 목소리를 높였다.

"시장하실 테니 저녁식사를 하시지요. 얼었던 몸이 확 풀리는 특별 요리로 대접하겠습니다. 폭설 때문에 오늘밤엔 외부로 나가지도 못하십니다. 느긋하게 식사하시고 주무십시오."

전지연은 그때서야 자신의 결례를 깨달았다.

"어르신께 죄송합니다. 제가 음악을 전공해서 음자만 들어도 귀가 번쩍 뜨여서…. 저도 희성입니다. 돈 전(錢)자를 쓰는 성씨예요. 돈 버는 데에는 별 재주가 없지만…."

"뼈대 깊은 성씨이지요. 전진한 선생이라고 대통령 후보로 나온 정치인도 계셨지요."

"어머, 전진한 총재님을 아세요? 제 집안 할아버지이세요."

이들의 대화를 듣던 레스토랑 종업원 용재훈이 음태출, 가희복 부부에게 머리를 숙인다.

"정식으로 감사인사를 드리겠습니다."

전지연이 용재훈에게 묻는다.

"저 아가씨, 누구예요?"

"시현이라고 합니다."

"이름 말고…. 재훈 씨와 어떤 사이? 여자 친구?"

"아녜요. 제가 감히 넘볼 수 없는 분…."

10

"부이야베스라는 요리입니다. 프랑스 남부 지중해의 향기가 듬뿍 담긴 별미랍니다. 우리나라 해물탕과 비슷한 맛이죠."

두희송이 테이블 위에 큼직한 무쇠냄비를 올리며 말했다. 뚜껑을 열자 김이 솟아오르며 고소한 냄새가 퍼진다. 테이블에 둘러앉은 손님들은 침을 삼킨다. 전지연이 국자로 부이야베스를 정성스럽게 떠서 손님들에게 나누어준다.

음태출이 숟가락으로 국물을 조금 떠서 맛보고 말한다.

"일품이군⋯."

전지연이 활짝 웃으며 목소리를 높인다.

"건더기도 드셔보세요. 국물맛 못지않답니다. 저희 남편이 이것 만드는 비법을 배우려고 마르세유에서 여섯 달이나 살았어요."

두희송이 맞장구를 친다.

"신선한 해물재료를 구하려고 어선을 두 달간 탔지요. 어부보조 겸 요리사로⋯. 건조한 지 100년도 넘은 낡은 배 선장실에 호치민 사진이 걸려 있어 놀랐습니다. 알고 보니 청년 호치민이 마르세유에 잠시 체류할 때 그 배에서 요리사 보조일을 했다고 하더군요. 그러니 저는 호치민의 직계 후배죠."

음태출이 눈썹을 옴죽거리며 두희송에게 묻는다.

"호치민이라면 베트남 지도자 호지명?"

"맞습니다. 그 호치민⋯. 청년 호치민은 베트남에서 독립운동을 하다 수배령을 피해 프랑스로 왔지요. 그는 요리사 보조, 정원사, 청소부, 하인 등 온갖 허드렛일을 하며 떠돌았답니다."

음태출은 레스토랑 주인의 정체가 궁금해졌다.

"요리를 배우려고 불란서에까지 갔단 말이오? 불란서 말은 잘 하시오?"

상인(霜刃) 빛이 감도는 음태출의 머리, 독사에 물린 아가씨를 쓰다듬는 가희복의 절제되고 정교한 손놀림을 보고 주인은 이들 부부가 범상찮은 인물이라는 느낌을 받았다.

두희송은 대중적인 와인인 딸보 한 병을 들고 나와 이들의 잔에 따르며 말했다.

"누추한 곳을 찾아주셔서 영광입니다. 한잔 드시고 뭐라도 한 수 가르쳐 주십시오."

음태출이 당황해하며 대답한다.

"나이만 먹었지, 아는 게 없소."

두희송과 음태출이 눈을 마주 보며 대화를 나누는 동안 다른 사람들은 말없이 음식을 먹는다.

"젊었을 때 뭐 하셨습니까?"

"직업? 사진을 찍었소. 떠돌이 사진쟁이 …. 흙먼지 날리는 시골길에서 버스 타고 다니며 이 마을 저 마을을 돌았지. 강원도 철원, 경상도 청송, 전라도 장수, 충청도 진천 … 방방곡곡으로 …. 사진값으로 쌀이나 옥수수를 받기도 했고 … 잔칫집이라도 만나면 잘 얻어먹고 사진값도 두둑이 받았고 …."

음태출은 배낭을 더듬거려 카메라를 꺼내 눈에 댔다. 필름이 빈 카메라의 셔터를 누르며 말을 이었다.

철컥, 철컥, 철컥 ….

"아기 돌사진은 절반만 받았고, 북망산으로 곧 떠날 노인네 영정은 공짜로 …."

음태출은 파인더에 한쪽 눈을 댄 채 한동안 침묵했다. 그의 뇌리 속

에 아내 가희복을 처음 만난 광경이 떠올랐다. 파인더 안에 그 장면이
생생하게 비친다.

"저것 봐라, 저것⋯."

음태출은 찔꺽눈을 움찔거리며 주문을 외듯 중얼거린다. 그의 콧잔
등에는 땀방울이 솟는다.

산수유 마을의 봄

1

　암브로시오 신부는 6·25전쟁 때 군종(軍宗) 장교로 한국에 왔다. 프랑스어권인 벨기에 남부 농촌에서 태어난 그는 어머니가 영국인인 덕분에 자연스레 영어와 프랑스어에 능통했다. 신학교에서 배운 라틴어, 그리스어는 물론 벨기에 북부언어인 네덜란드어도 자유자재로 구사했다.

　암브로시오 대위는 유엔군 병사들을 위한 미사를 집전하려고 은오산 부근 작전지역으로 가다가 인민군에게 붙들렸다. 타고 가던 지프가 고장 나는 바람에 길 위에서 머뭇거릴 때 인민군 패주병들에게 발견된 것이다. 인민군 숫자는 20여 명에 불과했다. 대여섯 명은 팔다리에 총상을 입어 붕대를 감고 있었다. 나머지 병사 대부분도 굶주리고 지쳐서 제대로 걷지 못했다.

　깡마른 인민군 병사 몇몇이 눈에 살기를 머금고 다가왔다. 그들은 암브로시오 신부와 한국군 운전병에게 총부리를 겨누며 손을 뒤로 젖혀 묶었다. 포로로 끌고 가려는 것인지, 처형하려는 것인지 알 수 없었다.

　인민군 하사관과 한국군 운전병의 눈길이 마주쳤다. 얼굴에 땟국물이 자르르한 하사관은 눈알을 부라리며 고함을 쳤다.

"날 째려봤지?"

"째려보다니요. 아닙니다."

"건방진 종간나 새끼 ….."

하사관은 아래턱을 쑥 내밀며 눈을 부릅떴다. 그는 허리춤에 찬 대검을 꺼내 들었다. 운전병에게 다가가 머뭇거림 없이 대검을 휘둘렀다.

"악!"

외마디 비명과 함께 운전병의 목에서 피가 분수처럼 솟구쳐 흘러나왔다. 운전병은 몸을 바들바들 떨더니 곧 숨을 거두었다.

"몽 디외(나의 하느님)!"

신부의 입에서는 간절한 부르짖음이 절로 나왔다. 등줄기에 독사가 기어가는 듯한 섬뜩한 기분이 들었다. 그는 기도했다.

아직 생명을 거두어갈 때가 아님을 하느님의 권능으로 입증해 주소서. 살아나면 한국인들을 위해 몸을 바치겠사옵니다. 절벽에 선 어린 양을 구출해 주시옵소서 ….

인민군은 신부를 죽이지는 않았다. 그래도 손을 맨 결박은 그대로였다.

인민군 병사들은 지프 안을 뒤져 레이션 박스를 꺼냈다. 박스에 든 쿠키, 초콜릿, 설탕 등을 순식간에 먹어치웠다. 나이가 열 일고여덟쯤으로 보이는 소년병사 하나가 햄 통조림을 칼로 따다가 손을 다쳤다.

"칼로 따지 마세요. 여기 통조림 따개가 있어요."

어눌하지만 알아듣는 데는 지장이 없는 암브로시오의 한국어였다. 신부가 한국에 온 지 석 달 만에 속성으로 익힌 말이었다. 인민군 하사관은 서양인 신부가 하는 한국말을 듣고 귀를 의심했다.

"내 옆구리에 열쇠뭉치가 달렸어요. 거기에 따개가 ….."

하사관은 신부의 열쇠뭉치에서 통조림 따개를 찾았다. 그 따개로 통조림 여러 개를 수월하게 열었다. 그들은 통조림에 든 햄, 우유, 소시지 등을 허겁지겁 먹었다. 소년병사는 햄을 입에 넣고 맛을 음미하는 듯 눈을 지그시 감았다. 병사들은 미사용 포도주도 마셨다. 그들은 허기에서 벗어나자 숲속으로 자리를 옮겨 낮잠을 잤다. 밤에는 걷고 낮동안엔 잠을 자는 생활이었다.

야간행군을 마치고 옥수수로 허기를 달래자 동 틀 무렵이 되었다. 웅크린 자세로 잠든 인민군 병사들의 몸에서는 피냄새, 화약냄새가 풍겼다. 보초 두 명 가운데 한 명이 졸음을 참지 못하고 눈을 내내 감았다. 잠을 자지 않는 보초는 손을 다친 소년병사였다. 속눈썹이 길어 얼핏 아리따운 소녀처럼 보이는 소년은 신부에게 슬며시 다가와 결박을 풀어주었다. 도망가라는 손짓을 했다. 신부는 절대자의 따스한 손길이 소년의 얼어붙은 가슴을 덥혔다고 믿었다.

신부는 숲에서 헤매다 작은 동굴을 발견했다. 입구는 컴컴했지만 기어들어가니 제법 널찍한 공간이 나타났다. 바닥에는 이부자리가 깔렸고 타다 남은 양초, 그릇 몇 개가 뒹굴었다. 역한 냄새가 코를 찔렀지만 조금 지나니 견딜 만했다. 곰팡내가 풍기는 이부자리에 몸을 뉘었다. 피로가 몰려와 잠에 빠졌다. 꿈속에서 운전병이 살해되는 장면이 나타났다.

"흐윽!"

눈을 떠보니 속옷이 몸에 척 달라붙을 만큼 땀이 흥건했다. 도무지 잠을 이룰 수 없어 동굴 밖으로 나왔다. 심야…. 희미한 달빛 사이로 멀리 집이 보였다.

끼르르르…. 귀뚜라미 울음소리가 지천으로 깔렸다. 축축한 풀숲을 헤치며 다가가보니 조그만 암자였다. '천진암'이라는 현판이 붙었다.

"붓다!"

신부는 암자에 들어가 화려한 금동 불상을 보고 감탄사를 내뱉었다. 공포로 울렁거리던 심장이 평정을 찾았다.

부처와 예수가 닮았다!

신부는 불상을 바라보며 성호를 그었다. 빙그레 웃는 불상은 살아 숨쉬는 것 같았다. 신부는 법당에 깔린 방석을 접어 베개 삼아 베고 단잠을 잤다.

전쟁이 끝났다. 신부는 벨기에로 돌아갔다가 군복을 벗고 한국 근무를 자원했다. 이번에는 예수회 소속 신부였다.

"흐윽!"

다시 한국에 온 첫날 밤, 암브로시오는 꿈속에서 운전병 살해장면을 보고 가위눌렸다. 이튿날 밤도 마찬가지였다. 성당에 앉아 오래 묵상에 잠겼으나 묵직한 추(錐)가 가슴에 붙은 듯하여 여전히 답답했다.

천진암으로 가볼까. 얼핏 그런 생각이 떠올랐다. 신부는 서둘러 은오산의 천진암에 찾아갔다. 전쟁 때처럼 암자에서 달콤한 잠을 잤다.

2

은오산 기슭에는 한국전쟁이 끝난 몇 년 후 '문둥이 마을'이 생겼다.

"그 산골짜기에 사는 은빛 까마귀를 보면 문둥병이 낫는다."

이런 풍문이 퍼지자 한센병 환자가 하나둘씩 모여든 결과였다. 초기에는 20여 명이 초막을 짓고 살았으나 세월이 흐르자 50여 명으로 늘었다. 초막도 너와집으로 바뀌었다. 가족끼리 사는 집도 10여 가구가 되었다.

초기 정착자 가운데 봉삼봉이라는 재담꾼이 있었다. 체구는 작았지만 목소리는 천하장사 못잖게 우렁찼다. 그는 각 지역의 전설, 야담, 소문 따위에 훤했다. 싸구려 만병통치약을 파는 장돌뱅이로 전국 장판을 돌아다닌 밥벌이 덕분이었다.

"봉삼봉, 앞으로 말하나 뒤로 말하나 이름이 똑같은 봉삼봉이가 왔으니 소주 만병만 주소. '소주 만병만 주소'도 앞으로 말하나 뒤로 말하나 똑같소이다."

봉삼봉은 신이 나면 코맹맹이 소리를 내며 약장수 특유의 말투로 사람들을 웃겼다.

"소주 만병을 받아 어른들끼리 잔치판을 벌이겠으니 아이들은 썩 물러가거라."

봉삼봉은 땅에 침을 퉤퉤 뱉으며 말을 이었다.

"앞으로 말하나 뒤로 말하나 같은 것은? 자지 만지자, 자지만 만지자, 자지만 슬슬 만지자…."

주민들은 박장대소했다. 봉삼봉의 말대로 아랫도리를 슬슬 만지는 남자도 있었다.

봉삼봉은 막걸리를 마시고 취기가 오르면 걸쭉한 육담으로 좌중을 사로잡았다.

"자지만 만질 게 아니라… 소 보지 보소."

봉삼봉이 은오산의 전설을 이야기하면 듣는 이는 몇 번 들어도 지루하지 않았다. 그는 전해들은 전설에다 자신이 멋대로 지은 내용을 섞어 그럴 듯하게 풀어냈다.

"은오산 전설은 여러 개 있소이다. 오늘 저녁엔 그 가운데서 가장 구수한 것을 고르겠소. 천제의 쌍둥이 아들인 환백과 환중이가 인간 세상을 구경하고 싶어 애간장이 탔어요. 그들은 까마귀로 변신해서 각각 한반도와 일본 섬에 나타났소이다. 일본에 간 환중은 백성들에게서 길조로 환영받은 반면에 한반도에 온 환백은 흉조로 손가락질을 받았지요. 흰옷을 즐겨 입는 한민족은 검은 까마귀를 싫어했던 것이지요. 환백은 정기가 빼어난 산에서 기적의 샘물을 발견해서 마흔아홉 날 동안 이 물만 먹고 심신을 닦았답니다. 그러는 동안 검은 털이 점차 은색으로 바뀌었지요. 드디어 반짝이는 은빛 깃털로 탈바꿈하여 하늘을 날았는데 사람들은 이 은오(銀烏)가 하늘에서 온 신령이라 여겼다오. 은오가 수련하던 곳이 바로 이 부근이외다."

청중이 재미있다면서 추임새를 넣으면 봉삼봉은 입에 거품을 품고 더욱 열을 올린다.

"요즘도 은빛 까마귀가 나타난다오. 그 까마귀를 본 사람은 몸이 공중으로 부웅 뜨면서 해탈의 경지에 들어간다오. 문둥이병 따위는 은빛 까마귀를 본 순간 그 자리에서 씻은 듯이 낫지요."

듣는 이들은 봉삼봉을 선지자처럼 우러러 보았다. 어떤 이는 봉삼봉의 재담을 듣고 하염없이 눈물을 흘렸고 그 눈물을 손으로 훔쳐 자신의 피고름 딱지 위에 발랐다.

봉삼봉은 며칠 뒤에는 다른 은오산 전설을 들려주었다. 자신이 직접 은빛 까마귀를 본 것처럼 실감나게 이야기했다.

"원래 까마귀는 깃털이 은빛인 천상(天上)의 새였소. 천제가 지상에 나들이할 때 시중을 들러 따라 내려왔지요. 지상이 마음에 든 까마귀는 천제에게 허락을 얻어 은오산에 살게 됐소. 이미 이곳에 살던 다른 새들은 아무도 까마귀를 친구로 삼지 않았소. 화려한 은빛을 뿜는 까마귀가 부담스럽기 때문이었소. 까마귀는 다른 새들과 더불어 살기 위해 숯더미에 몸을 던져 일부러 검게 만들었소. 가장 시커먼 새로 변신했다오. 그 후엔 천대받는 새가 되었소."

은빛 까마귀를 본 환자는 아무도 없었으나 대부분이 병세가 호전됐다. 초기 이주자인 가만구가 발견한 '기적의 샘물' 덕분이었다. 중증 한센병자인데다 구루병 환자인 그는 봉삼봉의 이야기를 곧이 믿고 은빛 까마귀가 마신다는 샘물을 찾으러 숲속을 헤맸다. 몇 달간이나 헤맸으나 허탕을 쳤다. 어느 날 그는 허기에 시달리다 정신이 몽롱해져 길을 잃었다. 소나기가 억수로 쏟아졌다.

우르릉 꽝!

천둥이 치면서 가만구 옆에 벼락이 떨어졌다. 가만구는 정신을 잃었다. 눈을 떠보니 버드나무가 벼락을 맞아 뿌리째 뽑혀 벌렁 드러누웠다. 뿌리가 뽑힌 곳에서 샘물이 솟구쳤다. 목이 마른 가만구는 두 손을 모아 샘물을 떠 마셨다. 여느 물맛과 달랐다. 혀를 톡 쏘는 알알한 물맛이 신비로웠다. 훗날 이 탄산수를 오래 마시고 몸에 바르고 하니 피부에 붙은 피딱지가 곰삭아 떨어졌다.

주민들은 약초를 캐고 화전을 일구며 연명했다. 이들은 소록도에 가기를 거부했다. 먼 남쪽바다 위에 고립된 소록도에 가면 세상과 절연된다는 두려움이 있었고 또 그곳 '수용소' 생활이 싫었기 때문이다.

가만구는 주민들에게 자신의 체험을 털어놓았다.

"어느 날 새벽에 갑자기 경찰이 집에 들이닥쳤다네. 다짜고짜로 내 손목에 수갑을 채우더군. 마누라 손목에도⋯. 우리가 무슨 죽을죄를 지었나? 내가 대드니까 경찰관은 이 꼽추새끼야 맞아 죽지 않으려면 찍소리하지 말라고 윽박지르더군. 자고 있는 딸내미에게 작별인사도 못하고 소록도로 끌려갔지. 젊은 남자는 불알을 까서 씨를 말린다는 소문이 나도니 소름이 돋더군. 굶주림에 시달리던 환자들이 부근에 있는 비토리 섬에 고구마를 심으러 갔다가 섬 주민들에게 들켜 스무 몇 명이 죽창에 찔려 숨졌고 …. 나는 이래 죽으나 저래 죽으나 마찬가지라는 생각이 들어 그믐날 밤에 감시인을 몽둥이로 때려누이고 마누라하고 같이 도망했지. 훔친 뗀마(전마선)를 타고 소록도를 떠났지. 딸내미가 어디서 어떻게 사는지가 가장 궁금했어. 파도가 몹시 몰아치는 밤이어서 배가 그만 뒤집어졌어. 마누라는 물에 빠져 죽고 ….”

행정당국에서는 이 마을의 존재를 쉬쉬했다. 인근 마을 이장들은 이 마을을 철거해 달라고 요구하는 진정서를 면장에게 냈다.

“은오산 문둥이가 아이들을 잡아가 삶아먹었다.”

“아기 배를 갈라 간을 빼먹었다.”

흉측한 소문이 나돌았다.

“첫 몸엣것 피를 마시면 문둥병이 낫는다며 여중생을 납치해갔다.”

이런 괴담도 퍼졌다.

그럴 때마다 면장은 이장들을 불러 구슬렸다.

“조사해 보니 헛소문이었소. 그들이 다른 부락에 출몰하지 않고 조용히 살겠다고 다짐하니 덮어둡시다. 강제철거하다 충돌이라도 생겨 외부에 알려지면 우리 지역 전체가 문둥이 동네로 낙인찍히오. 평지풍파 일으킬 필요 없어요. 그냥 모르는 척 눈감아 줍시다.”

면사무소에서는 관내 행정지도에서 은오산 이름을 삭제했다. 은오산은 이름 없는 야산으로 전락하고 말았다.

암브로시오는 천진암에 올 때마다 문둥이 마을에 들러 의약품을 전달했다. 그는 코뼈가 썩어 문드러져 콧구멍만 남은 중증환자를 보면 예수가 나병환자 시몬의 집에 머물 때를 떠올리며 기도했다.

사망한 환자의 자녀를 돌보는 것도 중요한 일이었다. 신부는 자신이 몸담은 성당의 주일미사가 끝나면 곧바로 문둥이 마을로 달려오는 경우가 잦았다. 피정기간엔 으레 이곳에서 시간을 보냈다. 신자 가운데 의사, 간호사들을 만나면 치료봉사를 부탁했다. 일부 신자들은 전염당할까 봐 암브로시오를 멀리 하며 고해성사를 받을 때는 다른 신부를 찾았다.

주민들은 '문둥이 마을'이란 이름이 귀에 거슬려 '산수유 마을'이라 부르기로 했다. 마을 입구에 산수유가 무성했기 때문이다. 빨간 산수유 열매가 열리는 가을이면 마을 입구가 온통 불타듯 빨갛게 물들었다.

암브로시오는 거리낌 없이 환자들과 접촉했다. 함께 뒹굴고 같은 밥상에 앉아 밥을 먹었다. 큰 양푼에 밥과 반찬을 넣어 만든 비빔밥을 즐겨 먹기도 했다. 그는 순교를 각오했기에 두려움이 없었다. 한센병 환자가 약만 제대로 복용하면 다른 사람에게 전염시킬 가능성이 거의 없다는 의학지식도 알았다.

주민대표 역할을 맡은 가만구가 탄산샘물을 갖고 와 암브로시오에게 물맛을 보라고 권했다.

"제가 찾은 샘에서 떠온 물입니다."

"오, 이 물맛! 페리에 탄산수 맛과 흡사하군요. 제가 신학교에 다닐 때 가끔 사 먹던 고급 생수….."

"돈을 주고 물을 사먹나요?"

"이 탄산수는 아주 비싼 물이어서 부자들만 마십니다."

"그럼 우리도 갑부네요."

"이 물에 이름이 있나요? 페리에 같은….."

"이름은 무슨 이름….."

"고급 명품물이니 이름을 붙입시다."

"뭐가 좋을까요?"

"프랑스에서는 흔히 지명을 붙입니다. 에비앙, 볼빅 …. 에비앙은 론 알프스 지방의 휴양도시 이름이고 볼빅은 오베르뉴 지방의 휴화산 청정지역 동네이고 …."

"그러면 여기가 은오산이니 은오산물?"

"톡 쏘는 물맛이니 은오산 톡물?"

"톡물보다는 쏘물이 낫겠는데요."

"은오산 쏘물? 하하하 …."

꼽추라는 신체장애 탓에 부모에게서도 버림을 받은 가만구는 코흘리개 때부터 목공소에서 잔심부름을 하며 자랐다. 그는 학교를 다니지 못해 한글을 읽을 줄 몰랐다. 암브로시오 신부에게 이 사실을 털어놓았더니 신부가 한글을 가르쳐주었다.

가, 나, 다, 라 ….

가만구는 한국사람이 외국인에게 한글을 배운다는 사실이 부끄러웠지만 나이 어린 한국인에게서 배우는 것보다야 부담은 덜 갔다. 가만구는 한글을 깨우치고 나서 '문둥이 시인' 한하운의 시 〈보리피리〉와 〈전라도 길〉을 공책에 수십 번 베껴 쓰며 외웠다.

한가위 보름달을 바라보며 가만구는 보리피리 시를 읊었다.

보리피리 불며 봄 언덕 고향 그리워
피-ㄹ 닐니리
보리피리 불며 꽃 청산 어린 때 그리워
피-ㄹ 닐니리
보리피리 불며 인환(人還)의 거리 인간사 그리워
피-ㄹ 닐니리

보리피리 불며 방랑의 기산하(幾山河) 눈물의 언덕을 지나
파-ㄹ 닐니리

수갑에 차여 소록도로 끌려가던 장면과 거센 파도와 싸우며 노를 저어 소록도를 빠져나올 때가 기억에 되살아났다. 파도에 휩쓸리는 아내의 마지막 모습도 떠올랐다. 가만구는 신발을 벗고 발가락들이 날아간 뭉툭한 발을 바라보며 '전라도 길' 시를 읊조렸다. 목젖에서 피가 솟는 듯했다.

가도 가도 붉은 황토길
숨 막히는 더위뿐이더라
낯선 친구 만나면
우리들 문둥이끼리 반갑다

천안삼거리를 지나고
쑤세미 같은 해는 서산에 남는데

가도 가도 붉은 황톳길
숨 막히는 더위 속으로 쩔름거리며
가는 길 … 신을 벗으면
버드나무 밑에서 지까다비를 벗으면
발가락이 또 한 개 없다

앞으로 남은 두 개의 발가락이 잘릴 때까지
가도 가도 천리 먼 전라도 길.

고아들이 늘어나자 암브로시오는 예수회 측에 요청하여 이곳에서 사

목활동을 하기로 허락을 받았다. 신부는 마을에 작은 성당을 짓고 부속
건물에 고아원을 마련하기로 했다. 땅을 파고, 벽돌을 찍고, 서까래를
올리는 집짓기 작업에 주민들이 발 벗고 나섰다. 목수 일로 수십 년간
밥을 먹은 가만구가 앞장섰다.

"신부님, 막걸리 한 사발 쭉 들이켜 보세요. 힘이 불끈 솟습니다요."

서너 시간 톱질 일로 땀범벅이 된 가만구가 주전자에서 희누르스름한
액체를 사발에 따라 신부에게 들이밀었다. 암브로시오는 시금털털한 냄
새를 풍기는 막걸리에 코를 대고 킁킁거리다가 조금 맛을 보았다. 부드
러우면서도 알싸한 맛이 혀를 자극한다. 신부는 목을 젖히고 시원스레
들이켰다.

"크으!"

"맛이 어떻습니까?"

"트레 봉!"

"무슨 뜻인지요?"

"아주 좋다는 뜻입니다."

"은오산 쏘물로 빚었으니 더더욱 맛좋은 술입니다."

암브로시오는 막걸리를 한 사발 더 마셨다. 취기가 올랐다. 흥이 나
서 콧노래가 절로 나왔다. 그는 라틴어로 된 '하느님의 어린 양'이라는
성가를 불렀다.

아뉴스 데이 뀌 똘리스 뻬까따 문디
미세레레 노비스
도나 노비스 빠쳄
(하느님의 어린 양, 세상의 죄를 없애시는 주님
저희에게 자비를 베푸소서

환자들도 노래를 따라 불렀다. 낯선 나라의 말이어서 뜻은 모르지만 이 노래를 부르면 심신의 질병이 낫는 기분이 들었다. 그들은 눈물을 줄줄 흘리며 목청을 높였다. 그들은 기적을 기다렸다. 육신에 생긴 천형(天刑)의 상처를 씻기 위해 절대자의 은총을 갈구했다.

마을 입구 산수유 검불 속에 너럭바위 하나가 버티고 서 있었다. 암브로시오는 그 위에 '나병은 낫는다'는 글을 새겼다.

가만구는 성당이 완성되자 성당 앞에 미카엘 대천사 목상을 만들어 세웠다. 큼직한 나무뿌리를 몇 달 동안 다듬어 만든 것이었다. 가만구는 목상 앞에 무릎을 꿇고 기도를 올렸다.

"미카엘 천사여, 죄가 많아 육신이 온전치 못한 이 사람을 긍휼히 여기소서. 이 죄인이 받지 못한 지상의 복은 제 딸내미 가희복이 대신 누리도록 해주옵소서."

암브로시오는 굳은살 못으로 딱딱해진 가만구의 손을 잡고 성당을 지은 노고에 감사를 표시했다.

"예수도, 그의 아버지 요셉도 목수였습니다. 낮은 곳에서 피땀 흘려 일한 사람은 천국에서는 가장 높은 곳에 앉을 것입니다."

3

한센병에 걸린 '간판쟁이' 화가 청년이 산수유 마을에 숨어들었다. 그는 손이 썩어 문드러져 오른손 엄지와 검지만 남았다. 마을에 도착했을 때 그는 심한 열병까지 앓아 곧 숨질 환자처럼 보였다. 몇 년간 깎지 않은 머리칼과 수염 탓에 외모는 '그로테스크' 자체였다.

그는 우범단속을 나온 경찰관과 실랑이를 벌이다 실수로 경찰관을 살해하고 도주했다. 극장 미술실로 들어온 경찰이 다짜고짜 그를 방망이로 후려치자 그도 엉겁결에 연탄집게로 반격했다. 그 집게가 경찰관의 목을 관통한 것이다.

존 웨인 주연의 서부영화 간판을 실감나게 그려 극장 전무에게서 설탕 한 부대를 보너스로 받기도 한 그는 그 범죄만 저지르지 않았다면 미술실에서 오랫동안 간판을 그렸을 것이다. 그의 성씨가 두(杜) 씨여서 단골관객인 어느 시인이 '두빈치'라는 별명도 붙여 주었다. 르네상스 시대의 대(大) 화가 다빈치의 솜씨를 닮았다는 뜻이다.

몹쓸 병에 걸린 그는 이곳저곳을 전전하다 산수유 마을을 찾았다. 그는 성당 한구석에서 두어 달 동안 정양한 다음에야 몸을 움직일 수 있었다.

극장 간판을 그리던 그는 익숙한 솜씨로 성당과 고아원 안팎 벽면에 그림을 그렸다. 엄지와 검지만으로 붓을 쥐고도 강렬한 터치로 물감을 칠했다. 색깔은 원색 위주로 썼다. 마리아가 예수를 안은 그림을 비롯한 여러 성화를 그렸다. '두빈치'는 '다빈치'로 환생했다는 자기최면을 걸며 작업에 몰입했다.

과묵한 그는 재담꾼 봉삼봉과 잘 어울렸다. 봉삼봉의 이야기를 들으면서 그의 모습을 종이에 스케치했다. 봉삼봉은 신이 나서 눈꺼풀이 뒤집고 자라춤까지 추면서 재담을 늘어놓았다.

"까마귀 무리에는 길잡이 기러기 같은 우두머리가 없어. 그래서 오합지졸(烏合之卒)이라고 까마귀를 업신여기지. 그러나 그건 까마귀를 잘못 본 거야. 까마귀는 가장 영리한 새야. 기러기는 장군 한 명에 졸병이 여럿이지만 까마귀는 모두가 장군이야."

버꾹, 버버꾹, 버버버꾹….

뻐꾸기 울음소리가 났다. 타고난 입내장이인 봉삼봉이 목젖을 울려 낸 소리였다.

"까마귀란 놈은 다른 새 울음소리를 잘 흉내 내지. 이렇게 말이야."

쪼르르르 … 비리리리 … 쑥국쑥국 ….

봉삼봉은 입술을 쫑긋거리면서 갖가지 새 울음소리를 냈다.

봉삼봉의 재담을 들은 가만구도 시조 한 수를 읊었다.

까마귀 검다 하고 백로야 웃지 마라
겉이 검은들 속조차 검을쏘냐
겉 희고 속 검은 이는 너뿐인가 하노라

암브로시오는 봉삼봉의 재담을 들으면 공책에 내용을 기록했다. 신부는 재정형편이 나아지면 녹음기를 사서 봉삼봉의 이야기를 녹음하고 싶다고 입버릇처럼 말했다.

가만구가 빚어온 막걸리를 마시며 암브로시오도 까마귀에 대한 서양의 이야기보따리를 풀어놓았다. 어느 봄날 밤, 흐드러지게 핀 목련꽃 아래에 주민들이 모여 앉았을 때 암브로시오는 손가락으로 하늘을 가리켰다. 까마귀 별자리를 찾았고 별자리 유래를 설명했다.

"그리스 신화에도 까마귀가 자주 나와요. 코로니스라는 공주가 데살리 왕국에 살았습니다. 아폴론 신이 한눈에 반한 미인이었지요. 다시 만나는 날까지 기다리기가 안타까워서 아폴론은 백설처럼 하얀 까마귀를 공주 옆에 남겨 두고 심부름꾼 노릇을 시켰지요. 까마귀는 사람의 말을 할 줄 아는 총명한 새였답니다. 어느 날 까마귀가 아폴론에게 날아와 코로니스가 다른 남자와 바람을 피웠다고 고자질했습니다. 화가

난 아폴론은 은(銀) 화살을 북쪽 하늘로 쏘았죠. 화살은 멀리 날아가 공주의 흰 가슴팍을 맞혀 공주는 숨졌습니다. 아폴론은 공주의 죽음 소식을 듣고 까마귀가 원망스러워 흰 까마귀의 털을 까만색으로 바꾸고 말을 하지 못하도록 했답니다."

암브로시오의 동참에 봉삼봉은 더욱 신이 나 오졸거렸다. 봉삼봉은 막걸리를 병째로 들이켜고 나서 거북이춤을 추면서 충청도 공주에서 배웠다는 민요를 불렀다.

까악까악 가무개 까악 무엇 하러 가나 알 나러 가네
몇 개나 낳나 지겟다리 사다가 세 개나 낳네
볶아 먹고 지져 먹고 나 한 개 주게
잔디밭에 불노러 무엇하려나 대정밭에 불노러 못 주겠네
지지 먹고 자자 먹고 철남생이 나무에 올라가성 인두 박고
비누질 하겠다

간판장이 '두빈치'의 행방을 좇던 애인이 거지 차림으로 찾아왔다. 사당패를 따라다니며 춤과 줄타기 재주를 하던 그녀는 읍내 극장에서 만난 간판장이 청년을 잊지 못해 심산유곡에까지 온 것이다. 그녀는 한사코 하산을 거부했다. 간판장이와 생사고락을 함께 하겠다고 버텼다. 이들은 움막을 지어 살림을 차렸고 여성은 아이를 뱄다.

간판장이는 은오산 전설을 듣고는 성당의 외벽에 은빛 까마귀가 승천하는 모습을 그리기 시작했다.

"이 그림은 우리 아기에게 주는 선물이야."

간판장이는 이렇게 말하며 붓을 놀렸다. 그림을 완성할 무렵 그는 한 움큼 피를 토했다. 그는 암브로시오에게 은분(銀粉)이 섞인 물감을 구

해 달라고 사정했다. 까마귀 날개에는 그 물감을 칠해야 그림이 살아난 다고 강조했다.

신부의 부탁을 받은 어느 신자가 은분 물감을 갖고 온 날, 청년은 까마귀 날개 깃털 하나하나를 은빛으로 칠해 그림을 완성한 직후 푹 쓰러졌다. 그는 한센병에다 결핵이 겹쳐 사망했다.

"으흙흙⋯."

목젖을 떨며 울던 여성은 유복자인 아기를 낳았다. 탈진한 그녀는 산욕열로 앓더니 한 달을 못 넘기고 숨졌다.

암브로시오는 이 아기를 베드로라고 부르며 아들처럼 길렀다. 기저귀를 갈아주고 분유를 먹였다. 아이는 신부가 친아버지인 줄 알고 자랐다. 베드로는 신부 옆을 졸졸 따라 다니며 말을 배웠기에 불어와 영어에 능숙했다. 라틴어로 미사를 집전할 때 베드로는 말뜻을 꽤 알아들었다. 베드로는 신부를 따라 가슴을 톡톡 치며 라틴어 미사 경전을 따라 말했다.

메아 꿀빠 메아 꿀빠 메아 막시마 꿀빠
(내 탓이오 내 탓이오 내 큰 탓이로소이다)

베드로는 중학생 나이가 됐을 때 읍내 중학교에 가지 않으려 발버둥 쳤다. '문둥이 자식'이라는 놀림을 받기 싫어서다. 입학한 지 한 달 만에 자퇴했다. 베드로는 성당과 고아원에서 허드렛일을 했다. 미사 때는 신부를 도우는 복사를 도맡았다.

베드로는 은오산 골짜기를 누비며 노는 데 몰두했다. 작은 나뭇가지 끝을 칼로 다듬어 뾰족하게 만든 다음 아름드리나무에 던지는 놀이를 혼자서 즐겼다. 나무에 그린 표적을 맞히느라 정신을 집중했다. 두어 시간 동안 던지기를 하다 보면 온몸에서 땀이 났다. 그러면 옷을 벗어 던지고 계곡물에 몸을 담갔다. 멱을 감고 탄산수 샘에서 물을 마셨다. 그리고는 성당으로 돌아와 사제실 서재에서 책을 읽었다.

베드로는 삶과 죽음, 우주와 신, 돈과 섹스 등 다양한 분야에 대한 궁금증이 멈추지 않아 신부에게 물었다.

"구약성경에 나오는 창조 사실을 믿습니까? 다윈의 진화론을 보니 창조론이 허구 같은데요."

암브로시오 신부는 서가에서 떼이야르 드 샤르뎅 신부의 저서 몇 권을 뽑아 베드로에게 보여주었다.

"신부이자 저명한 고(古) 생물학자인 이 분의 이론을 통해 살펴볼까. 40억 년 전의 지구에서는 뭉친 먼지 덩어리에 생명이 탄생하는 의미 있는 사건이 있었지. 그런 생명체가 점점 변화해서 인간이 되었단다. 내가 누구인지 묻는 존재, 우주에 대해 묻는 존재가 나타난 거야."

"그 이론은 다윈의 진화론과 비슷하네. 샤르뎅 신부는 가톨릭교회에서 파문당하지 않았나요?"

"가톨릭교회는 그렇게 속 좁지 않아. 과학을 바탕으로 신학 그림을 그린 그의 이론은 인정됐지. 샤르뎅 신부는 물질의 단계, 생명의 단계, 인간의 단계를 거쳐 신의 궁극적 섭리에 이른다는 '오메가 포인트'를 제시했어."

"오메가 포인트라 …. 그것 멋있는 말인데요. 진선미가 하나로 통합하는 점 아닐까요. 극치점이라고 할까 …."

"우주는 끊임없이 변한다네. 앞으로는 더욱 놀라운 일이 생길 거야."

"여기 은오산 전설에 따르면 흰 까마귀를 본 사람은 신선이 된다고 해요. 신과 인간의 경계가 허물어진다는 의미이겠죠. 시간과 공간의 구분도 사라지고 … 오메가 포인트와 비슷한 개념이군요."

"요한묵시록 21장 4절을 보면 '그들의 눈에서 모든 눈물을 씻어주실 것이다. 이제는 죽음이 없고 슬픔도 울부짖음도 고통도 없을 것이다'라는 구절이 나오지? 내가 미사 때 이 구절을 자주 인용하는 의미를 알겠지?"

베드로는 랭보와 베를렌의 시를 암송하며 운율의 맛을 음미했다. 변성기를 맞아 목소리에 사내 티가 나기 시작할 무렵에 《문학이란 무엇인가》와 《실존주의란 무엇인가》라는 책을 읽다가 첫 페이지에서부터 막혔다. 두 책 모두 저자는 장 폴 사르트르였다.

"신부님, 사르트르 책이 너무 어려운데요. 서문 부분을 설명해 주세요."

"나도 몰라."

베드로는 저자에게 직접 편지를 써서 물어봐야겠다고 작정했다. 사르트르의 저서를 낸 출판사에 독후감과 문의사항을 써서 보냈다. 사르트르는 한국 소년의 글을 받고 놀랐다. 어른도 손대기 어려운 책을 10대 소년이, 그것도 먼 이방의 낯선 이가 제법 날카롭게 분석했기 때문이다. 베드로가 보낸 문의사항 요지는 이랬다.

《문학이란 무엇인가》를 감명 깊게 읽었습니다. 선생님께서는 시와 산문을 구분하면서 시는 언어창조 자체를 목적으로 삼지만 산문은 세상을 변혁하려 언어를 이용한다고 설명하셨습니다. 만약 산문이 언어에 너무 신경을 써서 그 언어에 담을 사상적 내용을 무시한다면 산문의 참 의미를 배반한다고 단언하셨더군요. 선생님의 주장대로라면 정치선전물, 소설, 과학논문 등은 의미만 잘 전달하면 언어적으로 문제가 되지 않는 셈이네요. 제 좁은 소견으로 봐서 무리한 논변입니다. 제가 보기엔 소설이나 희곡은 긴 시(詩)나 마찬가지인데요.

사르트르는 훗날 자신의 견해를 수정하면서 말의 물질성(物質性)이란 개념을 도입했다. 베드로의 지적이 영향을 주었는지는 확인할 수 없지만….

사르트르는 한국전쟁에 대해 관심을 가진 적이 있었다. 오랜 친구인 철학자 메를로퐁티와 한국전쟁과 관련해 치열한 논쟁을 벌였다. 사르트르는 은근히 공산주의자들을 두둔했다. 이 일 때문에 두 사람의 우정에 금이 갔다. 사르트르는 한국전쟁에 관한 자신의 에세이에 서명을 해서 베드로에게 보내주었다.

"농담이 아니었구만…. 사르트르에게 편지를 보낸다는 게. 사르트르 그 양반도 대단하군. 답장을 보내다니…. 그런데 사르트르의 에세이를 읽어보고 조금 실망했어. 6·25 전쟁의 실상을 너무 몰라. 백면서생 티가 줄줄 나는군."

암브로시오는 사르트르의 편지를 읽고 입맛이 씁쓸했다.

베드로는 프랑스 석학, 문인들에게 편지를 보내는 데 재미를 붙였다. 20통 보내면 1통 정도 응답을 받는 꼴이었다. 인류학자 클로드 레비스트로스에게 크리스마스카드를 보내 답장을 받기도 했다.

베드로에게 가장 친절한 작가는 로맹 가리였다. 베드로는 가리의 〈하늘의 뿌리〉라는 소설을 읽고 독후감을 10페이지 가량 써서 보냈다. 그 인연으로 자주 편지를 주고받았다. 베드로는 가리에게서 편지를 받으면 큰 소리로 낭송했다. 그러면 그의 생생한 목소리를 듣는 기분이 들었다.

"내가 〈하늘의 뿌리〉로 공쿠르 상을 받은 이야기를 해줄까. 파리 시내에 있는 드루앙이라는 레스토랑에서 시상식이 진행되었지. 그 권위 있고 유명한 문학상의 상금이 얼마인지 알면 기절초풍할걸? 점심식사 한 끼와 단돈 20프랑이야. 상금도 수상자가 갖지 않고 음식을 나르는 갸르송(웨이터)에게 팁으로 주는 게 관례이지. 물론 수상작은 수십만 부가 팔리는 베스트셀러가 되므로 인세 수입이 만만찮아."

"나의 젊은 친구 베드로여. 자네는 아버지 얼굴을 보지 못했다고? 나도 아버지 얼굴을 몰라. 나는 러시아에서 가난한 유대계 미혼모의 아들로 태어나 동유럽 곳곳을 전전하다가 프랑스로 이민했지. 어머니는 나를 프랑스 주류에 편입시키려 무던히 애를 쓰신 분이었어. 어머니는 테니스 라켓을 몇 번 잡아본 것이 전부인 나를 고급 테니스클럽에 가입시키려고 마침 그곳을 방문한 스웨덴 국왕에게 매달리기도 하셨지. 친구여, 언제 프랑스에 한번 놀러오게나."

가리의 편지를 읽은 베드로는 자주 엉뚱한 소망을 밝혔다.

"드루앙 레스토랑에서 일하며 공쿠르 상 수상자를 모시고 싶어요."

"프랑스 외인부대에서 활약하고 싶어요. 거기에서 치열한 삶을 경험할 거예요."

이런 말을 들을 때마다 암브로시오는 베드로에게 사제의 길을 걷기를 권유했다.

"외인부대원은 전장에서 사람을 잘 죽여야 영웅이 된단다. 상상만 해도 끔찍하지 않니? 너는 방황하는 양들을 구원하는 신부가 될 자질을 갖추었어."

"주의 부름을 받아야 그 길로 나가지요. 저는 소명의식이 없습니다."

"간절하게 기도하면 주님께서 너를 부르실 것이야."

4

소피아는 환자인 아버지를 만나러 산수유 마을에 왔다가 간호업무를 맡았다. 그녀는 간호보조원 자격증을 허름한 간호학원의 3개월짜리 야간 속성과정에서 땄다. 여고를 중퇴하고 방직공장에 다닐 때였다.

소피아는 자원봉사하러 마을로 온 의사에게 매달렸다. 의학지식을 하나라도 더 배우기 위해서였다. 그녀는 의과대학 교재를 구해 영한사전을 뒤지며 꼼꼼히 읽었다. 한센병에 관한 자료를 탐독하고 의사에게 날카로운 질문을 던졌다. 어느 의과대학 본과 3학년 학생은 소피아가 물을 때마다 대답을 제대로 못해 쩔쩔 맸다.

소피아는 은오산에서 자라는 약초를 캐는 데에도 열중했다. 한약방에서 20여 년간 근무한 주민이 있었는데 그와 함께 《동의보감》과 《본초강목》을 읽으며 약초를 연구했다. 전염병인 천연두와 홍역의 치료법을 정리한 《마과회통(麻科會通)》을 심독하기도 했다. 소피아는 다산 정약용이 지은 이 의학서를 이해하려고 옥편을 수없이 뒤적였다. 행간에는 다산의 애민사상이 오롯이 녹아 있었다. 어려운 한문이지만 한 줄 한 줄 읽어 내려가면 다산의 통찰력이 눈에 띄었다. 소피아는 다산의 집필의도를 서문에서 발견하고 진정한 의사의 길에 대해 고구(考究) 했다.

병자에게 의원이 사라진 지 오래 됐다. 의원이 의술을 업으로 삼는 것은 이익을 도모하기 위해서다. 홍역은 대체로 수십 년 만에 한 번 발생하니 홍역치료를 업으로 해서는 무슨 이익이 되겠는가.

천진암에는 고시를 준비하는 청년 서너 명이 살았다. 그들은 암자 부속건물에서 숙식을 하며 수염을 더부룩하게 기르고 공부했다. 고시준비생 사이에서는 은오산의 영험을 받으면 합격한다는 입소문이 퍼졌다. 은빛 까마귀를 보는 준비생은 수석 합격한다는 풍설도 나돌았다. 실제로 2~3년에 1명꼴로 합격자가 나왔다. 어느 청년이 사법고시 수험잡지에 〈은오산 정기가 내 심신에〉라는 제목의 합격수기를 쓰는 바람에 천진암의 지명도가 더욱 높아지기도 했다.

이들 가운데 이단자 하나가 있었다. 그는 고시준비생이 아니었다. 국가보안법 위반혐의로 지명수배를 받아 이곳에 도피한 청년이었다. 그는 입신양명에 목숨을 건 고시준비생들을 경멸하며 맑스전집을 읽었다. 신변안전을 위해 겉으로는 고시준비생 행세를 했다.

"모태 신앙을 가진 시몬입니다."

그는 암브로시오 신부에게 이렇게 인사하며 성당에 찾아왔다.

"시몬 형제님, 반갑습니다. 성당에 자주 오십시오."

사제실에서 나오던 시몬이 소피아와 눈길이 마주쳤다. 먼발치에서 보던 아가씨를 가까이서 보니 가슴이 뜨거워졌다. 촘촘한 속눈썹이 돋보이는 눈을 가진 아가씨였다. 시몬은 그날부터 일요일이면 미사에 꼭꼭 참석하며 소피아의 눈치를 흘금흘금 살폈다. 소피아도 시몬을 의식했다. 눈망울이 큼직해 비수(悲愁)에 가득 찬 인상을 풍기는 시몬은 소피아의 영혼을 끌어당기는 강력한 자석 같은 존재였다.

하루는 시몬이 배가 아프다며 의무실로 왔다. 의사가 없는 날이라 의무실을 지키던 소피아는 당황했다.

"의사 선생님이 안 계셔서 진찰은 안 되는데요."

얼굴이 빨개진 소피아가 이렇게 말하자 시몬은 잠시 머뭇거리다가 빙그레 웃으며 말했다.

"그러면 배를 좀 쓸어주실 수 있을까요? 어머니 약손처럼 …."

소피아는 얼굴을 더욱 붉히며 대답했다.

"어떻게 제가 외간남자 배를 …. 대신 한약재를 드리겠습니다."

소피아는 후박나무 껍질, 솔잎 등을 빻아 만든 가루를 시몬에게 주었다.

"뜨거운 물에 끓여서 차처럼 마셔요."

"잘 먹겠습니다. 제 이름은 시몬….."

"저는 소피아….."

"천주교 본명 말고 속명(俗名)은?"

"가희복….."

"성이 가씨라고요? 처음 듣는데 … 저는 김시몽….."

"시몽이라면 천주교 본명 '시몬'에서 따온 이름이군요."

그 후 시몬은 소피아를 자주 찾아와 약재를 얻어갔다. 처음엔 내성적인 청년으로 보였으나 알고 보니 넉살이 좋았다. 밥을 얻어먹기도 하고 책을 사야 한다며 돈도 빌려갔다. 돈은 한 번도 갚지 않았다.

"고시공부하기가 힘드시죠?"

"사실은… 저는 고시준비생이 아닙니다."

"예?"

"실망하셨지요?"

"실망이라뇨. 고시수험생이 뭐 특별한 사람인가요."

"저는 억압받는 민중이 제대로 숨 쉬며 사는 사회를 만들 것입니다. 이곳 산수유마을 주민처럼 음지에서 고통받는 분들이 양지에서 두 팔을 쭉 뻗는, 그런 사회 말입니다."

시몬의 화려한 구변에 소피아는 미혹 당했다. 시몬은 소피아를 만날 때마다 작은 쪽지에 자작시를 써서 손에 쥐어주었다. 소피아는 그 시를 읽으면 이마에서 미열이 나고 숨이 가빠졌다.

시몬과 소피아는 사랑에 빠졌다. 동지섣달 어둠 속에 둘은 몸을 맞붙여 자주 밤을 지새웠다. 소피아는 달거리가 끊어지자 자신의 몸속에 새로운 생명이 잉태했음을 알았다.

5

어느 고시준비생 청년이 시몬을 수상한 인물로 보고 눈여겨 살폈다. 고시에 관한 이야기를 전혀 하지 않는데다 법학서적을 손에 든 모습을 본 적이 없었기 때문이다. 그는 어느 날 시몬의 책꽂이에 그득히 꽂힌 '불온서적'들을 발견했다. 로자 룩셈부르크, 프란츠 파농, 카우츠키 등이 지은 사상서적들이었다. 다카하시 고오하치로(高橋幸八郞), 오스카 히사오(大塚久雄), 하다다 다카시(旗田巍) 등 일본인 저자의 일본서적도 보였다.

좌파청년들과 토론을 벌여 우파로 전향시키는 게 취미이다시피 한 그는 회심의 미소를 지었다. 그는 골수 좌파청년 이범모를 우파로 전향시킨 데 대해 강한 자부심을 가졌다. 이범모라면 '김풀'이라는 필명으로 한때 이름을 떨친 좌파이론가였다. 그는 이범모를 천진암에 끌고 오다시피해 함께 고시공부를 시작했다.

"정식으로 인사합시다. 나는 김종률이라고 하오."

"김시몽입니다. 집에서는 '시몬'으로 불리지요."

김종률과 시몬은 천진암 뒤편 언덕에서 만나 술잔을 기울였다. 김종률은 그곳에서는 희귀품에 가까운 조니워커 블루 한 병을 들고 나타났다. 샌님처럼 보이던 김종률이 술을 몇 잔 마시자 야심가 풍모로 돌변했다. 시몬의 개혁사상을 모두 이해한다, 민중의 아픔을 동감한다, 장기 독재체제를 개탄한다며 시몬의 주장에 맞장구쳤다.

"그러나 현실을 직시해야 하오."

김종률은 독한 위스키를 꿀꺽 삼키고는 시기상조론을 들먹이며 당분간 현 체제 유지의 불가피성을 강조했다.

"페리클레스 사후에 고대 아테네가 급속히 쇠망했소. 페리클레스는 민주주의 체제의 대표적 지도자라고 알고 있지요? 그러나 당시 상황을 냉철히 살펴보면 페리클레스는 민주주의를 가장한 독재자였소. 그는 시민의 욕구를 교묘하게 억눌렀고 결과적으로 아테네를 잘 통치했소."

김종률의 주장에 대해 시몬이 궤변이라며 반박하자 김종률은 소크라테스와 플라톤도 어중이떠중이들이 판을 치는 민주주의를 혐오했다며 반론을 폈다.

"그럼 민주주의, 하지 말자는 거요?"

시몬이 목청을 돋우며 따졌다. 그랬더니 김종률은 꼬리를 슬쩍 내렸다.

"그렇다기보다는 민주주의가 교과서에 명시된 것처럼 지고지선의 가치는 아니란 말이오."

시몬의 눈에 김종률은 파시스트가 될 위험인물로 비쳤다. 그렇지만 이상하게도 김종률은 사람을 끄는 매력을 지녔다. 적(敵)이어도 말이 통할 것 같았다.

그날 이후 둘은 자주 언덕 술자리를 가졌다. 그때마다 김종률은 귀한 양주를 갖고 왔다. 으레 처음에는 김종률이 시몬보다 더욱 신랄하게 현정권을 비판했다.

"국가원수를 체육관에서 간접선거로 뽑지 않나, 비판적인 언론인 입에 재갈을 물리지 않나, 이 무슨 국제적 개망신이오. 민주주의 구현을 촉구하는 학생들을 붙잡아 모진 고문을 퍼붓는 이런 야만국가에서 살기가 지긋지긋하오."

그러다가도 결론에서는 현실론을 들먹이며 무분별한 시위는 자제해야 한다는 주장을 펼쳤다. 김종률이 시몬보다 나이가 많아 호형호제(呼兄呼弟) 하기로 했다.

"나는 사법고시 합격을 통해 내 뜻을 펼칠 것이야. 제도권에 들어가 개혁의 주역이 되겠단 말이야."

"주역이 아니라 권력의 주구(走狗)가 될 가능성이 더 높은 것 아닌가요?"

"자네는 몽상적 낭만주의자 기질을 가졌군. 다시 강조하겠네. 현실을 직시하라!"

시몬이 천진암에 내야 하는 하숙비 몇 달치가 밀렸다. 김종률이 이를 알고 대신 냈다.

"형제결의를 맺었는데 당연히 이 형님이 부담해야지, 하하하…."

호탕하게 웃는 김종률 앞에서 시몬은 위축됐다. 김종률은 시몬에게 헌법학개론, 민법총칙 등 법학서적 몇 권을 집어주었다.

"낡아 빠지고 공허한 맑스 책에만 빠지지 말고 이런 실용학문 서적을 탐독해 봐. 자네가 진정 큰 꿈을 펼치려면 이 길이 더 빠를 것이야."

며칠 후 언덕에서 또 술을 마셨다. 시몬은 취기가 오르자 독재자를 비판했다.

"그자의 숨통을 끊어야 민중이 섬김을 받는 나라를 만들 텐데…."

김종률은 시몬의 얼굴을 빤히 들여다보며 대꾸한다.

"허깨비 같은 소리를 할 나이가 지났는데, 아직 철없이…."

"철이 없다고요?"

"그렇지. 자네가 권력자 가까이 가보기나 했어? 육안으로 얼굴을 보기나 했어?"

"민중의 힘을 규합하여 범국민의 이름으로…."

"헛소리!"

김종률은 시몬의 말을 자르며 갑자기 호주머니에서 뭔가를 꺼냈다.

권총! 김종률은 권총으로 시몬을 겨냥했다.

"뭡니까?"

"권력자를 처단하려면 이런 총으로 해야지 주둥이로만 가능한가?"

"그것 … 진짜 총입니까?"

"진짜고말고 …."

"아, 형님, 장난이 심하십니다. 총 내려놓고 말씀하시죠."

시몬이 얼굴이 새파래져 사정하자 김종률은 빙긋이 웃으며 총을 내렸다. 김종률은 시몬에게 총을 건네주며 한 번 만져보라고 했다. 차가운 금속표면에서 살의를 풍기는 그 쇳덩이는 분명 진짜 권총이었다.

"어디서 났습니까?"

"아버지 책상에서 슬쩍 했지, 후후후 …."

"예? 아버님이 뭐 하시는 분인데요?"

"자세히 알 거는 없고 …."

"총알이 들었습니까?"

"그렇지. 지금이라도 방아쇠를 당기면 발사되네."

"예?"

"권력은 총구에서 나온다고 모택동이 한 말, 자네도 모르지는 않겠지?"

"알지요."

"총, 돈, 제도 … 이런 게 힘의 원천이야."

"민중의 의지를 모으는 것도 힘의 원천이죠."

"여전히 순진하기는 …. 틀린 말은 아닌데 그 힘을 모으려면 너무도 멀어. 지름길을 두고 왜 먼 길을 에둘러 가나?"

시몬은 먼 산을 향해 총을 겨누어 봤다. 산이 두렵지 않았다. 산을 정복할 수 있겠다는 자신감이 들었다. 총의 힘 ….

메밀꽃이 필 무렵이었다. 역시 언덕 술판을 벌였다.

"자네, 앞으로 뭘 하고 싶나? 위장취업자로 공단에서 계속 노동운동할 건가? 자네 성품을 보아 하니 그런 판에는 어울리지 않네. 이용만

당하고 말거야. 지금처럼 지명수배를 당해 마냥 도피생활만 할 건가? 청춘이 아깝지 않은가?"

시몬의 눈앞에는 불현듯 시장통에서 국밥집을 꾸려 먹고 사는 어머니 얼굴이 떠올랐다.

"홀어머니가 지금 자네 때문에 얼마나 고통을 받겠어? 짭새들이 국밥집에 들락거리겠지? 아들 행방을 모르는 어머니의 불안감에 대해 어떻게 사죄할 거야?"

보름달이 훤히 떴다. 멀리 메밀밭 위로 달이 떠오르자 메밀꽃이 바람에 일렁이는 광경이 눈에 들어온다. 메밀 꽃다발 속에 뭔가 움직이는 물체가 보인다. 그 물체가 이곳으로 다가온다. 건장한 사내 둘이었다.

"누구요?"

김종률이 물었더니 몸놀림이 재빠른 사내들은 대답은 하지 않고 대뜸 시몬의 팔을 꺾으며 붙잡았다. 순식간에 시몬의 손목에 수갑이 채워졌다. 솜씨로 보아 이런 계통에서 잔뼈가 굵은 전문가들이었다. 시몬은 저항해도 별 소용이 없음을 간파했는지 순순히 응했다.

"형씨, 잠깐 봅시다."

"이 새끼, 넌 뭐야?"

거친 말을 내뱉는 조장격 사내의 손을 김종률이 잡아끌었다. 사내의 귀에 대고 무슨 말을 속삭이자 사내는 금방 우호적인 태도로 돌변했다.

김종률이 한 말은 자기가 대공실장 김 장군의 아들이라는 것이었다. 조장 사내는 권력실세 김 장군의 아들이 여기서 고시공부를 한다는 사실을 알고 왔다. 어둠 속에서 봐도 김 장군과 김종률의 용모가 흡사했다. 쌍꺼풀눈에 짙은 눈썹, 우뚝 솟은 코가 도드라졌다.

조수요원이 시몬을 감시하는 사이에 김종률은 조장을 데리고 20여 미터 떨어진 곳에 갔다.

"저 친구를 잡아가면 제가 곤란해집니다. 마치 제가 밀고한 것으로 오해받을 것 아닙니까?"

"빨갱이 자식을 안 잡아간다면 내 목이 날아가게?"

"거의 교화됐습니다. 자기 발로 찾아가서 전향각서를 쓰도록 하겠습니다."

"말도 안 되는 소리!"

"그럼 제 아버지와 통화하신 다음 결정하세요."

"뭐?"

김종률은 조장과 함께 천진암으로 와서 아버지에게 전화를 걸었다. 방금 상황을 설명하고 그 청년이 자수하도록 설득시킬 자신이 있다고 말했다. 김종률은 송수화기를 조장에게 넘겼다.

"그 청년⋯ 우리가 운동권 계보를 파악하는 데 유용한 인물이겠지?"

"예, 실장님, 그렇습니다."

"그럼 강제로 끌고 오는 것보다 자수 기회를 주는 게 어때?"

"골수분자가 자수하겠습니까?"

"이제 거의 설득됐다고 하던데⋯."

"알았습니다."

시몬의 결박을 풀어주고 요원들은 떠났다. 시커먼 구름이 하늘을 덮으며 보름달을 가렸다. 김종률과 시몬이 언덕에 나란히 앉아 술잔을 마저 기울였다. 김종률이 독주를 입에 털어 넣더니 호주머니에서 권총을 꺼냈다. 차가운 바람 한 줄기가 휙 스치고 지나갔다. 김종률은 시몬에게 총을 겨눈다.

"자네, 전향하게."

"전향?"

"빨갱이 옷을 벗으란 말이야."

"저는 공산주의자가 아닙니다. 종북주의자도 아니고요."

"그럼 뭐야? 공상적 사회주의자야?"

"민중주의자라 할까요."

"그런 모호한 개념으로 얼버무리지 말고."

딸깍!

김종률은 권총 안전장치를 풀어 곧 발사할 듯한 자세를 취했다.

"어두운 과거를 청산하고 밝은 미래를 향해 이 형님과 함께 가는 거야. 알겠지? 내 말을 듣지 않으면 지금 자네를 처단하겠다."

"예?"

휘이익 …. 바람줄기가 더욱 거세지자 풀줄기는 휘파람소리를 내며 흔들린다.

"어때, 결심했나?"

쿠르르 …. 멀리서 천둥소리가 다가온다. 시몬이 엉거주춤하게 앉은 자세로 머뭇거리자 김종률은 권총을 시몬의 관자놀이에 바짝 댔다.

"어서 결단을 내리게."

김종률이 총구 부분으로 관자놀이를 툭 건드리자 시몬은 몸을 바들바들 떤다.

쾅!

굉음이 울렸다. 시몬이 풀썩 고꾸라졌다. 가슴을 땅바닥에 대고 꼼짝하지 않는다.

"여보게, 일어나게."

김종률이 시몬의 상반신을 일으켜 세웠다.

"으음 …."

"천둥소리였어. 총성이 아니고 …."

"아, 예 …."

시몬이 눈을 떴다. 김종률은 총을 거두고 시몬에게 술잔을 건넸다.

"이것 마시고 정신 차려."

시몬은 술잔을 천천히 비우더니 눈을 부릅떴다.

"형님 말씀을 따르겠습니다."

김종률이 시몬의 손을 덥석 잡으며 흔들었다.

"그래야지."

둘은 다시 술잔에 술을 따라 축배를 들었다. 김종률은 권총을 시몬에게 건네주었다.

"이것, 자네에게 선물로 주겠네."

"예?"

"총이란 이승과 저승을 구분하는 상징물 아닌가. 자네가 거듭 태어났으니 적합한 선물이네."

"제가 총을 쓸 일이 뭐 있겠습니까?"

"험난한 세상에 총만큼 소중한 물건이 있을까? 앞으로 대사를 치르려면 요긴하게 쓸 때가 있을 거야."

시몬은 얼떨결에 총을 받고 머릿속이 멍해졌다. 김종률은 시몬의 어깨를 가볍게 토닥였다.

"나는 공부가 마무리돼 모레 아침 여기를 떠나네. 자네도 곧 서울로 오게. 내가 거처를 마련해 놓겠네."

"알겠습니다."

"내 눈치인데 …. 저 마을에 간호사 아가씨와 혹시 연애하지 않나?"

"그, 그렇습니다만 …."

"깨끗이 정리하게."

"예?"

"현실을 똑바로 보란 말이야. 그 아가씨는 자네 인생에 걸림돌이 될 뿐이네. 대사를 도모하려는 대장부가 계집 하나에 연연해서야 되겠는가?"

"쑥스럽습니다만⋯ 그 아가씨가 찰거머리처럼 달라붙으면 어쩌지요?"

"어허, 벽창호 같기는⋯. 찰거머리는 없애야지."

김종률은 시몬의 손을 다시 꽉 잡고 흔들었다.

"자네의 새 출발을 기념하는 뜻에서 축포를 쏘아 보게."

"축포라뇨?"

"그 총을 한번 쏘아보란 말이야."

시몬은 오른손 검지를 방아쇠에 가만히 갖다 댔다. 금속 특유의 차가운 촉감에서 비장미(悲壯美) 같은 게 느껴졌다. 마음 한구석에 잠재됐던 마성(魔性)이 꿈틀거리며 고개를 들어올린다. 새 출발? 한 발의 총성으로 새로운 출발이 가능할까. 아니야, 이 기회를 천운이라 생각하고 표변(豹變)하자⋯.

시몬은 하늘을 향해 팔을 쭉 뻗었다.

콰르르⋯. 천둥소리가 멀리서 들린다. 대지가 흔들린다. 하나, 둘, 셋⋯.

타~앙!

6

시몬과 소피아는 매봉 아래 풀밭에 나란히 앉았다. 한 줄기 명지바람이 이들의 몸을 감쌌다. 하늘에서는 은백색 구름 덩어리들이 장엄한 군무(群舞)를 춘다. 소피아는 보자기를 펼쳐 사과를 꺼내 깎는다. 찬합

속에 든 쑥떡과 찐 감자에 따스한 기운이 남았다.

"이것, 드세요."

"별로 먹고 싶지 않아요."

"좋아하시는 음식을 장만해 왔는데⋯."

시몬은 말을 끊었다가 퉁명스럽게 대꾸한다.

"나, 이 마을을 떠날 거야."

"예? 어디로 가실 건데요?"

시몬은 입을 꽉 다물었다. 소피아가 다시 물어도 시몬은 묵묵부답이다.

매봉 정상에 오른 사진사는 산자락 풍경을 카메라에 담았다. 원경, 근경을 골고루 촬영했다. 파인더 안으로 남녀 모습이 들어왔다. 이 깊은 산골에 청춘 남녀라⋯. 사진사는 관음증 비슷한 호기심이 생겨 이들 모습을 부지런히 찍었다. 망원렌즈를 끼우니 이들의 얼굴을 알아볼 수 있었다. 이들은 풀밭에 앉아 음식을 펼쳐 놓고 있었다. 이들의 대화는 들리지 않지만 행동거지는 훤히 들여다보였다.

"이제 우리, 어떻게 해요?"

소피아가 시몬의 옷소매를 흔들며 떨리는 목소리로 물었다. 시몬은 소피아의 눈길을 피했다. 소피아가 시몬의 얼굴을 양손으로 잡고 다시 묻자 시몬은 단호한 어투로 대답했다.

"이 정도에서 정리하지."

"정리하다뇨?"

"나는 떠날 사람이야. 미련을 갖지 마."

"헤어지자는 말이에요?"

"그렇지."

"아기는 어떻게 하구요?"

"지워."

"예?"

"의도적으로 임신해 내 발목을 잡으려 한 것 아니야?"

"어떻게 그런 발상을 ….."

"너는 의녀(醫女)잖아. 인체에 대해서는 잘 알 것이고 … 미혼여성은 피임할 책임을 스스로 지는 거야. 내가 강간했어?"

"아 …."

"음탕한 계집년 …."

소피아는 입을 덜덜 떨며 한동안 말문을 잇지 못한다. 거친 숨을 몰아쉬더니 사과를 깎던 칼을 집어 들고 시몬에게 내밀었다.

"이 칼로 나를 죽이고 떠나요!"

시몬은 몸을 뒤로 젖히며 주춤거렸다. 소피아가 다시 칼을 내밀자 시몬은 벌떡 일어서서 소피아의 손목을 발로 찼다. 칼이 풀밭에 뒹군다.

"뭐하는 짓거리야? 구질구질하게 …."

"구질구질?"

"그래. 죽고 싶으면 네 손으로 네가 찔러 죽어!"

"뭐라고요?"

시몬은 뒤를 돌아보지 않고 산을 내려갔다. 소피아는 망연자실했다. 한동안 멍하니 앉아 있었다.

소피아는 정신이 돌아오자 분노가 치솟았다. 시몬이라는 비열한 인간 앞에서 피를 토하며 죽고 싶었다. 그러나 뱃속의 생명이 생각나 그럴 수 없었다.

"읅, 읅 …."

소피아는 머리를 바위에 찧으며 흐느꼈다. 이마가 찢어져 핏물이 줄줄 흘러내린다.

끄끄, 끄악….

반들거리는 흑단처럼 검은 날개를 가진 까마귀 한 마리가 낮게 날며 소피아 머리 위에서 커다란 원을 그리며 맴돌았다. 녀석은 소피아의 행동거지를 줄곧 엿본 듯했다.

끄끄, 끄악, 끄아악….

7

"불, 불!"

"불이야!"

암브로시오 신부와 베드로는 늦은 시간에 점심을 먹고 사제실에서 느긋하게 책을 읽다가 이 소리를 듣고 바깥으로 뛰쳐나왔다. 은오산에서 시뻘건 불길이 치솟아 바람을 타고 마을 쪽으로 내려오고 있었다.

"주민들을 대피시켜."

신부의 말에 베드로는 집집을 돌며 주민이 바깥으로 나오도록 했다. 팔다리가 성한 주민은 양동이에 물을 담아 불끄기에 나섰다. 소피아는 의무실 병상에 누운 환자를 부축해 바깥으로 나왔다.

불길은 거세고 번지는 속도는 빨랐다. 양동이 물로 제지하기 어려웠다. 화염은 순식간에 마을을 뒤덮었다. 연옥의 불덩어리가 마을을 강타하는 듯했다.

"아흐흐흑!"

불길 속에 파묻힌 주민은 비명을 지르며 고통을 못 이겨 뒹굴었다.

"크윽…."

매캐한 연기에 질식된 환자는 비명도 제대로 지르지 못하고 고꾸라졌다.

소피아는 다리가 불편한 아버지 가만구를 부축해 나왔다.

"너나 먼저 가거라."

"무슨 말씀이세요. 성당 쪽으로 가요."

가만구가 연기에 숨이 막혀 성당 부근에서 주저앉는 바람에 부녀가 함께 쓰러졌다. 가만구는 불이 이글거리는 땅바닥을 기어서 전진했다. 소피아도 아버지와 함께 기어갔다. 가만구는 자신이 만든 미카엘 목상 앞에 엎드렸다. 불붙은 목상이 쓰러지며 가만구 부녀의 몸을 덮쳤다. 가만구는 불덩이 속에서 외쳤다.

"주여, 이제 당신 곁에 갑니다. 제 영혼을 거두어 주소서. 세상에 외롭게 남은 제 딸 가희복을 긍휼히 여기소서."

가만구는 그 와중에 자기 몸으로 딸을 덮고 엎어졌다. 소피아는 의식을 잃었다.

이런 아수라장을 찾은 사진사는 때마침 소피아를 발견해 그녀를 업고 불구덩이에서 뛰쳐나왔다.

소피아의 아버지 가만구는 그렇게 이승을 하직했다. 그의 사체는 등에 솟은 혹 때문에 큼직한 구(球) 모양으로 보였다. 봉삼봉의 사체는 입을 크게 벌린 모습으로 발견됐다. 들려주고 싶은 이야기가 아직도 남았나….

마을은 폐허가 됐다. 성당은 잿더미로 변했고 천진암도 사라졌다. 몸놀림이 불편한 환자 14명이 미처 대피하지 못해 사망했다. 이들 대부분의 사체는 새카만 숯덩어리처럼 탔다.

소나기가 내려 불길이 잡혔다. 마을이 사라진 후에야 순경이 찾아왔다. 순경은 사망자 숫자를 확인하고 지서에 돌아가더니 지서장, 소방관

등과 함께 다시 왔다. 관계자들은 화재원인을 조사한다며 목격자 진술을 받고 현장사진을 찍었다. 정년 퇴직일이 눈앞에 다가온 지서장이 느릿느릿한 말투로 소방경찰에게 물었다.

"요즘 자연발화로 산불이 자주 일어날 때지요?"

"그렇습니다. 더욱이 요 며칠 새 날이 가물어 ….."

지서장은 방화 가능성을 애써 깔아뭉갰다. 14명이 사망한 방화사건이라면 일이 복잡해진다. 방화범을 잡지 못하면 골칫거리다. 지서장은 지서 차석에게 지시한다.

"소방서 측에서 자연발화라고 추정하니 화인을 그렇게 정리해서 보고서를 작성하시오."

지서장은 암브로시오에게 짜증을 냈다.

"환자들을 진작 국립시설에 보내야지 이게 무슨 짓이오."

신부가 지서장을 쏘아보며 대답했다.

"누군가가 불을 질렀을 겁니다. 오늘 오후에는 비가 내릴 조짐이 보이면서 습기가 퍼졌는데 자연발화라니요?"

지서장은 신부의 반격에 속이 뜨끔했다. 이럴수록 더욱 단호하게 말해야 상대방의 기를 꺾는다는 경험칙을 노회한 지서장은 잘 알았다.

"어허 쓸데없는 소리! 소방전문가도 자연발화라는데 ….."

지서장은 살아남은 주민 모두를 지서 뒤편 마을회관에서 임시로 머물도록 지시했다. 경찰은 한센병 환자 25명을 소록도에 강제 이송했다. 산수유 마을은 해체되고 말았다.

8

암브로시오는 구빈활동을 하려고 서울 판잣집 동네로 갔다. 베드로 소년은 신부를 따라 상경했다.

"베드로, 너도 이제 학교에 다녀야지."

"싫습니다."

"그럼 프랑스에 가겠니?"

"제가 프랑스에요?"

"신학교에서 공부할 수 있도록 주선하마."

"아… 감사합니다."

베드로는 그르노블 부근에 있는 신학교에 입학했다. 자기만 동양인 학생인 줄 알았는데 클로드라는 동양인이 있었다. 알고 보니 그도 한국 인이었다. 하지만 한국어는 단 한마디도 못했다. 클로드는 젖먹이 때 프랑스로 입양돼 와서 양부모 아래에서 자란 소년이었다.

베드로는 언어소통에 문제가 없어 입학하자마자 꽤 좋은 성적을 냈다. "아우구스티누스의 《고백록》을 읽고 고백하건대 …"라는 에세이를 교지(校誌)에 실어 극찬을 받기도 했다.

베드로는 처음엔 사제의 길을 찾으려 애썼다. 암브로시오 신부처럼 몸을 바쳐 낮은 곳에 있는 사람을 도울 작정이었다. 그러나 청년의 몸 으로 성장하자 육체에서 꿈틀거리는 정염의 불꽃을 주체하기 어려웠다. 신의 존재에 대한 회의가 들기도 했다. 클로드와 친하게 지내면서 삶이 허무하다고 언뜻 느끼기도 했다.

클로드는 자살을 몇 번 기도하다 신앙의 힘으로 극복하려 입학했다. 처음에는 엄격한 신학교 생활 때문에 잡념이 생길 겨를이 없었다. 그러 나 생활이 어느 정도 익숙해지자 이명(耳鳴), 환청이 다시 엄습했다.

클로드는 저녁기도가 끝나면 때때로 베드로에게 고함쳤다.

"예수, 예수! 강을 건너오라고 손짓하는군. 같이 가자, 베드로!"

"정신 차려, 클로드!"

어느 날 클로드는 베드로의 제지를 뿌리치고 분수대에 뛰어들었다. 베드로가 건지지 않았다면 익사할 뻔했다. 그런 일이 여러 차례 반복됐다. 부활절 행사를 준비하느라 한창 바쁠 무렵 클로드는 기어코 사제복 허리에 두르는 줄로 목을 매 자살하고 말았다. 클로드의 양부모가 신학교에 찾아와 유품을 수습했다. 클로드의 어머니가 눈물을 뚝뚝 흘리면서 베드로에게 작은 종이상자를 건네주었다. 상자 겉에는 '베드로에게 주는 작은 선물'이라는 클로드의 글씨가 적혀 있었다.

상자를 열어보니 책 2권, 다트 세트, 흑백 사진 1장 등이 들어 있었다. 사진은 백일기념으로 찍은 클로드의 아기 모습이었다. 사진 뒷면에는 삐뚤삐뚤한 한글 글씨가 보였다. 팽점곤. 클로드의 한국 이름인 듯했다. 다트 세트는 뭔가. 얼핏 기억났다. 신학교에 들어오기 전에 클로드가 정신을 집중하는 훈련으로 다트를 던졌다고 말했다.

책은 사드 후작이 지은 《소돔 120일》과 《규방철학》이었다. 사드 후작이라면 사디즘이라는 단어를 생기게 한 장본인 아닌가. 말로만 듣다가 그 책을 보니 경악을 금할 수 없었다. 《소돔 120일》에는 인간이 저지를 수 있는 온갖 음란행위와 고문방법이 소개돼 있었다. 《규방철학》에는 독신(瀆神) 내용이 그득했다. 심지어 예수를 사기꾼이라 표현한 대목도 있었다. 베드로는 분노가 치솟아 책을 바닥에 내동댕이쳤다. 오병이어(五餠二魚)나 죽은 사람 살리기 기적도 눈속임에 불과하다는 것이다.

사드는 악마의 화신…. 베드로는 그렇게 단정했다. 그러나 기도를 할 때 가끔 사드의 책 내용이 혹시 맞지 않을까 하는 분심(分心)에 사로

잡혔다. 그때마다 베드로는 무릎을 꼬집으며 스스로를 질책했다. 클로드가 남긴 다트를 만지작거리자 유년시절이 떠올랐다. 은오산 깊은 곳에서 작은 나뭇가지를 다듬어 표적에 던지는 자신의 활기찬 모습….

베드로는 오후 3시쯤 신학교 구내식당에 들어갔다. 점심식사가 끝난 뒤라 텅 비었다. 베드로는 다트보드를 벽에 붙이고 멀찌감치 떨어져서 다트를 손에 쥐었다. 표적이 아른거렸다. 적중할까? 적중하면 자신의 앞날에 뭔가 새로운 일이 생길 것이란 막연한 기대감이 들었다. 다트를 힘껏 던졌다.

휘이익!

탁!

다트는 보드 한가운데에 정확하게 꽂혔다.

부활절 행사를 마친 어느 날, 베드로는 신학교를 뛰쳐나왔다. 그러지 않으면 클로드처럼 극단의 길을 선택할까 두려웠던 것이다.

베드로는 오래 전부터 막연한 동경심을 지녔던 외인부대에 들어갔다. 세상에서 가장 거칠다는 그 부대….

9

불덩이 속에서 소피아를 구한 사진사는 소피아의 치료비를 벌기 위해 막노동판을 전전했다.

소피아는 기도(氣道)에 화기가 들어가 2년간이나 병원에서 치료를 받았다. 퇴원한 소피아는 5년여 동안 말을 하지 못했다. 그녀는 사진사집에 기거하며 동서양 의학을 자습했다. 동양의학의 고전인《황제내경》을 수십 번 읽고 외우다시피 했다. 동양의학의 뿌리인 음양오행 철학을 이해하기 위해 《주역》을 책표지가 몇 번이나 너덜너덜해질 때까지 읽었다.

우주와 인체가 같은 원리에 따라 움직인다는 신념 아래 동양의 고대 천문학을 공부하려 벽에다 '천상열차분야지도(天象列次分野之圖)'를 붙여 놓기도 했다. 구름이 없는 심야에는 바깥에 나가 하늘의 별을 관찰했다. 그녀는 동쪽하늘에 뜬 별들의 장관(壯觀)을 살피며 입술을 옴찔거렸다.

"각, 항, 저, 방, 심, 미, 기⋯."

이렇게 별이름을 주문처럼 외우면 그 별들은 거대한 청룡모양으로 꿈틀거리는 듯했다. 그녀는 그렇게 익힌 지식으로 심신을 수련했다.

사진사가 일을 마치고 집에 돌아온 크리스마스이브 날이었다. 그가 문을 열고 들어서니 소피아가 반갑게 그를 맞았다.

"아저씨, 고맙습니다."

그녀가 말했다. 낭랑한 목소리였다. 사진사는 소피아의 목소리를 처음 들었다.

"아, 목소리가 살아났네요. 다행이오."

사진사 음태출은 소피아 가희복을 끌어안았다. 가희복은 음태출의 품 안에서 포근함을 느꼈다.

이들은 해를 넘겨 새해 원단(元旦)에 결혼했다. 형식적인 혼인식은 올리지 않았다. 두 사람은 얇은 금반지를 서로 끼워주고 집에서 촛불을 켠 식탁에 마주 앉아 식사를 하는 것으로 혼례를 갈음했다.

기적의 무대

카메라에 눈을 댄 음태출의 이마에서 땀이 샘솟는다. 그는 가위눌린 사람처럼 비명을 지른다.

"불, 불!"

레스토랑 주인 두희송이 음태출의 어깨를 흔든다.

"정신 차리세요."

카메라를 내려놓은 음태출이 휴, 한숨을 쉬며 대답했다.

"아, 미안 미안… 옛날 일이 생각나서 …."

음태출은 손수건을 꺼내 이마의 땀방울을 닦는다.

두희송이 음태출 부부에게 에스프레소 커피를 내놓으며 맛을 보라고 권한다.

"악마처럼 검고, 천사처럼 부드러운 이 커피를 마셔보세요. 정신이 번쩍 들 것입니다."

음태출의 아내 가희복은 조그마한 잔에 담긴 에스프레소를 조금 마시고는 혀끝을 자극하는 지독한 쓴맛에 몸을 움츠렸다. 음태출은 얼굴을 찌푸리며 말했다.

"소태 맛이네."

어른들의 이야기를 듣던 시현이 상체를 일으킨다.

"저도 에스프레소 한 잔 주세요."

레스토랑 주인의 아내 전지연이 시현을 보고 눈이 동그래진다.

"아가씨, 이제 몸이 좀 괜찮아요?"

"독기가 거의 사라진 것 같아요. 에스프레소를 마시면 완전히 해독되겠어요."

가희복이 시현의 맥을 짚고 동공을 확인하는 등 몸을 살핀다.

"많이 좋아졌네요. 독은 약이 될 수도 있습니다. 아니, 약도 독의 일종이지요. 뱀독을 잘 다스리면 활력이 샘솟는 체질로 변합니다. 성격이 외향적으로 바뀌기도 하지요. 아가씨를 물었던 백화사는 오보사(五步蛇)라 불리기도 하지요. 물린 사람이 다섯 걸음을 걷지 못하고 죽을 정도로 맹독을 지녔답니다. 아가씨가 이렇게 회복한 것은 거의 기적이에요."

레스토랑 주인은 샹송 〈낙엽〉을 휘파람으로 불며 에스프레소 기계에서 커피를 뽑았다. 가희복은 그 휘파람 곡조를 듣더니 고개를 갸우뚱거린다. 귀에 익은 음조였다.

에스프레소 향기가 좋다는 찬사를 듣자 두희송은 신바람이 났다. 주방에서 칼바도스와 둥그렇게 생긴 유리잔을 들고 나왔다.

"식사를 마무리하려면 칼바도스를 마셔야 한답니다."

두희송이 큼직한 잔에 칼바도스 몇 방울을 쪼르르 떨어뜨려 나누어주니 음태출이 묻는다.

"무슨 술이기에 병아리 눈물만큼만 주시오?"

"사과술을 증류한 브랜디 종류입니다. 꼬냑과 사촌인 술입니다. 꼬냑은 포도주를 증류했고…. 이 술은 향기가 좋아서 입으로 맛보기보다는 코로 냄새를 맡는 게 더 좋습니다. 잔을 들고 저쪽 무대로 장소를 옮기시지요."

레스토랑 한쪽 벽면 앞에 반경 5미터, 높이 30센티미터 가량의 작은 반원형 무대가 마련돼 있었다. 무대 옆에는 피아노가 놓였다. 두희송은 챙이 둥그런 모자를 쓰고 무대에 섰다. 손에는 까만 지팡이를 들었다. 아내의 피아노 반주로 두희송이 '낙엽'을 불렀다.

세 뙨 샹송 끼 누 레상블르
따 뛰 멤메 에 즈 떼멤메
(그것은 우리를 닮은 어느 노래
너는 나를 사랑했고 나는 너를 사랑했지)

이브 몽탕 흉내를 내기는 했으나 가창력에서 현저히 뒤떨어졌다. 그래도 노래가 끝나자 뜨거운 박수가 쏟아졌다.

"브라보!"

종업원 용재훈이 레스토랑 사장의 비위를 맞추느라 환호를 질렀다. 뱀독이 진정돼 몸에 담요를 두르고 견딜 만해진 시현이 앙코르를 요청하자 두희송은 사양했다.

"저는 아마추어일 따름입니다. 저희 집사람은 프로가수입니다. 파리, 아테네, 제네바에서 공연을 가졌지요. 목소리가 에디트 피아프와 비슷해서 유럽에서도 인기가 높았답니다. 자, 한국이 낳은 세계적인 샹송가수, 에디트 전을 소개합니다."

전지연이 무대에 올라가 인사말을 했다.

"남편이 저를 과장해서 소개했어요. 원래 제 꿈은 오페라 프리마돈나였어요. 그리스가 낳은 전설적인 프리마돈나 마리아 칼라스를 저희 친정아버지가 짝사랑하셨답니다. 아버지는 저를 칼라스를 능가하는 성악가로 키우기 위해 제가 네 살 때 소프라노 독선생을 붙여 주셨어요. 미국 인디애나 음대로 유학 가서 지도교수가 제 목소리는 뮤지컬이 맞다고 하기에 클래식 성악가 꿈을 접었어요. 한동안 뮤지컬 연습을 하다가 춤을 배우기가 어려워 뮤지컬 가수도 포기했답니다. 우울한 마음을 달래러 프랑스에 여행 갔다가 샹송의 매력을 발견했지요. 파리에서 한동안 에디트 피아프 모창가수로 활동했답니다."

전지연은 에디트 피아프의 히트곡 '빠담 빠담 빠담'과 '장밋빛 인생'을 불렀다. 애절하면서도 강렬한 바이브레이션은 피아프와 흡사했다. 전지연의 목소리에는 콜로라투라 소프라노 수련경력이 담겨 피아프의 음색보다는 더 맑고 부드러웠다.

"브라보!"

용재훈과 시현이 큰 소리로 외쳤다. 음태출 가희복 부부도 손이 뜨겁도록 박수를 쳤다. 용재훈이 전지연에게 청했다.

"마리아 칼라스 같은 성악가가 꿈이었다고 하셨으니 '정결한 여신이여'를 불러주세요. 제가 칼라스 앞에 앉아 듣는다고 상상하겠습니다."

전지연은 잠시 망설이더니 아랫입술을 살짝 깨물고는 대답했다.

"좋아요. 저도 마리아 칼라스가 된 기분으로 불러볼게요. 모창이 아니라 제 색깔로 부르겠습니다. 이왕이면 의상도 갈아입고⋯."

전지연은 내실에 들어가 마리아 칼라스가 〈노르마〉에 출연할 때 입은 의상과 비슷한 옷을 찾았다. 하얀 실크재질의 원피스다. 치마부분이 길어 발을 덮는다. 머리칼은 치렁치렁 풀었다. 경건한 분위기를 자아내기 위해 빨간 루주도 지웠다.

전지연이 무대에 나타나자 두회송은 실내등을 모두 껐다. 창으로 달빛이 흘러들어왔다. 어느새 눈이 그치고 보름달이 모습을 드러냈다. 달빛을 받은 전지연은 신비로운 자태로 변모했다. 전지연은 심호흡을 했다. 왼손 검지로 달을 가리키며 노래를 시작했다.

카스타 디바 체 인아르겐티
케스테 사크레 안티체 피안테
(순결한 여신이여, 당신은 은빛으로 물들입니다
이 신성하고 오래된 나무들을)

절절한 간구(懇求)가 담긴 목소리였다. 음태출은 가슴이 벅차올랐다. 카메라에 자연스레 손이 갔다. 파인더를 통해 본 전지연은 절대자를 향해 경건한 제사를 올리는 성녀의 모습이었다. 음태출은 거의 무의식적으로 셔터를 눌렀다.

찰칵!

노래를 마친 전지연은 정신이 몽롱해지며 몸이 공중에 뜨는 느낌을 받았다. 귀에서는 마리아 칼라스의 음성이 울려왔다. 작곡자 벨리니의 얼굴이 눈앞에서 어른거렸다.

"꿈이 이뤄졌어요."

전지연이 무아지경에서 빠져나와 뱉은 첫 말이다. 두회송이 아내를 포옹하며 달뜬 목소리로 말했다.

"여보, 이렇게 멋진 노래는 처음이었어."

2

음태출 가희복 노부부, 두희송 전지연 중년부부, 용재훈 시현 20대 커플. 이들은 레스토랑 한구석에 있는 페치카 앞에 둘러앉아 이야기를 나누었다. 각자 무릎 앞에는 국화꽃잎차가 든 잔이 놓였다.

"두 사람, 어떻게 만났나요?"

전지연이 용재훈과 시현을 번갈아 쳐다보며 캐물었다. 전지연은 먼저 자기 부부는 파리 시내 어느 공연 레스토랑에서 만났다고 소개했다. 레스토랑 주방에서 일하는 두희송이 새로 온 가수의 노래를 듣고 반하여 분장실로 찾아와 장미꽃 다발을 선사했다는 것이다. 알고 보니 둘 다 한국인이어서 기묘한 인연을 느껴 '청춘사업'이 급속도로 진행됐다고 한다.

용재훈과 시현이 공개한 사연은 이렇다.

홀어머니 슬하에서 자란 용재훈은 초등학생 시절에 '날쌘돌이'라는 별명으로 불리며 달리기 선수로 활약했다. 어머니가 높이뛰기 선수, 아버지가 투창 선수였던 혈통 덕분에 선천적으로 신체능력이 탁월했다. 아버지는 국내용 선수여서 전국체육대회에서 메달 몇 개를 땄을 뿐 국제대회에는 한 번도 참가하지 못했다. 육상 가운데서도 비인기종목인 투척종목의 선수에게 누구도 재정지원을 하지 않았다. 지방 중소도시의 시청소속 육상선수로 활동하던 아버지는 은퇴 후 초등학교 육상코치로 몇 년간 일했다. 그 학교 육상부가 해산되는 바람에 과일행상, 운전기사 등 허드렛일을 했다. 어렵게 생계를 꾸려가던 그는 용재훈이 네 살 때 뺑소니차에 치여 이승을 떠났다.

용재훈의 어머니는 시청소속 육상선수로 뛰다가 결혼과 함께 은퇴했다. 남편이 사망하자 보험설계사, 화장품 외판원, 파출부 등으로 생활비를 벌었다. 그녀는 아들 용재훈을 키우는 일에서 살아가는 의미를 찾았다. 그녀는 살림이 어려워지자 우울증에 걸렸다.

용재훈이 초등부 전국 육상대회의 단거리 달리기에서 대회신기록을 내며 우승하자 서울 소재 중학교에서 야구선수로 키우겠다며 스카우트 해갔다. 용재훈은 빠른 주력을 활용해 도루에 발군의 실력을 보였다. 야구에 재미를 붙이긴 했으나 무지막지한 기합에 시달려야 했다. 매를 맞거나 욕지거리를 듣는 일은 항다반사가 됐다. 학업과는 담을 쌓았다. 합숙소에서 책이라도 읽으려 하면 상급생이 책을 빼앗았다.

"야, 임마, 머리에 잡념 들면 야구 못해."

야구선수는 학교시험 때 답안지에 이름만 써내면 학교에서 알아서 처리해주었다. 용재훈이 영어시험에서 반장보다 높은 점수를 얻자 영어교사가 용재훈을 불러 커닝을 하지 않았냐고 윽박지르기도 했다.

용재훈은 2학년 때 처음으로 공식경기에 나가 도루를 2개 성공하고 2루타 한 개를 때렸다. 야구명문 고교에서 스카우트 손길을 뻗었다. 그 무렵 합숙소에서 '물귀신'이라는 별명을 가진 3학년 선배가 소주와 안주거리를 사오라는 심부름을 시켰다.

"못하겠어요."

"건방진 자식 …."

선배는 용재훈을 야구배트로 마구 때렸다.

"악!"

용재훈은 손으로 배트를 막다가 오른 손목뼈가 부러졌다. 손가락도 손상됐다. 몇 달 후 완쾌됐으나 손목스냅을 쓸 수 없었다. 엄지의 굴신(屈伸)도 원활하지 못했다. 학교측에서 물귀신 선배를 감싸고도는 바람에 위자료를 한 푼도 받지 못했다. 물귀신의 아버지는 학교 야구발전후원회의 회장으로 대형 숯불갈비식당 '삼포가든'의 사장이었다. 용재훈은 야구를 그만둘 수밖에 없었다.

어머니의 병세는 악화돼 하루 종일 멍하니 이불 속에 누워있는 상태가 됐고 어느덧 용재훈은 소년가장이 되었다. 고등학교에 진학할 형편이 되지 않았다. 중국음식점 배달원으로 취직해 돈을 벌었다. 서울 아현동에 사글세 옥탑방을 얻어 어머니와 함께 살았다.

용재훈이 주로 음식을 배달하는 곳은 출판사들이 몰려있는 서교동, 합정동 일대였다. 골목마다 조그만 출판사들이 다닥다닥 붙어 있었다. 출판사에 들어가면 책 투성이였다. 복도에도, 계단에도 빈틈없이 책이 쌓여 있었다. 쓰레기통에도 책이 그득했다. 용재훈은 빈 그릇을 거두어올 때 철가방 속에 버려진 책을 몇 권 넣어왔다. 밤근무 이후 집에서 책을 읽는 게 유일한 낙이었다. 읽다가 모르는 단어가 나오면 국어사전을 찾아 뜻풀이를 공책에 적었다. 사전에도 없는 단어를 발견하면 난감했다. 예를 들어 자크 데리다 라는 프랑스 철학자의 저서에 나오는 '차연(差延)'이라는 단어 같은 것이다.

어느 날 오후 9시쯤에 주문이 들어와 탕수육, 라조기, 팔보채 등 요리를 갖고 배달을 갔다. 출판사에 들어가니 편집장 맞은편에 머리칼이 희끗희끗한 장년남자가 고개를 숙이고 앉아 교정지 뭉치를 읽고 있는 모습이 보였다. 낯익은 얼굴이었다. 신문지를 넓게 편 테이블에 음식을 올려놓다가 그 남자와 눈길이 마주쳤다. 비트겐슈타인의 저서를 번역한 교수 아닌가. 신문에 칼럼을 가끔 쓰는 저명한 학자였다. 용재훈은 비트겐슈타인의 대표저서 《논리철학 논고》를 읽고 너무도 어려워 저자와 역자 모두 천재라고 믿은 적이 있다.

용재훈은 뒤로 물러서서 출판사 직원들과 교수가 식사하는 광경을 지켜봤다. 고량주를 곁들이며 유쾌하게 대화하는 분위기였다. 교수와 용재훈의 눈길이 다시 마주쳤다. 교수는 술잔을 내밀며 말을 붙였다.

"거기 선 청년도 한잔 하시겠소?"

용재훈은 당황해하며 손사래를 쳤다.

"아닙니다. 저는 오토바이를 타고 돌아가야 합니다."

용재훈은 교수가 무안해할까 봐 곧바로 말을 이었다.

"교수님, 저번에 번역하신 책 잘 읽었습니다. 비트겐슈타인의 그림이론에 의하면 단어는 사물의 이름이고 문장은 어떤 상황에 대한 그림이라고 하잖습니까. 그런데 사물의 이름이 아닌 단어들이 수두룩한데 이것을 어떻게 설명해야 합니까? '그러나', '왜' 같은 단어는 사물의 이름이 아니잖습니까?"

교수는 눈이 휘둥그레졌다.

"그 이론은 비트겐슈타인의 초기 이론이라오. 후기에 들어서는 자신의 초기 이론을 수정했지요. 단어의 뜻은 사용되는 맥락에 따라 결정된다는 것이지요."

"예를 들어 설명해 주십시오."

"불이라는 단어를 들어봅시다. 담배를 입에 문 사람이 옆 사람에게 불이라고 말하면 성냥이나 라이터를 빌려달라는 뜻이지요. 삼겹살을 불판에 올린 남자친구에게 여자친구가 불이라고 말하면 부탄가스 불을 켜라는 신호지요. 소방서에 전화를 걸어 불이라고 외치면 당연히 화재신고겠지요."

"그렇군요. 비트겐슈타인의 후기 이론은 무슨 책으로 공부할 수 있습니까?"

"그가 죽은 후에 출판된 《철학적 탐구》라는 책이오. 지금 내가 보는 이 교정지가 그 책 번역본이오."

용재훈과 교수의 대화를 들은 출판사 직원들은 중국음식점 배달청년의 지식수준에 놀랐다. 교수가 다시 물었다.

"철학전공 학생이오?"

용재훈은 얼굴을 붉히며 대답했다.

"고등학교 문턱에도 못 갔습니다. 책이 재미있어서 이것저것 닥치는 대로 읽었지요."

교수는 호기심에서 말을 이었고 용재훈도 교수가 관심을 보이는 데 대해 희열을 느끼며 대답했다.

"최근에 읽은 책은 무엇이오?"

"푸코의 《지식의 고고학》, 레비스트로스의 《신화학》, 들뢰즈의 《앙티 오이디푸스》…."

"음…."

대화를 듣던 출판사 인턴 여직원이 용재훈을 유심히 살폈다. 카이스트에서 물리학을 전공한 그녀는 어린이용 과학도서 출판을 돕고 있었다. 신문기자 지망생인 그녀는 언론사 문화센터에 개설된 기자양성 과정에도 다닌다. 그녀는 대학입학 후에 천재 같은 동기생들이 수두룩한 데서 심한 좌절감을 느꼈다.

과학고를 다니며 몇몇 올림피아드에서 금상, 은상을 받고 카이스트에 입학할 때만 해도 그녀는 언젠가 마리 퀴리처럼 노벨상을 받겠다는 야심을 품었다. 그러나 첫 학기에서부터 그런 기대는 무참히 부서졌다. 그 충격 때문에 한때 자살까지 생각했다. 자신은 파인만-카흐츠 해법을 밤새워 공부해도 이해하기 어려운데 이를 발전시켜 새로운 가설을 만들어내는 동기생들도 있었기 때문이다.

어떤 친구는 이 이론을 응용해 '북의 모양을 들을 수 있나?'라는 기발한 주제의 리포트를 썼다. 북에서 울려 퍼지는 모든 주파수의 음파를 듣는 완벽한 청력을 가진 시각장애인이 있다면 북의 모양을 수학적으로 계산해낸다는 가설이었다.

그녀는 스스로 1급 물리학자 깜냥이 되기 어렵다는 판정을 내리고 언론 쪽으로 관심의 눈길을 돌린 바 있다. 작은 계기가 있었다. 시립공연장에 갔더니 여자화장실이 너무 좋았다. 공연 중간 휴식시간에 여자화장실 앞에는 줄이 길게 늘어섰다. 꽁무니에 선 여성은 후반부 공연이 시작할 때까지 용무를 보지 못할 지경이었다. 시현은 지역신문에 이 사정을 알리는 글을 보냈다. 독자투고란에 실렸고 여자화장실 증설공사가 이뤄졌다. 봉사활동을 하러 가는 고아원에서 바이올린을 켜는 여중생 피예나를 만난 것도 계기가 됐다. 피예나는 탁월한 재능, 끈기 있는 연습으로 벌써 독주연주가 기량을 갖추었다. 그러나 고아원 살림이 빠듯하여 피예나에 대한 지원을 제대로 할 수 없었다. 그 아이는 늘 연습용 바이올린으로 무대에 섰다. 이 사연을 신문사 문화부에 제보했더니 큼지막한 박스기사로 보도됐다. 피예나는 후원자를 만나 연주용 바이올린을 기증받았다. 시현은 글을 써서 세상을 바꾸고 싶다는 열망에 사로잡혔다.

그녀는 며칠 후 토요일 당직 때 용재훈이 일하는 음식점에 자장면 두 그릇과 군만두를 주문했다. 용재훈이 음식을 갖고 오자 그녀는 테이블 위에 신문지를 쫙 펴면서 말했다.

"여기 앉아서 자장면 드시고 가세요. 제가 일부러 두 그릇 시켰어요."

용재훈은 뜻밖의 제의에 당황했다. 얼굴이 벌게졌다. 그녀가 1회용 나무젓가락을 쪼개 건네주자 파르르 떨리는 손으로 받아들고 자리에 앉았다.

"일하면서 시간내기가 어려울 텐데 언제 책을 읽으세요?"

"의외로 시간이 많아요. 오전 11시에 출근하면 되니까 매일 새벽 4시부터 5시간 동안 집중적으로 독서할 수 있지요. 낮에도 대기시간에 틈틈이 책을 읽어요."

그녀는 한참 망설이다가 기자양성 과정의 과제로 '일하며 공부하며'라는 주제의 인터뷰 기사를 써야 한다고 밝혔다. 용재훈을 하루 종일 따라다니며 밥벌이와 학습을 병행하는 모습을 취재하고 싶으니 응해 달라고 졸랐다. 용재훈은 쑥스러웠지만 굳이 거절할 명분이 없었다. 그러나 새벽 4시에 일어나 독서를 시작할 때부터 취재한다기에 난처했다.

"집이 누추한데다 병든 어머니가 계셔서 …."

"딱 하루만인데 어때요. 방해되지 않도록 조심할게요."

용재훈은 꾀죄죄한 단칸방에 그녀가 들이닥칠 상황을 상상하니 아찔해졌다. 발뺌하는 것도 모양새가 좋지 않았다. 비슷한 나이 또래의 여성과 마주 앉아 대화한다는 것 자체가 황홀한 일이다….

"좋습니다. 그럼 모레 새벽 4시에 저희 집으로 오세요."

용재훈은 주소를 적은 쪽지를 건넸고 그녀는 꼭두새벽에 옥탑방을 찾아왔다. 용재훈은 간밤에 잠을 거의 못 잤다. 책상주변의 잡동사니를 말끔히 치우느라 그랬다. 퀴퀴한 냄새를 없애려 방향제도 뿌렸다.

"방이 아담하네요."

그녀가 들어오자 샐비어꽃 냄새 같은 향기가 잔잔히 퍼졌다. 그녀는 벽에 등을 기대고 앉아 수첩을 꺼내 방 분위기를 묘사했다. 용재훈은 책상에 몸을 바싹 붙여 노벨문학상 수상자인 르 클레지오의 장편 《황금 물고기》를 펼쳤다. 등 뒤에 앉은 그녀의 숨소리에 신경이 쏠려 글이 눈에 들어오지 않았다.

"웬 손님이야?"

날이 밝자 방구석에서 새우처럼 웅크리고 자던 어머니가 일어나며 물었다. 용재훈은 어머니에게 여차여차한 일로 아가씨가 올 것이라 이미 얘기를 해놓았다.

"아, 안녕하세요."

그녀는 깜짝 놀라 발딱 일어나 인사했다.

"오신다고 이야기 들었어요. 편히 앉아 일 보세요."

어머니는 아가씨를 얼른 훑어보며 아들과 어울리는 짝인지를 따졌다. 아들이 학교를 제대로 다니지 못해 그렇지 외모로 따지면 아가씨보다 훨씬 낫게 보였다.

"아침식사 드세요."

어머니는 조그만 밥상을 차려 왔다. 김이 무럭무럭 나는 미역국, 노릇노릇하게 구운 조기, 참기름으로 버무려 빛이 반들반들 나는 시금치나물 등이 반찬이었다. 용재훈은 외간여성과 겸상 차림으로 밥을 먹으려니 여간 쑥스러운 게 아니어서 고개를 푹 숙이고 열심히 숟가락질을 했다.

용재훈이 배달을 나갈 때 그녀는 모터사이클 뒤에 앉았다. 그녀의 향긋한 체취를 맡은 용재훈은 잠시 혼몽 속에 빠졌다. 모터사이클이 속도를 올리자 그녀의 가슴이 용재훈의 등에 밀착됐다. 그 뭉클한 감촉 때문에 용재훈은 속도감을 잊었다.

이 기사는 기자양성 프로그램에서 최우수작으로 선정됐다. 그 문화센터를 운영하는 신문사에서 발간하는 시사주간지에 이 기사가 2페이지에 걸쳐 실렸다. '시현 인턴기자'라는 바이라인을 보고 용재훈은 성씨가 '시'이고 이름이 '현'이라는 외자임을 처음 알았다.

"원고료를 받았어요. 제가 호프집에서 저녁 쏠게요."

시현의 전화를 받은 용재훈은 식당 화장실 세면대에서 머리를 감고 약속장소로 나갔다. 이들은 생맥주를 마시며 주로 최근에 읽은 책에 대해 이야기했다. 시현은 전·현직 언론인들이 쓴 체험기 등을 읽으며 기자라는 직업세계를 탐구한다고 말했다. 용재훈은 새벽에는 철학책을, 밤에는 소설을 즐겨 읽는다고 밝혔다.

이들은 보름에 한두 번꼴로 만나는 사이가 됐다. 용재훈이 글로벌 빌리지로 일터를 옮긴 뒤에는 시현이 시외버스를 타고 가끔 찾아갔다. 한여름에 왔을 때는 은오산 단풍을 구경하러 가을에 다시 온다고 작정했었다.

용재훈은 시현을 만날 때마다 '황송하다'라는 말이 떠올라 괴로웠다. 카이스트 졸업생이라는 시현의 간판 옆에 초라한 중졸자 간판은 도무지 어울리지 않기 때문이다.

3

날이 밝자 음태출은 자신의 낡은 경차에 시현도 태우고 글로벌 빌리지를 떠났다. 시현의 뒷모습을 보는 용재훈의 시선에 안타까움이 그득했다.

도로에 눈이 쌓여 길이 잘 보이지 않았다. 조심스레 운전해야 했다. 은오산 전체가 눈으로 덮였다. 가희복은 해금연주가 흘러나오는 국악방송 라디오를 들으며 차창 밖의 설경을 감상했다.

"여보, 잠시 차를 세워 봐요."

"왜?"

"저기 길 옆에 뭔가 꿈틀하는 게 보여서 …."

음태출은 차를 후진했다. 움직이는 물체를 찾았다.

"사람 아니오?"

눈 속에 엎드린 물체는 사람이었다. 눈을 털고 상반신을 돌려세우니 초췌한 할아버지였다. 털모자를 쓴 노인의 얼굴엔 검댕이 잔뜩 묻어 있었다. 뾰족한 코를 보니 서양인 같았다. 가희복은 노인의 맥을 짚었다.

다행히 맥박은 희미하게 뛰었다.

"레스토랑으로 돌아가요."

가희복은 다급하게 말했다. 승용차 뒷좌석 가운데에 노인을 앉히고 가희복과 시현은 노인의 팔다리를 힘껏 주물렀다.

레스토랑에 도착하자 음태출은 축 늘어진 노인을 업고 안으로 들어갔다.

"웬일로 돌아오시나요?"

전지연이 묻자 음태출은 숨을 몰아쉬며 대답했다.

"침대로 안내 좀 해주세요. 여기 노인이 위급하오."

두희송과 용재훈은 아침산책을 나갔고 전지연이 홀에 나와 있다가 이들 일행을 맞았다.

가희복은 저체온증 증세를 보이는 노인을 침대에 눕히고 마른 옷으로 갈아입혔다. 온풍기 바람을 쏘이고 온몸을 골고루 주물렀다. 노인의 몸에 차차 온기가 되살아났다. 가희복은 수건에 더운 물을 적셔 노인의 얼굴에 묻은 검댕을 닦아냈다. 순간, 가희복은 짧은 신음을 뱉었다.

"아!"

암브로시오 신부였다. 세월이 흘러 얼굴에 숱한 주름이 생겼어도 날카로운 활등코 콧대는 그대로였다.

"신부님, 신부님!"

가희복은 울컥 쏟아지는 눈물을 주체하지 못하며 암브로시오의 몸을 흔들었다. 신부는 의식을 회복하지 못하고 끙끙 신음만 내뱉었다.

옆에 선 음태출도 눈이 휘둥그레졌다.

"이 분이 암브로시오 신부님?"

그때 레스토랑 주인 두희송이 들어와 침대에 누운 신부를 봤다. 그는 소리를 지르며 다가왔다.

"신부님, 이게 웬일입니까?"

두희송은 신부의 손을 잡고 울먹였다. 음태출이 두희송에게 물었다.

"이 분을 아시오?"

두희송은 시선을 신부에게 둔 채 대답했다.

"저에게 아버지 같은 분입니다. 저를 길러주셨지요. 어제 오시기로 했는데…."

가희복이 두희송의 몸을 일으키며 눈을 똑바로 쳐다봤다. 이들의 눈이 마주쳤다.

"너 … 베드로구나!"

두희송은 가희복을 바라보며 눈을 크게 떴다.

"소피아 누나?"

이들은 한동안 말을 잇지 못했다. 어제 밤에 만났을 때 서로 어디에선가 만난 사람인 듯한 느낌을 받긴 했다. 가희복이 화상 때문에 얼굴 성형을 한데다 큼직한 안경을 썼기에 두희송은 바로 알아보지 못했다. 두희송의 외모도 크게 변했다. 세장형 체형에서 제법 퉁퉁한 몸으로 바뀌었고 장발이었던 머리칼이 탈모가 꽤 진행된 대머리로 변모했다.

"어제 네가 노래를 부를 때 베드로를 많이 닮은 사람이라고 생각했지."

"독사에 물린 아가씨를 처치하는 모습을 보고 소피아 누나를 연상했답니다."

"세월이 너무도 흘렀어."

"우리가 서로를 알아보지 못했으니까요."

암브로시오가 신음하며 입을 열었다.

"물, 좀 주시오."

두희송이 신부의 상반신을 안아 일으키고 가희복이 신부의 입에 컵을 대주어 물을 마시게 했다. 신부는 물을 마시고 난 후 눈을 희미하게 떴다.

가희복이 신부에게 바짝 붙어 말했다.

"신부님, 저 소피아에요. 소피아…."

신부는 눈을 번쩍 떠 가희복을 쳐다봤다.

"소피아?"

가희복은 신부의 몸 위에 엎드려 울음을 터뜨렸다. 산수유 마을이 화재로 사라지면서 헤어진 후의 첫 상봉이었다. 신부와 두희송은 꾸준히 연락하며 지냈으나 가희복은 오래 잠적했다가 나타난 셈이다.

4

"신부님, 생신을 축하합니다."

두희송이 팥 시루떡 위에 촛불을 꽂아 테이블 가운데 올려놓는 등 한국음식을 마련해 생일상을 차렸다. 산수유 마을에서 즐겨 먹던 생일음식이었다. 테이블에는 두희송 부부, 음태출 부부, 용재훈 시현 커플 등이 둘러앉았다. 암브로시오 신부는 쿨럭거리는 기침을 뱉어 촛불을 끄고 눈시울을 붉혔다.

"소피아를 만나다니 하나님의 큰 은총이야."

가희복이 촉촉해진 눈가를 손수건으로 닦으며 대답했다.

"기적 같아요. 신부님과 베드로를 다시 만날 줄이야…."

신부는 떡을 오물오물 씹어 먹으며 말한다. 콧수염에 팥 떡고물이 묻어 말할 때마다 팥알이 움찔움찔한다.

"간절히 기도하면 기적이 일어나지."

신부를 빤히 쳐다보던 전지연이 벌떡 일어섰다.

"신부님, 저도 어젯밤에 기적을 체험했습니다. 저기 저 무대에서 제가 마리아 칼라스가 된 것입니다."

두희송이 아내의 말을 보충했다.

"맞습니다. 여태껏 저 사람 노래를 숱하게 들었지만 어젯밤처럼 완벽한 노래는 없었습니다. 사람이 다르게 보이더군요."

신부는 시선을 무대 쪽으로 돌렸다.

"저기서 기적을 체험했다고?"

테이블 끝자리에 앉아 조용히 물을 마시던 용재훈이 말문을 열었다.

"자꾸 기적이니 은총이니 하시는데 듣기에 조금 황당하네요. 어제 사모님이 노래를 잘 부르시긴 했지만…. 그리고 신부님과 옛 지인들이 만난 것을 은총이라 한다면 좋은 일은 늘 신의 은총이 있어야만 이뤄지나요?"

용재훈의 도발적인 발언 때문에 분위기가 갑자기 냉랭해졌다. 모두가 할 말을 잠시 잊었다. 두희송이 분위기를 반전시키려 목소리를 높였다.

"비유를 하자면 그렇다는 것이지. 너무 곧이곧대로 듣지 말게. 험난한 인생길을 걸어가면서 때로는 기적을 갈구하는 마음이 필요하지. 너무 종교적으로 해석할 건 없고…. 꿈을 갖고 살아간다, 이렇게 생각하시게."

소피아 가회복이 베드로 두희송의 말을 거들었다.

"청년의 지적처럼 세상사를 모두 인과관계로 설명할 수는 없지요. 우연인지 필연인지 알 수 없잖아요. 불교에서는 인연으로 말미암아 만유가 생성한다는 연기론(緣起論)을 설파하지요. 오래 살다보면 이를 실감한답니다. 우리가 깊은 산 속에서 만난 것도 필연이 아닐까요?"

용재훈은 논쟁을 벌일 분위기가 아님을 알아차리고 화제를 바꾸었다.

"사장님의 꿈은 무엇인가요? 아까 꿈을 갖고 살아간다고 말씀하셨잖아요."

두희송의 눈이 순간 반짝였다. 그는 신부를 흘깃 쳐다본 뒤 대답했다.

"꿈이 많았지. 알베르 카뮈 같은 철학적 우수(憂愁)와 앙드레 말로 같은 행동주의를 겸비한 작가가 되고 싶었어. 로맹 가리를 사숙하면서 작가 개인의 체험과 내면세계를 어떻게 작품으로 형상화하는지를 배웠지. 마르셀 프루스트처럼 병상에 누워 머리를 굴려 작품을 쓰는 작가는 싫어했어. 나의 몸으로 부딪혀 직접 육화(肉化)한 체험을 작품소재로 삼으려 했지."

두희송은 다트를 꺼내 벽면의 다트판에 던지면서 말을 이었다.

"프랑스에 가서는 레스토랑에서 요리공부를 했어. 이왕이면 문학향기가 나는 카페나 레스토랑을 찾았지. 사르트르 선생이 시몬느 드 보봐르 여사에게 사랑고백을 했다는 드 마고, 공쿠르 수상자가 점심을 먹는다는 드루앙, 이런 곳에서 일했어."

암브로시오가 고개를 주억거리며 두희송에게 물었다.

"그러니까 생각나는군. 자네가 정규학교를 다닐 필요가 없다고 주장한 근거가 바로 앙드레 말로의 경력 아니었나? 말로는 대학에 다니지 않았지만 당대 최고 지성인과 교류했고 공쿠르 문학상까지 받았으니…. 자네는 말로에게도 편지를 여러 통 보냈지?"

두희송은 멋쩍게 웃으며 대답했다.

"답장은 한 통도 못 받았는걸요. 제가 신학교를 자퇴하고 외인부대에 가기로 결심한 이유 가운데 하나도 말로 때문이었답니다. 말로는 스페인 내란 때 비행기를 조종하며 참전했잖아요. 어릴 때 그 일화를 듣고 행동하는 지성인이 아주 멋있게 보이더라고요. 말로가 앙코르와트 밀림을 누비며 사원의 유물을 밀반출한 약탈행위도 그때는 멋지게 보였지요. 말로의 생애 자체가 한 편의 드라마틱한 소설이죠. 저도 역동적인 삶을 살며 피와 땀이 밴 글을 쓰고 싶었답니다."

두희송이 말을 마치고 다트 10여 개를 던지며 표정이 굳어지자 신부가 위로했다.

"베드로, 자네 아직 젊어. 앞으로 기회는 얼마든지 있어."

두희송이 상의 안쪽 호주머니에서 편지봉투를 꺼냈다. 누렇게 변색된 항공봉투였다. 그는 봉투에 든 편지지를 신부에게 내밀었다.

"소설가 로맹 가리 선생에게서 받은 것이에요. 선생은 프랑스 평론가들에게 분통을 터뜨렸어요. 늙은 로맹 가리는 빛이 완전히 바랜 작가이다…이런 비판까지 나왔으니까요. 에밀 아자르라는 가공인물 명의로 〈자기 앞의 생〉이라는 작품을 발표해서 공쿠르 상을 받았으니 평단에 복수한 셈이죠? 시상식에 나타나지도 않았답니다. 이 편지에 그런 사연이 담겨 있습니다. 저를 한번 만나고 싶다고 했고요. 세상 일이 묘한 것이 제가 프랑스에 도착해서 그분을 찾아갔더니 그 바로 얼마 전에 권총자살을 했더군요. 총을 입에 넣고 방아쇠를 당겨 숨진 채 발견됐지요. 유서에 에밀 아자르가 바로 자신이라고 밝혔답니다. 그러니 제게 보낸 이 편지에서 유서보다 먼저 사실을 고백한 셈이죠. 그분과 담소하는 것도 작은 꿈이었는데…."

시현은 로맹 가리라는 이름을 처음 들었다. 극적인 삶을 살다간 작가에게 고개가 숙여졌다. 공쿠르 상 수상자가 한국의 청년과 펜팔관계를 맺었다는 점이 특이했다. 평범하게 보이는 한국인 중년남자가 그런 전력을 가졌다는 사실이 믿어지지 않았다. 시현은 기자 지망생답게 수첩을 꺼내 필기준비를 하고 질문했다.

"이 편지내용이 당시 한국 언론에 보도되었나요?"

두희송은 눈을 껌벅거리며 잠시 뜸을 들이더니 대답한다.

"두 사람만이 내밀하게 대화하는 펜팔관계였지요. 제 3자에겐 보여주지 않는다는 암묵적인 약속이 있었답니다. 그분에게서 받은 편지묶음을 공개하면 지금도 세계적인 뉴스가 되겠지만요…."

용재훈이 뭔가 좋은 아이디어가 떠올랐다는 듯이 손가락으로 자기 머리를 톡 치며 두희송에게 제안했다.

"사장님의 작은 꿈을 가상적으로나마 실현시켜 드리겠습니다. 로맹 가리 선생을 만나 커피를 마시며 담소하는 장면을 연기하는 겁니다. 신부님께서 로맹 가리 역을 맡아주시면 좋겠는데요."

암브로시오는 눈을 치켜뜨며 물었다.

"내가 로맹 가리가 되라고?"

두희송과 암브로시오는 마주 보며 난처한 표정을 지었다. 용재훈은 이들을 차례로 보며 진지한 어조로 말했다.

"일종의 역할연기입니다. 이렇게 해야 사장님의 오랜 응어리가 풀립니다. 가상연극으로 카타르시스를 얻을 수 있습니다."

용재훈의 제안으로 두희송과 암브로시오는 레스토랑 실내의 반원형 무대 위에 올라갔다. 파리 시내의 카페처럼 꾸미려고 동그란 탁자와 등나무 의자를 올려놓았다. 전지연은 오디오 볼륨을 낮추어 조르주 브라상스의 샹송 〈행복한 사랑은 존재하지 않네〉를 틀었다. 두희송과 암브로시오는 꼬마 찻잔에 담긴 에스프레소 커피를 마시며 프랑스어로 대화했다. 나이 든 신부는 계속 쿨럭거리며 기침을 한다.

"가리 선생님, 이렇게 직접 만나 뵈니 영광입니다."

"오, 내 친구 베드로! 반갑소."

"공쿠르 상을 두 번이나 받다니 대단한 역량입니다."

"두 번째 상은 논란이 많았다오. 에밀 아자르가 누군지 신원이 밝혀

지지 않았으니 …. 초기에는 30대 젊은 작가라는 소문이 나돌았소. 어느 심사위원은 에밀 아자르의 글에서 젊은 작가의 참신한 감각이 보인다며 극찬하더군요. 내가 노쇠했다고 비아냥거리던 바로 그 작자야. 그 인간이 쓴 그 평론을 읽고 얼마나 웃었던지 ….”

“세상을 조롱하셨군요.”

“인간의 편견을 비웃은 거요. 반란 성공의 쾌감을 맛보았소. 하하하….”

“문단에서 따돌림받은 이유가 무엇입니까?”

“내가 뻣뻣하게 행동했기 때문일 거요. 직업이 외교관이어서 문단인사들과 어울릴 기회도 적었고 ….”

음태출은 이들의 대화장면을 여러 각도에서 카메라에 담으려고 무대 주위를 맴돌았다. 시현은 대화내용을 알아들을 수는 없었으나 한국의 청년과 로맹 가리가 토론을 벌인다고 가상하고 분위기를 묘사했다.

5

스타벅스의 카페라테 한 잔값이 쌀 몇 킬로그램값과 맞먹는다고 툴툴거리는 아버지와 목소리를 낮추어 말하라고 눈총을 주는 딸이 커피숍에 마주 앉았다. 도청 총무과장 시상춘과 그의 딸 시현이다.

“오랜만에 너도 만나고 내 일도 볼 겸해서 서울에 왔다.”

“아빠 일은?”

“내가 곧 박사학위를 받는단다. 행정학 박사…. 논문 심사위원 교수 한 분이 서울에 계시는데 그 분에게 인사드리려고 왔지.”

“아빠가 박사가 된다고?”

시상춘이 "지방자치제 이후의 단체장 리더십 변화 연구"라는 논문 책자를 건네주자 시현이 눈이 휘둥그레지며 훑어본다.

"딸자식이니 솔직하게 말한다만, 학력 콤플렉스가 내 평생 한이었단다. 고등학교 나와 말단 공무원이 되고 보니 평생 고시출신들 발바닥이나 핥았지. 그 자들은 명문고등학교, 일류대학을 나와 나랏돈으로 미국 유학까지 갔다왔으니 나 같은 고졸자를 어디 인간 취급이나 하겠어?"

시상춘은 적당히 식은 커피를 벌컥 마시며 말을 이었다.

"방송통신대학에서 학사학위를 받고 사각모를 썼지만 그것만으로는 행세를 못하겠더라고…. 마침 우리 지역의 대학원에서 석사과정 장학생으로 넣어주겠다고 제의하더군. 그걸 마쳤더니 박사과정도 마찬가지로…."

"그럼 아빠가 논문을 직접 다 썼어?"

"일일이 다 썼다기보다는… 몇몇 분의 도움을 받았지."

"표절과 대필 아니야?"

"어허, 정곡을 찌르네…."

"떳떳하지 않은 방법으로 받은 박사학위로 무얼 할 건데?"

"겸직교수로 활동하고 혹 명퇴한다면 정식교수로도 갈 수가 있지. 기업체 사외이사로 응모할 때도 요긴하게 쓰이지."

시현이 논문 한 쪽을 펼쳐들며 톡 쏘듯 묻는다.

"설문조사 결과를 SPSS로 통계 처리했는데 아빠는 SPSS가 무언지 알아?"

시상춘은 커피잔을 잡은 손을 덜덜 떨며 대답한다.

"그런 사소한 내용까지야 내가 알 수가 있나…."

"아빠, 좀 실망했어요. 이렇게까지 해서 엉터리 박사학위를 받아야 하다니…. 저는 고졸 아버지가 오히려 자랑스러워요."

시상춘은 눈자위를 실룩이며 잠시 말을 끊었다가 오히려 역정을 내며 역공했다.

"현이 너, 신문기자 된다고 설치더니 성격에 모가 났네? 그래, 밥도 제대로 안 해 먹고 다니지? 비쩍 말라가지고 그게 무슨 꼴이냐?"

시상춘은 딸아이의 손가락에 감긴 붕대를 발견하곤 캐물었다.

"뭣 하다가 다쳤냐?"

아버지의 기습에 시현은 멈칫했다. 용재훈과의 교제사실을 고백하려면 아버지를 더 이상 몰아세워서는 곤란하다는 계산이 머릿속에서 빠르게 돌아갔다.

"아빠, 여기서 덕수궁이 가까워요. 나가서 이야기 좀 해요."

시현은 아버지의 팔짱을 끼고 정동길을 걸었다. 시상춘도 아까 역정을 낸 게 미안한데다 편법으로 박사학위를 받는 사실을 꼬집는 딸이 대견스럽기도 해 언짢은 기분이 풀렸다.

시상춘은 두 달 앞으로 다가온 학위수여식 장면이 떠올라 가슴이 뛰었다. 금색실로 만든 두툼한 술이 달린 사각모를 쓴 자신의 모습이 어른거렸다. 학위논문을 1천 부 정도 찍어 지인들에게 돌려야지…. 논문을 일반서적처럼 단행본으로 정식 출판해도 꽤 팔릴 것이라는 총무과 인사계장의 말을 믿어도 될까….

'행정학박사 시상춘'이라고 새긴 명함을 건네면 상대방이 놀라겠지…. 학위취득 축하연은 몇 번이나 열어야 하나…. 대변인실 사무관에게 부탁하면 보도자료를 만들어 기자실에 뿌리겠지, 적어도 지역신문에서는 인물사진을 넣은 인터뷰 기사로 다루겠지….

아버지가 허허 웃으며 밝은 표정을 짓자 시현은 독사에 물렸는데 재야의 명의가 감쪽같이 낫게 해주었다는 사실 등을 털어놓았다. 그리고 어느 청년을 마음에 담고 있다고 고백했다.

"뭐하는 남자야? 학교는 어디 나왔고?"

시현은 대답 대신에 모호한 미소로 얼버무렸다. 용재훈의 세속적 약점을 덮을 묘안이 도무지 떠오르지 않았다.

6

"이 사람이 베드로 맞아요? 그 옆은 베드로 부인? 사진은 실물과 달리 사진 나름대로의 생명을 가진 것 같네요."

가희복은 남편이 인화한 대형 흑백사진을 보고 고개를 살래살래 흔들었다. 사진은 방금 암실에서 꺼내져 시큼한 화학약품 냄새를 풍겼다. 물이 덜 말라 흐물흐물했다.

"역시 암실작업을 거친 흑백사진이어야 진짜 사진맛이 나지 않소?"

"그래요. 디지털 사진은 공장에서 마구 찍어내는 그릇 같잖아요. 암실사진은 도공이 빚어낸 예술품 도자기이고…."

"내가 암실작업을 시작하기 전에 배코를 치는 이유를 알겠소? 경건한 마음을 가지려는 것이오."

음태출은 파르라니 깎은 머리를 자신의 손으로 쓰다듬으며 말했다.

"신부님 사진은 성자처럼 보이네요."

"은오산 그 식당으로 갑시다. 사진을 갖고…."

"오늘밤이 크리스마스이브이니 잘됐군요. 신부님과 베드로에게 좋은 선물이 되겠네요."

가희복은 암브로시오 신부가 즐겨 먹는 깨강정, 메밀묵, 수수풀떡 등 한국 전통음식을 바리바리 싸들고 차에 올랐다. 음태출은 사진을 돌돌

말아 고무밴드로 묶었다.

눈길 속에 차를 몰아 도착하니 이미 날은 저물었다. '르 꼬르보 다르장' 앞에 검은색 승용차 몇 대가 서 있었다. 글로벌 빌리지가 문을 닫았다 해도 이곳 레스토랑 몇 곳은 영업을 하니 손님들이 찾아온 모양이다.

음태출 가희복 부부가 들어가자 두희송 전지연 부부가 반갑게 맞는다. 내실에 있던 암브로시오 신부도 소리를 듣고 나와 가희복과 포옹했다.

"신부님, 이제 많이 회복하셨군요."

"소피아가 준 후박나무 껍질 삶은 물을 꾸준히 마셨더니 기침이 멎었어. 그러고 보니 울릉도 후박엿이 먹고 싶군."

"옛날 산수유 마을 시절이 생각나네요. 그때 울릉도 호박엿이 맞느냐, 후박엿이 맞느냐를 놓고 주민들끼리 내기가 벌어졌지요? 엿에 호박을 넣었다느니, 후박나무 껍질을 넣었다느니 하고 입씨름이 벌어져 진 쪽에서 엿 두 판을 사기로 한 내기 …."

"또렷하게 기억나고말고 …. 내가 심판을 맡아 울릉도 성당에 전화를 걸어 확인까지 했지. 후박엿이 맞더군. 호박엿으로 잘못 알려져 이 이름이 굳어졌지만 …."

"호박엿처럼 세상에는 가짜가 진짜를 몰아내는 경우가 많지요?"

"진짜처럼 보이는 가짜, 즉 사이비(似而非)가 판을 치는 세태 아닌가?"

음태출이 고무줄을 풀면서 사진을 펼쳐 보였다.

"여기 진짜 뺨치는 사람이 있습니다. 정말 닮지 않았습니까?"

전지연이 달을 가리키며 노래를 부르는 모습은 마리아 칼라스와 흡사했다. 전지연 자신도 깜짝 놀랐다.

두희송이 눈을 치뜨면서 감탄한다.

"신부님과 제가 대담하는 사진도 신비롭군요. 신부님이 로맹 가리와 너무도 비슷합니다."

두희송은 사진을 펼쳐 두 손으로 잡고 신부에게 묻는다.

"사진 속의 가짜인물을 사이비라고 비난할 수 있을까요?"

신부는 기침을 쿨럭, 쿨럭 서너 번 한 뒤 느릿느릿한 말투로 대답했다.

"진짜, 가짜 여부보다도 진정성이 중요하네. 진짜라도 진정성을 잃으면 사이비만 못해. 돈맛에 정신을 잃은 화가가 그림을 공장 제작품처럼 후닥닥 그리면 가짜만도 못하게 되지. 그런 점에서 베드로의 부인이 노래를 부르는 장면은 진정성이 있어. 사이비가 아니라 진짜 자체야. 마리아 칼라스와 진정한 교감을 나눈 결과이지."

음태출이 사진 두 장을 스카치테이프로 벽면에 붙였다. 사진 덕분에 레스토랑 내부에 생기가 감돈다. 두희송이 박수를 치며 환호했다.

"멋집니다! 액자를 구해 사진을 고이 모시겠습니다. 다트판을 떼어내고 그 위에 설치할게요."

두희송은 사진 앞에 서서 상념에 잠겼다. 프랑스에서 몇몇 한국인 유학생의 석사, 박사학위 논문을 대신 써준 일이 떠올랐다. 처음에는 한국어로 쓴 논문을 불어로 번역하는 아르바이트를 맡았으나 내용이 너무 엉망이어서 두희송 자신이 가필 정정했다. 불어에 서툰 유학생을 조금 도와주고 용돈을 벌 요량으로 시작했으나 갈수록 대필업자로 변모했다. 유학생 사이에서 두희송은 '두 박사'로 통했다. 문학, 철학, 사회학, 정치학 등 인문 사회과학 전반에 걸쳐 해박한 지식을 가졌으며 원어민 수준의 불어를 구사하는 재야학자로 알려졌다.

"낯 뜨겁군. 어차피 나는 학자의 길을 걸을 사람도 아니지 않은가. 이런 모순적 삶도 작가가 되는 데는 자양분이 되겠지?"

두희송은 그렇게 중얼거리며 스스로를 위안했다. 신학교 중퇴자가 박사학위 논문을 대필한다는 점에서 묘한 쾌감을 느끼기도 했다. 정규학교를 다니지 못하고도 석학이 된 가스통 바슐라르를 존경하며 그의 얼굴사진을 벽에 걸어놓았다.

"알튀세르의 맑시즘에 관한 비판적 고찰"이란 논문은 두희송이 거의 전부를 쓰다시피 했다. 이 논문으로 박사학위를 받은 손윤상이라는 작자는 지금 한국의 모 명문대에서 명교수로 이름을 날린다. 알튀세르가 지지한 맑시즘을 소개하고 그 현대적 변용가능성을 제시한 내용이므로 좌파적 성향의 논문이다. 당혹스러운 점은 '비판적 고찰'이란 제목이 들어가는 바람에 맑시즘을 비판하는 것으로 비쳐져 손윤상은 우파 색채가 강한 재단의 학교에 임용됐다는 사실이다.

청년시절의 손윤상은 진정한 지식인이 되려면 모름지기 말과 행동이 일치해야 한다고 열변을 토했다. 운동권 출신인 그는 두희송에게 논문 대필 계약금을 줄 때만 해도 양심에 찔리는지 고개를 푹 숙였으나 논문 작성 후에는 잔금을 떼먹을 만큼 후안무치형 인간으로 변했다.

여러 신문에 손윤상이 쓰는 칼럼의 메시지는 정의, 언행일치, 도덕성 등이 주류를 이룬다. 크리스마스를 맞아 손윤상이 쓴 칼럼은 '정치인들은 당리당략이란 소아(小我)를 버리고 아기 예수의 사랑을 바탕으로 국리민복을 위한 대아(大我)를 찾아야 한다'고 일갈했다.

"논문 대필료도 떼먹은 인간이 도덕군자처럼 이런 글을 쓰다니 코미디가 따로 없군."

두희송은 이렇게 말하며 쓴웃음을 지었다.

가희복도 사진을 바라보면서 상념에 잠겼다. 아버지 가만구와 '가가부녀'로 불리며 살던 산수유 마을의 추억, 떠돌이 사진사 음태출과 어렵게 살아가며 독학으로 의술을 배우던 시절이 떠올랐다. 청계천 헌책방에서 구한 서양의학 서적과 경희대 부근, 인사동에서 구한 한의학서적을 독파하느라 밤을 새운 적이 수두룩했다. 약초를 캐려고 심산유곡을 헤매었으며 죽음 직전의 인체변화를 파악하기 위해 천주교 계통의 병원에서 호스피스 자원봉사를 도맡기도 했다. 마장동 도축장에서 소 심장과 내장을 발라내는 작업을 도우며 포유류 신체구조를 익혔다.

가희복은 음태출과 함께 살기 시작한 판잣집 마을에서 동네의사 노릇을 했다. 경기(驚氣)를 일으켜 눈이 뒤집힌 아기, 목덜미 피부에서 썩은 진물이 흘러 6개월이나 학교에 가지 못한 여중생, 축구를 하다 다리 인대가 늘어나 방바닥에 한 달간 드러누운 남자 고교생, 마른기침을 30년간이나 하는데도 변변한 치료를 받지 못한 할머니 등 딱한 사정을 지닌 이웃주민들을 고쳐주었다. 병원 문 앞에 쓰러져 피를 토하며 신음하는 시골노인을 집에 데려와 치료하고 가족을 찾아주기도 했다. 치료비는 받지 않았다. 치료비를 받으면 의료법 위반으로 처벌받는다는 것쯤은 잘 알았다. 대신 환자들이 고구마나 고추, 옥수수 등을 사례로 가져오면 받았다.

가희복의 치료솜씨가 용하다는 소문이 나자 말기 암환자까지 몰려들었다. 어느 목사의 노모는 치유효과가 눈에 두드러졌다. 목사는 감격한 나머지 예배시간에 그 사실을 '이 시대의 기적'이라는 내용으로 소개했다. 좋은 의도였지만 이 사실이 알려져 가희복은 돌팔이의사로 몰려 1년 실형을 살았다. 한 번 전과자가 된 가희복은 그 후에도 몇 차례 같은 혐의로 조사받거나 벌금형을 선고받았다.

피부병 탓에 오래 등교하지 못한 그 여학생은 훗날 극빈가정의 역경을 뚫고 연세대학교 의대에 합격했다. 가희복은 그 소식을 듣고는 자기 일처럼 기뻐하며 한 해 내내 약초를 캐서 판 돈을 장학금으로 주었다.

"나는 아무리 해도 돌팔이야. 너는 진짜의사가 되어야지."

가희복은 마리아 칼라스를 닮은 전지연의 사진을 보며 그 단발머리 여학생 얼굴이 떠올라 이렇게 혼자 중얼거렸다. 음태출이 아내의 독백을 듣고 가희복의 어깨를 흔들며 말했다.

"당신은 하늘이 점지한 여자 화타요. 국가면허증보다 차원 높은 자격을 갖춘 의사요. 허깨비의사들에게 주눅 들 필요 없어요."

암브로시오도 가희복을 격려했다.

"소피아는 갈레노스, 히포크라테스와 같은 진정한 의사요. 소피아가 내 몸을 약손으로 어루만질 때 나는 천사의 손길을 느꼈다오. 그런 의미에서 … 소피아 부군에게 부탁하겠소. 소피아 사진도 한 장 찍어주시오."

암브로시오는 가희복의 손을 끌어당겨 레스토랑 무대에 올라갔다. 음태출과 용재훈이 침대를 끌고 나와 무대 위에 올렸다.

신부는 침대 위에 누워 환자 흉내를 냈다. 가희복은 신부의 이마에 손을 대며 열이 있는지 살폈다. 그 장면을 음태출은 카메라에 담았다. 파인더로 들여다보니 아내의 몸 주위에 둥그스름한 빛무리 비슷한 게 나타났다. 플래시를 터뜨리면 이 희미한 빛무리는 사진에서 사라지겠지 ….

7

음태출이 촬영에 몰두할 때다. 그의 움직임을 지켜보는 사람들이 있었다. 식사를 하러 온 가족손님들이었다. 까만 양복과 하얀 와이셔츠를 유니폼처럼 입고 짙은 회색 넥타이를 맨 40대 남자 2명, 정장 차림의 40대 여자 2명, 시무룩한 표정의 덩치 큰 남자고교생 1명, 수시로 손거울을 보며 얼굴맵시를 다듬는 여고생 1명이었다.

암브로시오가 무대에서 내려오자 배불뚝이 남자손님이 신부에게 다가오며 인사를 건넨다.

"구빈활동 하시던 암브로시오 신부님 아니십니까?"

"그렇습니다만….."

"20여 년 전에 신부님을 뵌 기자입니다. 그때 저는 신부님과 함께 24시간 먹고 자고 하면서 취재했지요. 알코올 중독자들이 술판을 못 벌이도록 그들에게 산비탈 개간작업을 시키셨지요?"

"아, 황영국 기자?"

"제 이름을… 기억력이 비상하시군요."

"기억하기 좋은 이름이어서 그렇지요. 미국이 아니라 영국이라고 그때도 그랬잖아요."

"지금은 기자가 아닙니다. 도청 대변인으로 일합니다."

"그래요?"

"그때 신부님께서 제 이름을 보시고 영국 특파원으로 가면 좋겠다고 덕담하셨잖아요. 특파원으로 영국에는 못 가고 미국으로 갔답니다."

황영국은 아내와 고교생 아들을 신부에게 소개했다. 또 동행한 다른 가족에게 암브로시오 신부가 빈민들에게는 '성자'로 불린다고 말했다.

"찬미 예수…, 스테파노 최양묵입니다. 도지사 비서실장입니다."

천주교신자인 최양묵은 성호를 그으며 신부에게 인사했다. 암브로시오는 최양묵이 말을 더듬으며 당황해하는 것으로 보아 성당에 오랫동안 나가지 않는 냉담자임을 알아차렸다.

"스테파노 님, 오늘밤 자정미사에는 가지 않으시나요?"

"아… 요즘엔 성당에 가지 않고 혼자 회개하면서 지냅니다."

"마음 내킬 때 가시면 됩니다. 편하게 식사하세요."

최양묵은 죄인처럼 고개를 푹 숙이며 간청했다.

"신부님, 오늘 만찬에 저희 가족과 함께 자리를 해주십시오."

최양묵의 말을 들은 그의 아내와 고교생 딸은 내키지 않는 눈초리로 주변을 살폈다.

하얀 셔츠 차림에 까만 보타이를 맨 용재훈이 나타나 손님들을 테이블로 안내했다. 무사(武士) 인상을 풍기는 용재훈은 넓적한 얼굴에다 어깨가 떡 벌어져 웨이터로서는 어울리지 않았다.

최양묵은 암브로시오를 가운데 자리에 앉히고 다른 사람의 자리를 개개인별로 지정해주었다. 8명이 앉는 테이블이어서 한 자리가 남았다. 최양묵은 빈자리를 가리키며 말했다.

"여기엔 이 레스토랑 사장님이 앉을 겁니다. 저희들이 사장님을 초대했답니다."

두희송은 손님예약을 받고 처음엔 흐뭇했다. 그러다 손님이 자신을 만찬에 초대하겠다고 하기에 저의가 무엇인지 의구심이 들었다. 최양묵이라는 예약자 이름을 어디선가 들은 듯해서 확인했더니 도지사 비서실장이었다. 도지사와 그 졸개들을 떠올리면 울화통이 터져 다트를 던지기도 했는데 그들이 나타난다니 황망했다. 얼결에 예약을 접수했지만 핑계거리만 찾으면 취소하고 싶었다. 주방장 노릇을 겸하고 있어 손님 테이블에 앉아있기가 곤란하기도 했다. 이런 사정을 아내에게 털어놓았더니 그녀는 모처럼 매출을 올릴 기회인데 무슨 상관이냐고 쏘았다. 주방 일은 자기가 맡겠단다.

"저희가 사장님을 초대한 것은 아이들 외국어교육 때문입니다."

최양묵의 말을 듣고 두희송은 의아했다.

"예? 외국어 교육이라뇨?"

"사장님은 불어와 영어를 원어민처럼 구사하신다면서요? 그 비결을 듣고자 여기 아이들까지 데려왔습니다."

120

"낭설입니다. 주방에서 냄비나 닦는 사람이 뭘 알겠습니까?"

손사래를 치는 두희송을 바라보며 암브로시오는 빙긋이 웃었다. 한 국인 학부모의 교육열을 잘 아는 신부는 손님들의 표정을 살폈다. 동행한 아내들은 실망하는 눈치였다. 황금 같은 크리스마스이브에 빙판 길을 헤매며 찾아왔는데 '외국어달인'이 기껏 식당 주인이란 말인가. 암브로시오는 장난기가 발동해 두희송에게 영어로 말을 붙였다.

"엊그제 자네가 조셉 콘라드 소설을 뒤적거리던데 제목이 뭔가?"

"《암흑의 중심》(Heart of Darkness)이라는 경장편입니다."

"서구의 위선을 꼬집는 내용이지? 제국주의, 모더니즘, 문명의 모호성 등을 논하는 시발점을 제공한 소설 ….."

"플롯이 무척 복잡하더군요. 그래서 신화연구가나 정신분석학자도 이 작품을 자주 연구한답니다. 헤밍웨이와 포크너도 이 작품에서 큰 영향을 받았고 T. S. 엘리엇도 자신의 시에 이 작품의 일부를 인용했습니다. 코폴라 감독은 베트남전에 참전한 미국 병사들을 다룬 영화 〈지옥의 묵시록〉의 기본틀로 이 소설을 인용했지요."

황영국과 그의 아내는 귀를 의심했다. 암브로시오와 두희송이 나누는 영어대화가 유창한 말솜씨뿐만 아니라 높은 지적(知的) 수준을 보였기 때문이다. 뉴욕 특파원을 지낸 덕분에 손짓발짓 영어에서는 벗어난 황영국은 도청을 방문한 외국인 기자에게 영어로 대화하며 자신의 존재의의를 과시하곤 했다. 그러나 원어민처럼 구사하는 두희송의 영어와 비교하면 감히 입을 열지 못할 형편이다. 이화여대 영문과를 졸업한 황영국의 아내는 두희송의 이야기를 모두 알아들을 수는 없었으나 엘리엇, 헤밍웨이, 포크너 등의 문인이름은 또렷이 들려 두희송이 영문학에 상당한 조예를 가졌다고 보았다.

암브로시오는 손님들의 표정변화를 확인하고 한쪽 눈을 찡긋하며 웃었다. 그는 이번엔 불어로 말을 걸었다.

"요즘 〈르몽드〉도 많이 바뀌었어. 1면에 사진도 큼직하게 넣고, 광고도 신잖아. 전통을 지키려는 자존심도 경영난 앞에서는 무릎을 꿇는 모양이야. 물론 진보성향의 논조는 변함없지만……."

"르몽드의 자매 신문인 〈르몽드 디플로마티크〉는 반(反)세계화 언론의 선봉에 섰지요. 세계무역기구 총회 때 농민들이 벌이는 항의시위를 가장 자세히 보도했잖아요. 단순히 시위사실만 보도하지 않고 세계화의 허구성에 관한 학문적 분석을 제공했다는 점에서 지성의 상징인 신문이지요."

비서실장 최양묵의 아내가 고개를 푹 숙였다. 서울대 불어교육과를 나와 불어교사로 3년간 근무한 경력이 있는데도 요즘엔 '꼬망 딸레 부?' 같은 인사말밖에 기억나지 않는 자괴감 때문이다. 그녀는 지난봄에 프랑스를 포함한 유럽 5개국을 도는 패키지여행을 갔을 때 동행한 여행객들과 이야기를 나누다가 누군가가 대학 전공을 묻기에 국문학이라고 거짓 대답을 했다. 국민혈세로 운영되는 국립대학교의 졸업자로서 체면이 서지 않기 때문이다. 유럽여행에서 돌아온 직후 서울시청 앞을 걸어가다 어느 중년 여성이 다가와 자기 아이를 가르친 불어 선생님이 아니냐고 묻기에 가타부타 명확한 대답 없이 빠른 걸음으로 도망친 적도 있었다. 두희송의 불어를 듣고 보니 이런저런 상황이 떠올라 가슴이 울렁거렸다.

최양묵의 아내가 고개를 들어 두희송에게 물었다.

"영어, 불어를 그렇게 완벽하게 익힌 비결이 뭐예요?"

두희송은 '나으리 사모님'의 코가 납작해졌음을 간파하고 일면 속이 후련했다. 빈정거리며 대답하고 싶었으나 어린 자녀들이 있는 자리여서 감정을 자제했다.

"어릴 때 암브로시오 신부님과 뒹굴며 놀면서 배운 덕분이지요."

암브로시오가 두희송을 거들었다.

"언어는 생활 속에서 배워야 효과적입니다. 몸으로 배워야 해요."

황영국의 아내가 자기 아들을 도끼눈으로 쳐다보며 암브로시오에게 질문했다.

"저희 아이는 뉴욕에서 학교도 다녔고 한국에 와서도 원어민 선생에게서 과외를 줄곧 받았는데도 여전히 영어가 서툴러요. 왜 그럴까요?"

"말을 배울 때 마음의 창을 여는 것이 중요합니다. 대화하면서 서로 얼굴을 똑바로 쳐다보아야 해요. 눈으로 교감하고 입모양을 보며 정확한 발음을 익혀야지요. 조급하게 마스터하라고 강요하면 강박감 때문에 외국어를 더욱 기피하게 돼요."

"저희 아이를 어떻게 해야 할까요?"

"여기서 두어 달만 지나면 될 겁니다. 레스토랑에서 베드로에게서 일을 배우고 또 내 친구가 되어 놀면 금방 익혀요."

"베드로라뇨, 누구신지?"

"이 레스토랑의 두희송 사장 말이오. 베드로가 영어, 불어로 대화하며 요리를 가르치면 될 것 아니겠소?"

고교생 자녀에게 주방일과 외국어를 동시에 가르친다는 제의에 이들 부부는 고개를 갸우뚱했다. 이날 메인요리인 농어찜을 나르던 웨이터 용재훈이 슬며시 끼어들었다.

"저도 일과 외국어를 함께 배웠답니다. 지금은 영어, 불어를 더듬거리며 말할 수 있습니다."

농어요리를 먹으며 어른들의 대화를 묵묵히 듣던 황영국의 아들이 포크로 접시를 탕, 치며 말했다.

"나 여기 있을래요."

최양묵의 딸도 냅킨으로 입을 닦은 뒤 목소리를 높였다.

"나도요. 겨울방학 동안…."

최양묵이 암브로시오에게 뜬금없는 질문을 던졌다.

"신부님은 사목활동은 하지 않으시나요?"

"나는 오래 전에 은퇴했어요. 지금은 몬시뇰이에요."

"몬시뇰이라뇨?"

"원로 성직자에게 붙여지는 명예호칭이지요."

"그럼 거처는…?"

"여기서 당분간 머물 작정입니다. 왜 궁금한가요?"

"요리영어, 요리불어보다는 성경영어, 성경불어가 나을 듯해서요. 신부님께서 아이들에게 성경읽기를 가르치시면 좋겠습니다."

"그 방법도 좋아요."

8

김장권 지사는 이발사에게 헤어스타일을 바꿔 달라고 부탁했다. 올백으로 넘겨 기름을 바르는 스타일을 버리고 자연스런 웨이브를 강조해 젊게 보이도록 해달라는 주문이었다. 이발사는 도지사의 심중을 읽었다.

"지사님, 다음 선거에서는 젊은 유권자 표심이 중요하겠지요?"

일정한 리듬으로 사각거리는 가위질 소리가 타악기 진동처럼 들린다. 소독약품 냄새도 향긋하게 느껴진다. 김장권은 새벽 이발시간을 가장 좋아하게 됐다. 이발사의 수다가 처음엔 귀에 거슬렸으나 이제는 한 귀로 듣고 다른 한 귀로 흘리는 데 익숙해졌다.

"헤어 아티스트 따님은 잘 지내시오?"

"예, 예. 단골손님인 타렌트(탤런트) 사유리와 함께 티브이에도 출연했답니다. 토크슌가 뭔가 하는 푸로(프로그램)에 …. 딸애가 방송 푸로에서 무슨 춤을 추었는데 돌고랜가, 돌핀인가 하는 춤이름이 붙어서 인기가 폭발했다고 합니다."

"돌핀 춤이라 … 인터넷 어디에서 본 것 같은데 …."

이발사는 가위질을 멈추고 호주머니에서 휴대전화를 꺼냈다. 폴더를 열어 문자판을 열심히 두드린다. 동영상이 나타나자 도지사의 눈앞에 들이민다.

"이게 그 춤입니다. 얘가 제 딸년이고요."

김장권은 한쪽 눈만 떠서 얼핏 봤다. 몸에 착 달라붙는 스판덱스 소재의 민소매 셔츠를 입은 여성이 하늘을 향해 팔을 벌리고 펄쩍펄쩍 뛰는 춤을 춘다. 돌고래의 도약을 연상케 한다. 몸이 공중으로 치솟을 때마다 긴 생머리가 하늘에 휘날리고 겨드랑이가 드러난다. 김장권은 양쪽 눈을 부릅뜨고 화면이 뚫어져라 응시했다.

"음 …."

김장권은 침을 삼키며 신음을 뱉었다. 헤어 디자이너 여성과 함께 돌고래 춤을 추는 자신의 모습을 그려봤다. 그녀는 할리우드 여배우 안젤리나 졸리를 닮아 시원스런 눈매와 도톰한 입술을 가졌다. 김장권의 머리엔 순간적으로 '육감적'이란 단어가 떠올랐다. 그러고 보니 딸과 이발사 아버지는 전혀 닮지 않았다. 안젤리나 졸리의 생부(生父) 존 보이트가 미남배우가 아니듯이 부녀 사이에 외모가 딴판인 경우가 많다고 생각했다.

김장권이 '대비총' 회의에 나타나자 대변인 황영국, 비서실장 최양묵,

총무과장 시상춘 등 참석자는 도지사의 헤어스타일에 관해 저마다 한마디씩 던졌다.

"10년쯤 젊어 보이십니다."

"총각 같습니다."

"여고생들이 오빠라고 부를 겁니다."

김장권은 후후, 하고 웃음을 지으며 여직원에게 큰소리로 말했다.

"미스 키~임, 오늘 아침엔 스페~샬 차로 갖고 와요. 십전대보탕으로…."

비서실장 최양묵이 관내 동향자료를 보며 지사에게 보고했다.

"글로벌 빌리지에 학생들이 몰려오고 있습니다. 몇몇 기업의 직원들도 연수를 하러 왔습니다. 그곳이 살아나고 있으니 널리 알려서 지사님의 치적으로 삼으면 좋겠습니다."

"문 닫았다고 언론에 질타를 받았는데 잘되었구만."

"이미지 반전의 기회입니다."

"성공요인이 뭐야?"

"몸으로 외국어를 익히게 하기 때문입니다. 요리, 축구, 춤, 노래, 연극 등을 외국어로 즐기는 것이지요."

"학생들이 몇 명이나 되지?"

"주말반 수강생이 300명가량 됩니다."

대변인 황영국이 찻잔을 만지작거리며 입을 열었다.

"코쟁이 신부와 식당주인이 학생을 끌어 모은 주인공이라 하니 좀 찜찜합니다. 다른 강사들도 모두 외국어강사 무자격자입니다. 축구담당자는 영국 프리미어 리그에서 활약한 선수였고, 춤 지도자는 뉴욕의 뮤지컬 안무가 출신이라고 합니다. 은퇴한 양코배기 신부들이 20여 명이나 몰려들어 자원봉사 강사로 활약하고 있고요."

"그럼 학원으로 정식으로 등록하지도 않았나요?"

"불법으로 영업하는 셈이죠."

김장권이 아랫입술을 비쭉 내밀며 입을 다물었다. 글로벌 빌리지 완공 이후 도청이 앞장서고 교육청이 밀어주는데도 실패한 사업인데 일개 식당주인이 성공시켰다니 …. 진상이 알려지면 더욱 곤경에 빠지겠다 ….

총무과장 시상춘은 도지사의 굳어진 표정을 흘깃 살피고는 조심스레 말문을 열었다.

"불법영업을 했으니 행정제재를 가해야지요. 무자격 강사들도 추방해야 하고 …."

비서실장은 총무과장의 이 발언이 자신을 향한 직격탄이라 여겼다.

"시 과장, 하나는 알고 둘은 모르는 발언이야. 효험을 본 수강생들이 좋다고 입소문을 퍼뜨리고 있는 판에 찬물을 끼얹으면 곤란하지. 그러면 지사님 재선에 악재가 될 것 아냐? 행정학 박사님이란 분이 어찌 그리 사태파악을 못하셔?"

대변인은 도지사의 '언론플레이' 지시가 떨어질까 봐 속이 탔다. 언론에 모양새 좋은 기사가 보도되도록 손을 쓰라는 예의 그 지시 말이다. 도지사와 가급적 눈이 마주치지 않으려고 총무과장 쪽을 바라봤다. 그러나 기대와는 달리 도지사가 손가락으로 찻잔을 통통 치면서 발언한다.

"아 … 그럼 대변인이 기자들에게 설명을 적절하게 하세요. 그 외국인들에게는 강사 자격증을 만들어주면 될 것이고 …. 피할 것은 피하고 알릴 것은 알리는 게 '피알(PR)'의 묘미 아니오?"

"요즘 기자들은 눈치가 하도 빨라서 어설프게 플레이하다가는 덧나기 십상입니다."

"곧 잔디가 파릇파릇 돋아날 때가 되었으니 도청 출입기자들 모시고 라운딩 한번 하면서 잘 처리하시오."

대변인 황영국에겐 골프접대가 괴로운 일이다. 골프에 서툴러서가 아니다. 오히려 그 반대다. 깍짓동에 어울리지 않게 골프 고수여서 100타 안팎 실력의 하수 기자들과 플레이하는 게 무척 짜증스럽다.

황영국은 뉴욕특파원 시절에 닦은 솜씨 덕분에 베스트 스코어가 68타이니 아마추어 경지를 거의 넘어섰다. 여러 친목대회에서 메달리스트 상을 휩쓸었고 홀인원도 두 번 했다. 뱃살만 빼면 진짜 프로무대에서 뛰어도 될 것이라는 덕담을 여러 번 들었다. 그때마다 황영국은 뱃살은 '인격'의 상징이다, '배둘레햄' 힘으로 장타를 때린다고 응수했다.

황영국은 골프에 몰입하다 곤욕을 치르기도 했다. 뉴욕 주재 한국금융회사 대표들로부터 초청을 받아 원포인트 레슨을 해주던 날 유엔 안전보장이사회에서 북한에 대해 핵동결을 촉구하는 결의안을 채택했다. 황영국은 이 기사를 낙종해 신문사에 경위서를 제출했고 3개월 감봉처분을 받았다. 금융회사 모임의 간사는 자신들 탓이라며 그날 참석자에게서 각각 200달러를 갹출해서 돈봉투를 마련했다. 현금 촌지만큼은 받지 않는다는 게 황영국의 신조였다. 눈치가 빠른 간사는 황영국의 아내가 감봉사건 때문에 쫑알거린다는 소문을 들었기에 모은 돈으로 큼직한 신형 TV를 한 대 사주고 입막음을 했다.

9

"양고기 구이를 만드는 레시피, 읽을 줄 알겠어?"
"읽다마다요. 이제는 다 외워서 입에서 저절로 줄줄 나올 정도인데요. 영어와 불어 모두···."

두희송은 자신의 도제인 고교생 황종빈에게 요리와 외국어를 가르친 보람을 느꼈다. 황영국의 아들 황종빈은 처음엔 대인기피증이 심해 두희송의 물음에 대꾸를 하지 않았다. 늘 뚱한 표정이었다. 그러다 바게트 빵을 만들기 위해 밀가루를 반죽할 때 이변이 일어났다. 고운 밀가루에 물을 붓고 손으로 주무르던 황종빈이 갑자기 눈물을 주르르 흘렸다. 코를 훌쩍이며 목이 꺽꺽 잠기는 소리까지 내며 울먹였다. 눈물이 반죽 위에 뚝뚝 떨어졌다.

"왜 울어?"

"엄마 젖통이 생각나서요."

"뭐라고?"

"보드라운 반죽이 몽글몽글한 엄마 젖가슴 같아요."

두희송은 황종빈이 피터팬 증후군을 앓는 것으로 보았다. 덩치가 백두장사만큼 크고 얼굴에 여드름이 깔린 고등학생이 하는 말 치고는 유치했다. 어른이 되기가 두려워 무의식적으로 성장을 거부하는 증세···.

뾰족한 치료법이 없다는 사실을 안 두희송은 황종빈이 쓸데없는 고민을 하지 못하도록 종일 몸을 놀리게 했다. 아침에 일어나자마자 글로벌 빌리지 마당을 한 바퀴 조깅하고, 아침식사 준비, 설거지, 청소 등을 직접 하도록 했다. 낮시간에는 주방에서 파, 양배추, 파슬리, 브로콜리 등 갖가지 음식재료를 다듬는 일을 시켰다.

황종빈은 여러 재료의 이름을 영어, 불어로 익히며 일했다. 다양한 조리기구 이름도 익혔다. 자신의 솜씨로 만든 음식맛을 보고 요리에 재미를 붙였다. 한 달이 지나자 밀가루 반죽을 할 때 눈물을 흘리지 않게 됐다.

황종빈은 축구에도 흥미를 느꼈다. 높은 공중에서 떨어지는 공을 가

슴으로 트래핑하는 기술을 축구코치 어니스트 존스에게서 배웠다. 축구
동아리 게임에서 2골이나 성공시켰다. 황종빈은 영국 프리미어 리그 게
임을 인터넷으로 시청하면서 영어 리스닝 능력을 크게 키웠다. 존스는
동아리 학생들을 모아놓고 세계 각국의 축구리그 관전평을 한두 시간
토론했다. 학생들의 스피킹 능력은 자연스레 향상됐다.

"여주인공 크리스틴이 된 기분으로 불러봐."

"어떻게 하면 그런 기분이 들까요?"

"자, 눈을 감고 크리스틴이 돌아가신 아버지를 그리워하는 마음을 갖
고 …."

"눈을 감으면 가사를 읽을 수 없잖아요."

"감정이입이 되면 가사는 금세 외워져. 뮤지컬 가사 전체가 입에서
술술 나오는 체험을 할 수 있단다. 나는 이런 방식으로 영어, 불어, 이
탈리아어를 배웠어."

레스토랑 무대에서 전지연과 최수진이 뮤지컬 〈오페라의 유령〉을 익
히느라 열중이다. 최수진은 도지사 비서실장 최양묵의 딸이다. 최수진
은 흔히 말하는 '부모 때문에 가장 스트레스 받는 자식'이다. 서울대 나
온 부모를 둔 탓이다. 아버지, 어머니는 딸의 성적이 밑바닥을 헤매는
사실을 도저히 이해하지 못한다.

"너는 부모 유전자를 물려받아 머리는 좋아. 그런데 노력을 하지 않
아서 성적이 그 꼴이잖아?"

최수진이 아버지에게서 늘 듣는 편잔이다. 고교진학 때 성적이 나빠
담임으로부터 실업계고교 진학을 권유받자 아버지, 어머니 모두는 최수
진이 자기 딸이 아니라고 의심해서 머리카락을 몰래 뽑아 친자 확인용
유전자 검사까지 의뢰한 적이 있다.

'한국판 콘코디아 언어마을, 기적을 이루다'

지역신문 1면 머리기사에 붙은 제목이다. '글로벌 빌리지에서 국제전문가 꿈 키우는 청소년 300명'이라는 부제가 달렸다.

여고생 최수진이 스승 전지연과 함께 노래를 부르는 장면이 A4 용지 크기의 컬러사진으로 실려 눈길을 끌었다. 3면에는 르포기사가 전면으로 보도됐다. 고교생 황종빈이 요리와 축구로 영어, 불어를 배웠다는 성공사례가 자세히 소개됐다. 한구석에는 김장권 도지사의 인터뷰가 실렸다.

이 신문을 펼쳐든 '대비총' 회의 멤버들은 함박웃음을 지었다. 김장권은 황영국 대변인에게 손을 내밀어 격려악수를 했다.

"멋진 것, 한 건 했소."

비서실장도 대변인과 악수하며 너스레를 떨었다.

"덕분에 우리 딸아이도 이렇게 신문에 났어요. 사진을 보니 아빠를 많이 닮았지요?"

이들은 또 십전대보탕을 마셨다. 김장권은 차 숟가락으로 십전대보탕에 든 당귀, 황기를 떠서 입에 넣어 씹으며 대변인에게 말을 이었다.

"콘코디아 언어마을이라…. 여기 촌동네 기자가 그런 걸 어떻게 알았을까?"

"보도자료에 콘코디아 마을을 소개하는 글을 첨부했지요. 제가 특파원 시절에 그곳을 탐방 취재한 적이 있답니다."

"어떤 곳이오?"

"미네소타 주의 한적한 시골마을입니다. 언어학자 몇몇이 1961년에 외국어교육을 위해 실험적으로 개설했는데 큰 성과를 냈지요. 운동, 자연학습, 요리, 춤, 연극 등으로 외국어를 가르치지요. 이른바 몰입교육의 선구역할을 한 곳이랍니다."

"그럼 오늘 보도된 것과 가르치는 방식이 비슷하구만…."

"그렇습니다."

"글로벌 빌리지가 문을 열었을 때는 왜 실패했지요?"

"가르치는 강사의 자발성이 부족했고 관청에서 수강생을 동원했기에 학생들의 참여도가 낮았습니다. 연수원으로 활용하겠다는 대기업들이 잇달아 발을 뺀 탓에 레스토랑들은 개점 초기부터 고전했지요."

"거기 지원사업단에 파견할 공무원들에게 발령을 내니까 서로 가지 않겠다고 난리를 부리지 않았소? 그렇게 사명감이 없으니 무슨 일이 되었겠소. 도지사에게 모든 책임을 뒤집어씌우려는 자들도 부지기수였고…."

김장권이 콧김을 쉭쉭 내며 화를 내자 시상춘 총무과장이 재빨리 나선다.

"앞으로는 지원사업단에 서로 가려 할 것입니다. 염려 마십시오."

김장권이 십전대보탕을 한 방울도 남김없이 다 마셨을 때 대변인이 휴대전화로 누군가와 통화하더니 허연 이를 드러내며 말한다.

"지사님, 곧 생방송으로 진행되는 아침 시사프로그램에 라디오 인터뷰를 하셔야겠습니다. 한국판 콘코디아 마을 성공사례를 소개해 달라며 서울 본사 라디오방송 두 군데서 인터뷰 요청이 왔습니다. 전국에 방송되는 것입니다."

"전국에?"

"제가 전국 방송망을 타도록 미리 보도자료를 보냈고 보도국장에게도 따로 전화로 부탁해 놓았답니다."

김장권의 뇌리엔 통령의 얼굴이 떠올랐다. 통령이 주재하는 시도지사 회의에서 글로벌 빌리지 실패건 때문에 질책을 당해 면목이 없던 차였다. 통령은 새벽 일찍 일어나 여론 모니터 차원에서 신문과 방송을 직접 챙긴다고 하니 라디오 시사프로그램도 듣지 않을까···. 선출직 도지사이니 통령과 상명하복 관계는 아니지만 지방정부를 매끄럽게 운영하려면 통령의 도움이 반드시 필요하다. 더욱이 통령의 정치 후계자가 아직 뚜렷이 드러나지 않은 만큼 후계자 후보군에 들기 위해서라도 견마지로(犬馬之勞)를 다해야 한다···.

"도지사의 역할이 무엇이었냐고 물으면 어떻게 대답할까?"

"전방위 행정지원을 아끼지 않았다고 두루뭉수리하게 설명하십시오. 성공 여부가 불투명한 상황에서 일부 공무원은 자신의 자녀들을 믿고 맡겼다는 내용도 소개하시고요."

"그 식당 사장과 신부들의 활약상은 어떻게 하지?"

"그 사람들을 부각시키면 곤란합니다. 진행자가 묻지 않는 한 굳이 들먹일 필요가 없습니다."

11

"물맛 좋지? 여자들은 이 물로 세수도 한다더라. 피부가 매끄러워진다고···."

"여자 피부만 그럴까? 너도 세수해. 여드름이 없어질 테니까."

"이 샘물 이름이 뭐라고 하더라?"

"은오산 쏘물이라고··· 톡 쏘는 물맛 때문에···."

고교생 황종빈과 여고생 최수진은 샘에서 물을 마신 뒤 나란히 앉았다. 겨울방학 동안 한솥밥 식구로 지냈고 개학 이후엔 주말마다 글로벌 빌리지에 오다 보니 자연스레 동갑내기 친구가 됐다. 황종빈은 옆구리에 낀 축구공을 줄곧 쓰다듬는다.

"오페라의 유령, 가사 다 외웠어?"

"물론이지. 뮤지컬과 오페라의 가사를 외우니 영어회화를 할 때 말 대신 노래로 나오더라."

"그것 좋지."

"넌 요리영어, 축구영어 마스터했다며?"

"마스터까지야…. 미국에서 초등학교에 다닐 때도 말문이 트이지 않았는데 여기 와서 달라졌어."

황종빈은 등에 멘 작은 배낭에서 수첩을 꺼내 펼쳤다.

"일기 겸 단어장 겸 메모장이야. 이게 여섯 권째야."

"어디 봐…야, 요리그림까지 그려놓았네."

"그림을 그려야 잘 외워지고 나중에 봐도 기억이 쉽게 살아나지."

최수진은 호주머니에서 스마트폰을 꺼냈다.

"나는 이것 갖고 단어도 찾고 여기에 일기도 써놓았다."

"너는 디지털 신인류, 나는 아날로그 원시인이네. 하하하…."

"이까짓 거 갖고 그렇게 거창하게 분류하지 마. 자, 그럼 축구영어 한번 해 봐."

황종빈은 쑥스럽다는 듯이 머리를 긁적이더니 축구공을 발로 톡톡 차면서 영어로 말했다.

"축구의 킥은 크게 다섯 가지인데 인프런트 킥, 아웃프런트 킥, 인사이드 킥, 아웃사이드 킥, 인스텝 킥 등이 그것이다. 인프런트 킥은 자기편에 공을 보낼 때 상대편 선수가 있으면 높은 공으로 보내려 사용하는 패스이다. 코너킥, 프리킥, 센터링 등과 같은 세트 플레이를 할 때 자주 사용한다. 핵심은 엄지발가락 안쪽 부분에 공을 맞추는 것이다.

아웃프런트 킥은 ….”

“됐어. 아주 잘하네.”

“그럼 너도 노래 한 곡 불러야지.”

“이 산골짜기에서 노래를 부른다고?”

“실수해도 거리낄 것 없잖아. 아무도 듣지 않는데 ….”

“아무도 듣지 않긴? 네가 들을 텐데.”

최수진은 말은 그렇게 하면서도 노래 부를 준비를 했다. 일어서서 목청을 다듬고 호흡을 골랐다. 최수진은 세계적인 가수 사라 브라이트만을 떠올리며 감정이입을 했다.

잠결에 꿈결에 노래했죠. 그가 날 불러요 내 이름을
이것도 꿈인가 환상인가 …

최수진의 노래를 듣자 황종빈은 몸에 소름이 돋으면서 시야가 아득해졌다. 잠결인지 꿈결인지 어지러웠다.

12

“자녀와 부인을 외국에 보내고 홀로 사는 기러기 아빠가 우리 주변에 등장한 지도 꽤 오래 됐습니다. 자녀에게 어릴 때부터 외국어를 익히게 해 글로벌 리더로 키우려는 부모들의 열망 때문에 빚어진 현상이죠. 국내에서도 얼마든지 외국어를 효율적으로 배울 수 있는 곳이 나타나 주목을 끌고 있습니다. 바로 글로벌 빌리지입니다. 이곳을 조성하는 데 주인공 역할을 하신 김장권 도지사를 전화로 연결해 보겠습니다. 안녕하십니까, 김 지사님?"

"예, 전국의 청취자 여러분, 안녕하십니까?"

"글로벌 빌리지가 개장 초기엔 고전했는데 최근 성공을 거둔 비결은 무엇입니까?"

"이곳을 키우겠다는 강렬한 의지를 포기하지 않았기 때문이지요. 도지사 권한이 미치는 범위 안에서 최대한 지원을 했습니다. 사명감 있는 공무원들을 파견했고요. 미국에 있는 콘코디아 언어마을 못지않게 잘 운영하고 있습니다."

용재훈을 만나러 은오산으로 가던 시현은 시외버스 안에서 방송진행자와 김장권이 나누는 대담을 들었다. 기자 지망생인 자신이 듣기에는 진실왜곡의 전형이었다. 울화통이 치솟았다.

시현은 총무과장인 아버지가 도지사를 비난하며 열을 올리던 모습이 생각났다. 아버지의 울대뼈가 빠른 속도로 오르락내리락 했다. 아버지는 냉장고에 든 보리차로는 갈증이 가시지 않는다면서 일요일 대낮인데도 캔맥주를 네 개나 마셨다.

"후레자식이야. 깡패에다 위선자야. 막내 동생뻘 되는 놈이 나를 보고 머슴 부리듯 반말을 하기 일쑤야. 그 자식은 보나마나 대필논문으로 박사학위를 받았어."

아버지의 말이 맞다면 김장권은 도지사로서 도덕성이 모자라는 인물이다.

김장권은 거부(巨富) 아버지 위세를 믿고 초등학생 때부터 망나니짓을 일삼았다. 담임 여교사의 치마에 진흙을 던지는 따위의 행패를 부렸다. 교생실습을 나온 교대 여학생의 등 뒤로 몰래 다가가 블라우스 아래에 비치는 브래지어 끈을 잡아당겨 그 여학생을 울리기도 했다. 제

136

실력으로는 변변한 고등학교에 갈 수 없었지만 어머니의 치맛바람 덕분에 명문학교에 진학했다. 그가 뒷구멍으로 입학한 에피소드는 당시 교육계 안팎에서 화제가 됐다. 학교 강당에 그랜드 피아노를 들여놓는 게 소망인 시절이어서 여느 학교에서는 고가의 그랜드 피아노를 기증받고 보결 입학시켜 주었다.

김장권의 어머니가 고교 교장을 찾아갔다.

"교장 선생님, 학생들의 정서를 함양하려면 강당에 그랜드 피아노가 있어야 하겠지요?"

"있으면 좋기야 하지요."

"저희 아이를 넣어주시면 그랜드 피아노를 기증하려 합니다."

"말씀은 감사합니다만, 사양하겠습니다. 저희 학교에는 그랜드 피아노가 들어갈 만한 강당조차 없답니다."

불의와 타협하기를 꺼리는 깐깐한 교장은 그렇게 거절했다. 그러나 어머니의 다른 제안 때문에 교장은 두 손을 들고 말았다.

"새 강당을 지어 피아노와 함께 기증하겠습니다."

고교생 김장권은 걸핏하면 동급생들에게 주먹을 휘둘렀다. 담임교사조차 김장권의 눈치를 보는 판이었다. 성적 석차는 다른 보결생과 꼴찌를 다투었다. 결석도 잦았다. 인근 여학교의 합창반장 여학생의 뒤꽁무니를 쫓아다닌다는 소문이 나더니 고3 때는 여가수 박 아무개와 그렇고 그런 사이라는 풍문이 나돌았다. 타블로이드판 어느 주간지에는 〈재벌 2세 K군과 신인 여가수 P양… H나이트클럽에 간 사연의 내막은?〉이라는 제목의 기사가 실리기도 했다.

김장권이 동기생들을 괴롭히기만 한 것은 아니었다. 공납금을 제때 내지 못한 학생 8명을 위해 누군가가 대납했는데 알고 보니 김장권이 어머니를 다그쳐 해결한 것이었다. 학교 체육대회가 끝나면 김장권의 반우들은 풍성한 뒤풀이를 기다렸다. 중국 음식점 2층을 몽땅 빌려 고급 청요리와 독한 배갈을 마음껏 먹고 마실 수 있기 때문이었다. 물론 김장권이 돈을 냈다.

김장권 덕분에 공납금을 면제받은 부반장은 자존심이 상했다. 그는 김장권에게 쓴소리를 하는 거의 유일한 학생이었다. 그는 공납금을 벌려고 친척집 가정교사로 여름방학 내내 고생했다. 그 돈을 넣은 봉투를 김장권에게 주었다. 김장권은 부반장의 어깨를 툭툭 치며 말했다.

"네 자존심, 존중하겠다. 마음에 들었어. 그러나 내가 친구로서 조언 하나 할까? 앞으로 큰일을 하려면 작은 자존심은 접고 큰 자존심을 지키면 좋겠다. 너는 큰 인물이 될 사람으로 보이는데 …."

부반장은 별다른 대꾸를 하지 못하고 얼굴을 붉혔다.

그 무렵 김장권의 아버지는 재정난에 몰린 명문 사립대학교를 인수했다. 부반장 강창학은 그 대학의 특차 장학생으로 경영학과에 합격했다. 4년간 등록금 전액 면제, 기숙사 무료제공 혜택이었다.

대입수험생 김장권은 아버지가 재단이사장으로 취임한 대학에 들어가고 싶었다. 그러나 도저히 앞문으로 들어갈 실력이 되지 않았다. 재단 사무국에서 30여 년 동안 근무한 직원이 귀띔해준 비결이 귀에 솔깃했다.

"간단하고도 정당한 방법이 있습니다. 승마선수로 등록해서 체육 특기생으로 입학하면 만사 오케이입니다."

김장권은 벼락치기로 승마를 배웠다. 김장권의 아버지는 아들이 애마로 쓰도록 아일랜드 최대의 경주마 생산목장인 쿨모어로부터 최고급 말을 수입했다. 그 경주마 한 필값은 고급 승용차 10대값과 맞먹었다. 명마 덕분에 전국단위 승마대회에서 입상한 김장권은 체육특기생으로 무난히 합격했다. 학과는 경영학과. 강창학과 대학에서도 클래스메이트가 됐다.

이 대학 기악과에 입학하려는 김장권의 여동생도 고민에 빠졌다. 피아노 연주기량이 시원찮았기 때문이다. 아무리 재단이사장 딸이라지만 다른 학생들에 비해 두드러지게 뒤떨어지면 입학하기 곤란했다. 그 여동생이 고2 때의 일이다. 역시 재단 사무국의 그 직원이 김장권의 어머니에게 노련한 조언을 해주었다.

"계집애니까 승마를 시킬 수도 없고 … 어쩌지요?"

"역시 간단하고도 정당한 방법이 있습니다. 사모님."

"예?"

"피아노 대신 다른 악기로 바꾸십시오."

"곧 고3인데 그게 가능할까요? 무슨 악기를 …?"

"하프로 바꾸면 됩니다."

"하프?"

"하프는 고가인데다 수송용 차량까지 늘 붙어다녀야 하므로 아무나 선택할 수 없는 특수 악기이지요."

우스개인지는 모르겠으나 어느 건설회사 오너 딸은 하프로 '학교 종이 땡땡땡' 정도만 퉁겼는데도 합격했단다. 김장권의 여동생은 그렇게 해서 입학했다. 재단 사무국의 그 직원은 사모님에게서 승용차를 선물받았고 정년(停年)이 됐는데도 촉탁직으로 더 근무하게 됐다.

김장권은 미국 유학도 강창학과 같은 학교에 갔다. 강창학이 박사학위를 받은 지 2년 후에 김장권도 학위를 취득했다. 김장권의 논문을 강창학이 대신 써주었다고 유학생들은 수군거렸다. 둘은 나란히 귀국해 모교에 교수로 임용됐다. 김장권은 학생처장, 교무처장, 재무처장 등 주요 보직을 두루 거치고 총장 자리에 올랐다. 도지사 선거에 입후보하면서 총장직을 사임했고 그 후임엔 강창학을 앉혔다.

시현은 홀에서 테이블보를 깔고 있는 용재훈을 만나자마자 코에서 김을 내뿜으며 흥분했다.

"도지사 그 자식, 형편없는 인간이에요. 전 국민이 듣는 생방송에서 능청스럽게 거짓말을 하데요."

"국민 전체가 듣기야 했겠어요? 나도 듣지 않았는데…."

"능글능글한 말투 하며…."

"한두 사람을 속이면 사기꾼이고, 전 국민을 속이면 국가 지도자가 될 수 있어요. 전 인류를 수천 년간 속이면 신이 될 수도 있지요."

이들의 대화를 옆에서 듣던 암브로시오 신부가 끼어들었다.

"자네, 종교를 은근히 비판하는군."

"신의 존재를 못 믿겠습니다. 선지자니 종교지도자니 하는 사람들이 기도를 통해 절대자와 의사소통한다는 주장도 믿을 수 없고요. 무당이 혼령을 불러내서 이야기한다는 것도 속임수나 환청에 불과합니다."

"자네 눈으로 확인한 것만 믿을 텐가?"

"자기 눈으로 본 것도 착시현상으로 왜곡되는 판인데 남에게서 전해 들은 이야기는 얼마나 허구가 많겠어요? 그래서 저는 성경을 믿지 않습니다."

"하느님의 목소리를 옮긴 성서를?"

"수천 년 전에 입담 좋은 사람이 지어낸 먼 나라 신화를 어떻게 믿겠습니까? 우리나라 단군신화도 못 믿겠는데…."

"허허, 내가 자네 영혼을 위해 기도를 많이 해야겠어."

신부가 혀를 끌끌 차자 시현이 용재훈의 소매를 잡아당기며 눈총을 주었다.

"신부님과 논쟁 벌이지 마세요."

"예? 아… 알겠습니다."

시현에게 머리를 조아렸다.

13

시현은 기자 지망생답게 자연스런 동작으로 카메라를 꺼냈다. 전지
연과 최수진이 이중창을 부르는 모습을 사진에 담았다. 최수진은 자연
스런 춤동작을 곁들이며 노래했다. 시현은 인물들의 아우라(*Aura*)를
담으려 애썼다. 용재훈의 인터뷰 기사를 게재한 그 시사잡지에서 논픽
션을 공모하는데 거기에 응모하려고 취재했다.

시현은 레스토랑 대표 두희송을 인터뷰했다.

"도지사가 공적을 가로채려는 데 대해 어떻게 생각하세요?"

"권력자는 태고 적부터 늘 그랬잖아요. 지배자는 피지배사를 부려먹
고, 여차하면 전쟁터에 몰아넣고···. 지배자는 전장에서 피를 흘린 용
사에게 싸구려 훈장 쪼가리를 걸어주는 것으로 셈을 끝내지요. 피지배
자가 일방적으로 손해보는 거래입니다. 피지배자 자신은 그 사실을 잘
모른답니다."

"인터넷에다 진상을 폭로하는 글을 올릴 의향은 없으신가요?"

"울화통이 터지지만 어쩌겠어요. 여기는 엄연한 영업장이니까요. 관
료들을 코너에 몰아넣다가는 장사를 못하게 돼요."

"영어와 불어에 능통한 레스토랑 사장이 요리로 외국어 가르친다···
이런 방향으로 기사를 작성하면 되겠죠?"

"제발 나를 부각시키지 마세요. 변변한 졸업장도 없는 사람인데···.
장인, 장모는 제가 프랑스 철학박사인 줄 알고 있어요. 들통 나면 입장
이 난처해지니 암브로시오 신부님을 소개하는 게 낫겠네요. 실제로 신

부님이 학생들을 헌신적으로 가르치셨으니….”

시현은 요리, 축구를 익힌 황종빈을 인터뷰하면서 수첩 일기장을 샅샅이 살폈다. 기상시간, 조리과정, 먹은 음식 종류 등 자신의 행적을 꼼꼼히 기록한 것이어서 훌륭한 자료였다.

긴 금발을 꽁지머리로 묶은 축구코치 어니스트 존스는 영국인 특유의 발음으로 또박또박 말했다.

“학생들의 눈빛이 달라졌어요. 함께 운동하고 음식 만들어 먹고 이야기하면서 형제처럼 지내지요. 축구반에 여학생도 스무 명 넘어요. 여학생만으로도 두 팀이 되니 가끔 시합을 벌이지요.”

암브로시오는 또 은총을 강조했다.

“여러 신부님들이 오셔서 도와주시는 덕분에 주님께서 성총을 내려준 것이 분명합니다. 학생들과 신부님들이 영어, 불어, 독일어로 거침없이 대화하는 것을 보고 신의 섭리를 느낍니다. 단순한 외국어 습득 차원이 아닙니다. 마음과 마음끼리 진정한 소통이 이루어졌기 때문입니다. 이곳에 모인 형제자매들은 바벨탑이 무너지기 전의 세계를 지향합니다.”

신부는 인터뷰 도중에 무릎을 꿇고 잠시 묵상에 잠겼다. 그때 시현은 신부의 쭈글쭈글한 손을 근접 촬영했다.

“프랑스 남부에 루르드라는 작은 마을에서 1858년에 나이 어린 소녀 베르나데트가 기적의 샘물을 발견했어요. 천연 게르마늄이 풍부한 그 광천수를 마신 병자들이 고질에서 해방되었죠. 여기 이 마을에도 수십 년 전에 기적의 탄산수가 발견되었답니다.”

시현은 여러 인터뷰를 바탕으로 기사를 작성했다. 이번 논픽션 공모에서 뽑히면 프리랜서 기자로 활약할 수 있으리라….

제목으로는 〈외국어, 몸과 마음으로 배우면 금세 술술… 글로벌 빌리지 탐방기〉라고 잡았다.

기사를 완성한 후 기자 양성과정에서 안면을 익힌 강사에게 감수를 부탁했다. 그 강사는 사회부 붙박이기자인 반윤식이었다. 눈매가 몹시 날카로운 그는 자동판매기에서 뺀 커피를 조금씩 마시며 원고를 스윽 훑었다. 시현이 1주일 동안 끙끙거리며 쓴 원고를 반윤식이 다 읽는 데는 10분이 채 걸리지 않았다.

"너무 밋밋해요. 제목도, 내용도…. 문제의식이 모자라고…. 홍보성 기사처럼 보이잖아요. 왜곡된 사회구조를 비판하고 개선하겠다는 열망을 담아야 하지 않겠어요?"

핵심을 찌르는 조언에 시현은 고맙기도 하고 눈물이 쏙 나도록 창피하기도 해서 고개를 푹 숙였다.

기사방향을 완전히 바꾸기로 했다. 글로벌 빌리지 조성 초기의 의혹부터 파고들었다. 국가예산이 지원된 경위를 따지기 위해 글로벌 빌리지 추진위원회 위원장이었던 김종률 전 예산처 장관에게 인터뷰를 요청했다. 김종률과 직접 통화를 못했고 여비서에게서 거절의사를 통보받았다.

시현은 인명록을 뒤져 김종률의 집주소를 알아냈다. 타워팰리스였다. 도곡 전철역에서 내려 한참 걸어서 찾아갔더니 철옹성 같은 곳이라 아무나 접근할 수 없었다. 무슨 로펌 고문으로 활동한다기에 그곳 사무실로 갔다가 여러 번 허탕을 쳤다. 출근하지 않았다는 비서의 말을 네 번이나 들었다. 면담을 회피하는 게 분명했다.

부위원장이었던 이민홍 전 예산실장과 최상호 전 교육부 기획관리실장을 찾아보니 둘 다 미국에 체류중이었다. 이들은 미국 대학에서 방문교수로 활동한다고 했다. 취재결과 이들은 영어실력이 신통치 않은 것으로 확인됐다. 방문교수 타이틀은 장식용일 뿐이고 한국인들과 주로 골프를 치며 소일한다는 것이다. 한국의 정치인들이 흔히 재충전한다면서 외국대학에 머물 때도 거의 이렇다는 사실을 알았다.

　시현은 유력인사들의 해외 체류행태에 대해서도 별도로 취재할 가치가 있다고 판단했다. 그들의 체재비는 누가 부담하는지도 궁금했다. 대학교수가 안식년 휴가 때 외국에서 보내는 작태가 목불인견이라는 증언을 여러 유학생 출신자들에게서 들었다.

　"연구는커녕 골프장에서 살다시피 해요. 영어를 거의 한마디도 못하는 어느 국문학 교수 사례를 들어보세요. 기가 막혀요. 1년 체류기간에 500번을 넘게 라운딩해서 그 골프장 개장 이후 연간 이용횟수 신기록을 세웠다고 하더군요. 평일에 하루 2번꼴로 라운딩한 셈이죠."

　"미국 대학원에 유학가서 그 학교에 안식년을 보내러 온 한국의 모교 교수 때문에 곤욕을 치렀답니다. 운전, 병원예약, 쇼핑돕기 등 잔심부름은 물론 집안청소까지 시키더군요. 하인처럼 부리면서도 밥 한 끼 사지 않았어요. 그 생각만 하면 지금도 치가 떨려요. 그 교수의 칼럼이 신문에 가끔 실리는데 소수 약자를 보호해야 한다고 역설하는 내용이 대부분이어서 역겹습니다. 전형적인 위선자이죠."

　"연구활동요? 웃기는 이야깁니다. 펑펑 놀아요. 연구를 위해 지역과 학교를 선택하는 게 아니라 자녀들이 다닐 학교 위주로 고르는 경우가 대부분입니다. 불문학, 독문학 교수가 프랑스, 독일로 가는 게 아니라 미국으로 가는 사례가 수두룩해요."

　시현은 이런 이야기를 들으면 울분이 치솟지만 한편으로는 취재거리가 생겼다는 점에서 먹잇감을 발견한 독수리가 된 기분이 들었다.

칼 슈미트 & 타고르

1

김시몽 통령은 삼청동 숲속에 안가(安家)를 새로 마련했다. 집무실에서 벗어나 안가에 들어오면 머리가 맑아졌다. 극비리에 외부인사를 만날 때는 여기가 편했다. 시설은 소박하게 꾸몄다. 호텔 스위트룸처럼 침실과 부속실을 만들었고 별도로 접견실 겸 다이닝 룸을 설치했다. 회의실은 지하벙커에 설치했다. 통령도 가끔 아내와 말다툼을 벌인다. 더역정을 내다가 체통이 떨어질 것 같으면 안가로 잠시 도피한다.

"형님, 어서 오십시오. 여기 토굴을 하나 만들었습니다."

"초대해 주셔서 영광입니다. 토굴 치고는 산뜻하네요. 공기가 맑아 국정을 구상하는 데 안성맞춤이겠네요."

김시몽은 전직장관 김종률을 사석에서 만나면 형 또는 선배로 모신다. 김종률은 사법고시 선배이다. 같은 문중이기도 해서 굳이 촌수를 따지자면 먼 친척이 된다. 그것은 표면적인 이유일 뿐이다.

두 사람의 인연은 오래 전 산수유 마을로 거슬러 올라간다. 김종률의 권총협박 등의 계기로 김시몽은 '새 사람'이 되었다. 아니, 김시몽의 잠재의식 속에 권력에 대한 집착이 있었다고 봐야 한다. 김시몽은 사법고시에 도전했고 의외로 금방 합격했다.

법조계에서 잔뼈를 키운 김시몽은 국회의원, 도지사를 거쳐 대선에서 통령에 당선되는 과정에서 김종률에게 큰 신세를 졌다. 행정관료 경험이 풍부한 김종률에게서 공무원 장악 노하우, 언론과 친해지는 방법, 국민여론을 유리하게 이끄는 비법 등을 전수받았다. 또 무엇보다 재정지원을 듬뿍 받았다.

김시몽이 국회의원에 출마할 때 김종률에게서 받은 《뉴 마키아벨리즘》이란 괴(怪) 책자는 꽤 유용했다. 이 책은 정치인이 거짓말을 그럴듯하게 꾸며내는 비결을 담았다. '정직은 최상의 정책'이란 격언을 곧이곧대로 실천하는 정치인은 단명한다는 충고부터 던졌다. 범죄심리학자에 따르면 사람들은 거짓말을 할 때 상대방의 눈동자를 똑바로 쳐다보지 못하고 코를 자주 만지작거린다고 한다. 이 책자는 "이를 역이용해서 선동, 과장, 궤변발언을 할 때일수록 진지한 표정으로 상대를 응시하라"고 조언했다. 단련이 되면 TV 생중계 카메라 앞에서도 자연스런 시선을 가지며 혹 거짓말탐지기 검사를 받더라도 표시가 나지 않는 경지에 이른다는 것이다.

군(軍) 장성 출신 실력자를 아버지로 둔 김종률은 출세욕을 품고 관료생활을 시작했다. 김종률의 맏형은 아버지 후광을 업고 국영 부실광산을 헐값에 불하받았다. 그 광산에서 노다지 금맥이 발견되는 바람에 막대한 부를 축적했다. 스무 개 남짓한 기업들을 인수·합병하면서 재벌그룹으로 키웠다. 김종률은 맏형의 기업들이 성장하는 데 크게 기여했다. 그 기업에 유리하도록 경제정책 방향을 슬쩍 돌리는 경우가 흔했다. 김종률은 맏형이 명의신탁으로 숨긴 재산 가운데 상당부분을 자기 몫으로 가로챘다.

김종률은 김시몽이 새내기 검사이던 시절부터 그에게 무한도로 쓸 수 있는 법인카드 여러 장을 주고 때로는 현금뭉치를 안겨주었다.

"자네는 청렴한 검사 이미지를 굳혀야 하네. 그래야 큰일을 도모할 수 있네."

김종률의 조언에 따라 김시몽은 검사가 근무지를 옮길 때 관행처럼 받는 전별금 봉투를 뿌리쳤다. 지인들의 경조사에 두툼한 축의금, 부의금 봉투를 건넸다. 후배 법조인들의 밥자리, 술자리에 자주 나타나 스폰서 역할을 자임했다.

김시몽은 그동안 치른 몇 차례 선거에서 정치자금과 관련한 질문을 받을 때면 단호하게 대답했다. TV 카메라를 똑바로 쳐다보며 ….

"저는 지금까지 단 한 푼의 부정한 돈을 받은 적이 없습니다. 만약 그런 사실이 드러난다면 모든 공직에서 즉시 물러날 것임을 약속드립니다. 새 시대의 지도자는 도덕적으로 손톱만큼의 흠이라도 없는 인물이 선출되어야 합니다."

김시몽은 유세 때 청렴이미지와 함께 자신이 정식으로 등단한 시인이라는 사실을 부각시켰다. 산수유 마을에 머물 때 쓴 작품들을 지역신문의 신춘문예에 보내 당선됐다. 그는 사자후(獅子吼)를 토하는 연설보다는 자작시 한두 수를 읊어 감성을 자극하는 수법으로 여성유권자들을 사로잡았다. 그의 시집《그대에게》는 130쇄 넘게 찍혔다. 시집이 그렇게 많이 팔리는 것은 이례적이었다. 물론 대부분을 김시몽 캠프 측에서 은밀히 사들여 베스트셀러로 조작한 것이었다. 점조직으로 이루어진 캠프 산하 행동부대가 사재기에 동원됐으므로 선거관리위원회가 꼬투리를 잡지 못했다.《밥에 관한 명상》과《풀피리 소년》과 같은 후속시집도 잇달아 나와 베스트셀러 자리를 차지했다.

유세 막판에 김시몽은 김남주 시인의 〈대통령 하나〉라는 시를 읊어 폭발적 인기를 얻었다. 그 저항시인의 작품을 암송하자 기존의 후보에게서 식상함을 느끼던 유권자들이 무더기로 김시몽 지지자로 돌아섰다.

> 나 태어난 이 강산에서
> 아름다운 이름의 대통령 하나 갖고 싶다
> 나 죽어 이 강토에 묻히기 전에
> 아름다운 추억의 대통령 하나 갖고 싶다
> 자본가들 정치헌금이나
> 주둔군 총구에서 튀어나오는 그런 것이 아니라
> 산과 들에서
> 공장에서
> 조국의 하늘 아래서
> 흙 묻은 손과 땀에 젖은 노동의 손이 빚어낸
> 그런 대통령 하나

검사 김시몽과 대학 교무처장 김장권이 각각 40대 중반, 30대 중반인 때에 김종률은 이 두 사람을 세심하게 비교한 적이 있었다. 정치인으로서의 성공 가능성을 놓고…. 김시몽은 자신의 사법연수원 동기생 가운데 선두주자였다. 검찰권력을 휘두르는 장인의 후원을 받는데다 공안사건 수사에서 활약상을 펼치며 스타검사로서의 입지를 굳혀갔다. 유약한 듯한 몸매에 짙은 눈썹을 가진 미남형 얼굴이 돋보였다. 귀족적 외모와는 달리 싸구려국밥을 팔아 생계를 꾸린 홀어머니 슬하에서 어렵게 자란 자수성가형 인물이었다.

김종률의 조카 김장권은 부모 덕에 풍족한 환경에서 자랐다. 미국에서 경영학 박사학위도 받았다. 김장권의 외모는 출신배경과는 달리 시커먼 피부에 손마디가 굵은 농부형이다. 김종률은 김시몽을 우선 돕고

148

훗날엔 김장권을 후원하기로 결심했다. 결과적으로 김시몽이 통령까지 됐으니 김종률은 자신의 통찰력에 도취하기도 했다.

"형님 조언대로 요즘 전통술 문배주를 즐겨 마십니다. 지난번 한일 정상회담 만찬에서 공식 만찬주로 지정했더니 참석자들이 좋은 반응을 보였습니다. 민족주의 성향이 강한 모 신문은 정상회담 자체까지 긍정적으로 보도했고요."

"네티즌들은 회담내용은 잘 모르면서 한민족의 자존심을 높인 '문배주회담'이라면서 호응했지요. 요즘 전통술이 인기를 끈다 하니 다행입니다. 젊은이 사이에서는 막걸리에다 과일즙을 넣어 칵테일처럼 마시는 게 유행이라고 해요."

김시몽과 마주 앉은 김종률은 지나칠 정도로 소박하게 차려진 술상을 보고 약간 불쾌했다. 홀대받는 기분이 들어서다.

"오늘 저녁 반주로 찹쌀막걸리를 준비했습니다."

김시몽은 식탁 위에 놓인 막걸리 주전자를 들어 사발에 따랐다. 김종률은 술잔을 두 손으로 정중하게 받았다.

"막걸리는 역시 사발에 따라 마셔야 제 맛이 나지요."

"조선 막사발을 재현한 것이네요. 임진왜란 때 일본에 끌려간 도공들이 만든 막사발은 그곳에서 최고급 도기로 꼽혔지요."

"형님은 역시 박학다식하십니다. 자, 쭈욱 드십시오."

이들은 목고개를 뒤로 젖히며 단숨에 들이켰다. 커어, 하는 소리가 두 사람의 입에서 거의 동시에 흘러나왔다. 안주는 두부, 마른 멸치가 전부였다. 이들은 술잔을 주거니 받거니 하며 주전자를 비우고 새 주전자를 갖고 오게 했다.

격투기 선수 출신인 탁광팔 의원의 활약상이 농담 비슷하게 화제로 올랐다.

"형님, 농성 벌이던 야당의원들을 탁광팔이가 끌어내는 장면 보셨습니까?"

"인터넷 동영상으로 봤지요. 통일위원회 회의실에서 담요를 펴놓고 앉은 의원 열몇 명을 순식간에 바깥으로 끌어내더군요. 의원 두 명을 한꺼번에 번쩍 들 때 얼굴이 클로즈업됐는데 헐크 같더군요."

"탁광팔이가 단 금배지는 다른 의원 열 개 것과 맞먹는다는 얘기가 나왔지요."

"어떤 네티즌은 탁 의원을 국회의장 시키자는 의견을 올렸습니다. 통령께서는 그런 의견을 듣지 못하셨습니까? 물론 비꼬는 이야기겠지요."

"정치인이 희화화되면 부작용이 크겠지요?"

"정치인에 대한 국민들의 불신 정도가 위험수위에 육박하고 있습니다. 체제유지에 가장 큰 위협요인이 바로 이런 정치불신입니다. 이런 분위기가 확산되면 통령께도 불리해집니다."

농담으로 시작한 대화가 심각한 쪽으로 흘렀다. 취기가 올라 눈 주위가 불그레해진 김시몽은 속이 답답한지 막걸리에다 사이다를 부어 '막사이사이'를 만들어 벌컥벌컥 들이켠다.

그는 숨을 내쉬며 한동안 침묵하더니 테이블보를 들추고 그 아래에 넣어둔 서류봉투를 꺼냈다.

"형님, 긴히 상의드릴 사안이 있어서…."

"짐작은 하고 있었습니다만…."

김시몽은 봉투에서 A4 용지를 꺼냈다. 한 장에 작은 글씨로 요지가 타자되어 있었다.

"제가 직접 작성한 것입니다. 아직 누구에게도 발설하지 않았습니다. 형님과 상의한 다음 구체적인 추진방안을 찾으려 합니다."

김종률은 돋보기안경을 쓰고 서류내용을 읽다가 자기도 모르게 신음을 내뱉었다.

"음…."

'프로젝트 1-칼 슈미트'와 '프로젝트 2-타고르'로 나뉘어 정리됐다.

2

조간신문을 읽던 시현의 눈에 단신기사 하나가 쏙 들어왔다. 미국 하버드대학교의 행정대학원인 케네디스쿨 한국동창회 주최로 모교교수 초청강연회가 열린다는 소식이었다. 김종률의 학력에서 케네디스쿨 석사학위 취득사실을 알았기에 그곳에 가면 혹시 김종률을 만날 수 있지 않을까, 하는 기대감이 들었다.

시현은 조찬 형식으로 신라호텔에서 열린 그 모임에 갔다. 행사장소인 사파이어 룸에 들어가려 하니 입구에서 주최측 도우미 여성이 어디에서 왔는지 물으며 이름표를 달고 들어가라고 한다. 참석자 이름표가 가나다순으로 정리돼 있었다. 시현이 우물쭈물하자 그 여성은 다시 소속을 캐물었다. 그때 어느 30대 초반으로 보이는 여성이 나타나 프리랜서 기자라 하며 명함을 내밀고 즉석에서 이름표를 만들었다. 시현도 프리랜서라고 밝히고 명찰에 매직펜으로 이름을 써서 가슴에 붙이고 입장했다.

원두커피 향기와 갓 구운 빵냄새가 아른거렸다. 정장 차림의 중장년 남자들이 둥그런 테이블에 둘러 앉아 식사하며 담소를 나누었다. 한눈에 봐서도 그들이 성공한 사람이라는 티가 났다. 깨끗이 빗질한 머리칼, 캐시미어 재질의 양복, 커프스 버튼이 달린 드레스셔츠 차림이 대부분이다. 언론매체에 자주 얼굴을 내미는 몇몇 장관, 은행장, 교수 등이 여기저기에 앉았다. 헤드 테이블을 살펴보니 어느 서양인과 열심히 이야기를 나누는 신사가 눈에 띈다. 김종률이다.

"취재원을 발견하면 망설임 없이 다가가라."

이렇게 강조한 전설적인 여기자 오리아나 팔라치의 조언이 떠올랐다. 시현은 단전에 힘을 주며 김종률에게 접근했다. 베이컨 한 조각을 입에 넣고 오물거리는 김종률의 곁에 선 시현은 허리를 숙여 김종률의 귀에 입을 가까이 댔다.

"글로벌 빌리지 건 때문에 여러 차례 찾아갔던 프리랜서 기자 시현입니다. 잠시 시간 좀 내주시겠습니까?"

김종률은 씹던 베이컨이 바깥에서 보일 만큼 입을 떡 벌리며 눈을 치켜떴다.

"글로벌 빌리지 건?"

"직접 여쭐 말씀이 있습니다."

"내가 할 말이 뭐 있겠어요. 지금 바쁘니 나중에 봅시다."

"이 행사 끝나면 만나주시겠지요?"

"어허 … 이따가 …."

초청강사는 노벨 경제학상 수상·후보자로 늘 거명되는 유명한 경제학자다. 자신이 개발한 계량분석 모델로 한국의 경제성장사를 설명한 논문을 여러 편 발표한 바 있다. 금발 곱슬머리에 동그란 안경을 쓴 그 교수는 영어에 서툰 한국인 청중을 위해 천천히 또박또박 말했다. 한국경제와 관련해 '다이내믹'이라는 형용사를 자주 사용했다.

시현도 절반 정도는 알아들었다. 그러나 강연보다는 김종률의 일거수일투족을 살피는 데 정신을 집중했다. 김종률은 고개를 푹 숙이고 필기에 열중했다. 강연이 끝나고 질의응답이 이어졌다. 시현은 자리에서 일어나 몸을 굽혀 김종률 옆으로 살며시 다가갔다.

김종률의 등 뒤편에 서자 그가 쓰고 있는 수첩 글씨가 얼핏 보였다. 강연내용을 영어로 받아쓰는 줄 알았는데 그게 아니었다. 한글로 똑같은 글씨를 수십 번 반복해서 쓰는 것이었다.

칼 슈미트, 타고르, 칼 슈미트, 타고르, 칼 슈미트, 타고르, 칼 슈미트, 타고르….

"마치고 나서 바로 시간 주세요."

"바빠서 안 되겠어요."

귓속말 실랑이가 벌어지는 사이 질의응답도 끝났다. 청중이 우르르 일어서서 서로 악수하며 자리를 뜬다. 김종률은 시현의 접근을 뿌리친 채 행사장 바깥으로 빠져나갔다. 시현은 김종률 옆에 바짝 붙어 함께 걸어가며 질문공세를 펼쳤다. 김종률도 함구로 일관하다가는 불리할 것이라 깨달았는지 몇 마디 답변을 했다.

"글로벌 빌리지 조성사업에 중앙정부가 지원한 것은 김 장관님의 막후활동 때문이었다고 합니다. 해명해 주시겠어요?"

"취지가 좋아 위원장 자리를 맡았을 뿐이오. 명예직에 불과한데 뭘 그렇게 따지시오?"

"김장권 지사가 조카라면서요?"

"나는 공사(公私) 구분이 철저한 사람이오. 함부로 기사를 쓰면 명예훼손죄로 고소당할 거요."

"예산처 후배관료에게 청탁하지 않았나요?"

"청탁이라니 … 무슨 소리!"

김종률은 소리를 버럭 지르며 호텔 정문 앞에 대기한 승용차에 얼른 탔다. 다가서는 시현을 운전기사가 가볍게 밀었다. 검은색 승용차는 곧바로 호텔을 빠져나갔다.

시현은 도지사 비서실에 전화를 걸어 도지사 인터뷰를 요청했다.

"인터뷰 사안은 대변인실로 연락하세요."

비서실 여직원의 목소리는 부드럽긴 했으나 친절하지는 않았다. 대변인실로 전화를 거니 공보담당 사무관이 전화를 받아 퉁명스럽게 거절했다.

글로벌 빌리지의 홍보대사로 활동한 가수 리나를 만나려 했으나 매니저의 연락처를 알아내기가 어려웠다. 리나가 소속된 연예기획사에 찾아갔더니 대기실에 10대, 20대 청소년들이 우글거렸다. 연예기획사와 이들 연예인 지망생 사이의 지배-피지배 구조에 대해서도 언젠가 심층취재를 해야겠다고 작정했다.

"리나 씨 매니저 분에게 긴급히 연락할 일이 있습니다. 리나 씨 인터뷰 때문에요."

시현의 말을 들은 기획사 여직원은 미간을 찡그리며 대답했다.

"리나 씨가 일본공연을 떠났다는 기사가 어제 아침 스포츠신문에 보도되었는데 읽지 않으셨나요?"

머쓱해진 시현은 발길을 돌려 나왔다. 추진위원회 고문이었던 윤장주 대사를 인터뷰하려고 자택에 전화를 걸었다. 젊은 여성이 전화를 받았다.

"요즘 미국 브루킹스연구소에 머물고 계셔요. 무슨 일인데요?"

"글로벌 빌리지에 대해 여쭙고 싶어서요."

"글로벌 빌리지?"

"여러 의혹이 있어서요."

"대사님은 의혹과 아무런 관련이 없어요."

"실례지만 누구신데 그렇게 확신하시나요?"

"딸입니다. 제가 글로벌 빌리지에 대해 조금 아는 게 있어서 ….."

3

약속장소가 영화관이어서 시현은 어리둥절했다. 전철 삼성역에서 내려 코엑스몰 내부를 이리저리 헤매어 찾아갔다. 말로만 듣던 메가박스 영화관이었다. 붐비는 인파 가운데 연두색 트렌치코트를 입은 젊은 여성이 시야에 들어왔다. 윤세라였다.

"윤 사무관님?"

"시현 님?"

"시간 내주셔서 감사합니다."

"생소한 곳으로 오라고 해서 미안해요. 친구와 영화보려고 표를 두 장 예매했는데, 그 친구가 갑자기 외국출장을 가는 바람에 …."

"덕분에 구경 잘하게 됐습니다."

"아직 시간이 충분히 남았으니 요기나 해요."

윤세라가 시현을 데리고 간 곳은 크라제 버거라는 햄버거 가게였다. 메뉴판에 쓰인 가격을 보고 시현은 놀랐다. 여느 햄버거보다 몇 배 비쌌다.

"윤 대사님은 글로벌 빌리지 고문으로 어떤 활동을 하셨는지요?"

"한국의 국제화에 기여하겠다는 순수한 열정으로 도왔을 뿐이에요. 보수도 받지 않는 명예직으로 …."

"기공식 때 유엔 사무총장을 그곳에 초청한 분이 윤 대사라면서요?"

"통일연구원 주최로 열리는 국제 콘퍼런스에 유엔 사무총장이 연사로 오신다기에 그곳을 들르도록 주선했을 뿐이지요. 글로벌 빌리지의 설립목적이 유엔 정신과도 부합했고요."

윤세라의 증언이 맞다면 윤장주는 의혹대상 인물이 아니다. 시현은 '취재의 ABC'에서 배운 대로 유력하지 않은 취재원이라도 무시하지 않는 자세로 윤세라 쪽으로 초점을 돌렸다.

"글로벌 빌리지에 관해 아신다 하셨잖아요? 근무하는 곳이 예산처이니 예산배정 경위를 잘 아시겠네요?"

"제가 직접 다룬 사안이 아니어서 잘 안다고 할 수는 없어요. 담당사무관에게서 얼핏 들었어요. 사업취지가 좋고 김종률 전 장관이 각별한 관심을 가진 사안이라 어쩔 수 없이 지원했다고⋯."

"그런 거액을 일개 사무관이 좌지우지할 수 있나요?"

"일개 사무관이라뇨? 저도 사무관인데⋯."

"아, 죄송합니다. 사무관을 무시하자는 뜻이 아니고⋯."

"알아요. 농담이에요. 거액이라지만 전체 정부예산으로 보자면 글로벌 빌리지 정도는 아주 미미한 사업일 뿐입니다. 거액이 아니라 소액이죠. 장차관, 실장, 국과장이 지원해주기로 결심하고 눈치를 주었기에 담당사무관은 기안할 수밖에 없었지요."

"국회에서 예산을 심의할 때는 지적이 없었나요?"

"아시다시피 의원들은 남의 지역구 사업엔 관심이 없어요. 자기 시역구 사업을 챙기느라 혈안이 된답니다. 승객도 없는 시골바닥에 거액을 들여 공항까지 짓도록 하는 무책임한 야수들 아닙니까?"

윤세라는 국회의원을 '야수'라고까지 부르며 질타했다.

"공직에 계시면서 환멸을 많이 느끼셨군요."

"한국 공직자들에 문제가 많아요. 저도 긍정적인 시각으로 보려 애썼

156

고 적응하려 발버둥쳤어요. 못 먹는 폭탄주도 마셔가며 ….."

"문제점이라면?"

"공무원 대부분이 사익을 위해 머리를 굴린답니다. 국민, 정의, 멸사봉공, 이런 의식이 거의 없어요. 목숨을 걸고 상소문을 올리던 조선시대 관료 같은 기개는 찾아볼 수 없고 …."

"어떤 유형의 공무원이 출세하나요?"

"쓸데없는 정책을 잔뜩 만들어 윗사람에게 보고서를 잘 올리는 인간이 빨리 승진하지요. 그 정책을 만드느라 실무자들은 날밤을 새우기 일쑤죠. 쓰레기 같은 정책들은 민간활동을 옥죄는 게 많아 오히려 해악이 된답니다. 중앙부처 공무원은 그래도 좀 나아요. 지방에 가면 탐관오리들이 수두룩해요."

시현의 뇌리에는 문득 시상춘의 얼굴이 떠올랐다. 아버지도 탐관오리일까. 아버지가 받은 청백리상은 진짜일까. 아버지는 박봉으로 어떻게 번듯한 아파트를 장만했을까. 명절 때 집으로 들어오는 갈비, 홍삼, 와인, 조기, 한과 등 갖가지 선물은 뇌물이 아니겠는가.

"공무원, 계속 하실 건가요?"

"곧 떠날 작정이에요. 두뇌는 사라지고 더듬이만 남은 관료들 틈바구니에 끼어 있다간 저도 무뇌아(無腦兒)가 되겠더라고요. 예일대학교 로스쿨에 가기로 결심했답니다."

영화가 시작되자 시현의 눈에는 화면이 부옇게 보였다. 공무원 사회의 문제점을 듣고 피가 끓었기 때문이다. 대사도 잘 들리지 않았다.

윤세라의 눈에도 화면이 흐릿하게 비쳤다. 아일랜드에 기업 인수합병(M&A) 건을 처리하려고 간 변호사 남자친구의 얼굴이 어른거렸기 때문이다. 윤세라는 휴대전화를 꺼내 남자친구가 인천공항에서 보낸 문자메시지를 다시 봤다.

4

"아빠, 패스!"

글로벌 빌리지 축구반 학생들이 청군, 백군으로 나뉘어 경기를 벌이는데 청군선수 가운데 40대 중년남자 하나가 포함됐다. 아들이 아버지에게 공을 패스해준다. 아버지는 이 공을 논스톱으로 차서 슈팅을 성공시킨다.

"골인!"

청군 응원단의 환호가 터졌다. 결승골이었다. 아버지와 아들은 얼싸안는다. 청군의 2대1 승리였다.

축구반과 요리반에서 두각을 나타낸 황종빈은 학교급우 궉성준을 데리고 왔다. 궉성준은 어릴 때 교통사고로 다리를 다쳐 걸을 때 조금 절뚝거린다. 학교에서 악동들은 궉성준의 걸음걸이를 흉내내며 놀렸다.

"궉, 꾁, 꾸억 ….”

성씨가 희귀한 궉(鴌)씨라는 점도 단골 놀림감이었다. 체육시간이면 궉성준은 운동장 벤치에 앉아 친구들이 뛰노는 모습을 멍하니 지켜봤다.

궉성준은 거의 황종빈과만 이야기를 나누었다. 겨울방학 동안 궉성준은 황종빈을 만날 수 없어 인터넷 게임에 몰두했다. 게임방에서 밤을 새우기 일쑤였다. 가끔 아버지에게 들켜 골프채로 흠씬 두들겨 맞았다. 어머니 손에 끌려 게임중독 클리닉에 치료받으러 갔다. 그래도 별로 나아지지 않았다.

눈에 초점을 잃은 궉성준은 겉보기로도 폐인이 되기 직전이었다. 이런 궉성준을 황종빈이 글로벌 빌리지로 데려왔다. 요리와 영어를 배우기 위해서였다.

요리수련이 끝나고 황종빈이 축구를 하러 운동장에 갈 때다.

"산책도 할 겸 운동장까지 함께 가자."

궉성준은 썩 내키지 않았지만 황종빈의 축구솜씨를 보고 싶어 따라갔다. 축구장에는 소년들이 모여 슈팅연습에 열중이었다. 궉성준은 운동장 바깥에서 소년들을 구경했다. 어느 소년이 찬 공이 골대 위를 넘어 먼발치에 있던 궉성준 앞으로 날아왔다. 궉성준은 무의식적으로 벌떡 일어나 그 공을 찼다. 공은 멋진 포물선을 그리며 운동장 안으로 깨끗이 날아갔다.

멋진 발리킥이었다. 존스 코치가 그 광경을 우연히 봤다. 궉성준은 존스의 권유로 공을 차기 시작했다. 존스는 궉성준을 '준(June)'이란 애칭으로 부르며 자신감을 심어주었다.

"준, 공을 정확하게 차기만 하면 돼. 이렇게 인프론트 킥으로….."

궉성준은 달리기 속력은 느렸지만 킥 능력에서 발군의 솜씨를 보였다. 공을 마음먹은 방향으로 정확한 거리로 보냈다. 패스받는 사람의 발 바로 앞에 떨어뜨렸다. '컴퓨터 키커'라는 별명이 붙으면서 코너킥과 프리킥을 도맡았다. 절묘한 프리킥으로 상대방 수비수들을 뚫고 슈팅을 성공시키기 일쑤였다.

궉성준의 아버지 궉점태는 운동장을 달리는 아들을 보고 콧날이 시큰해졌다. 아들의 눈에서 이제는 생기가 감돈다. 골프채로 아들의 엉덩이를 후려칠 필요가 없어졌다. 온전치 못한 다리로 달리는 아들의 모습에서 상처 입은 야생마를 연상했다. 축구선수였던 궉점태는 전성기 때 '야생마'로 불리며 실업축구 무대를 누볐다. 해트 트릭을 세 번이나 기록했다. 당시에는 프로축구가 없었다.

곽점태는 은퇴 이후엔 소속은행의 지점에 배치됐다. 상고를 졸업했지만 축구 특기생이어서 주산, 부기를 배워본 적이 없었다. 마감 이후 밤늦게 전표를 정리하고 돈 세는 일부터 익혔다. 수산시장 부근의 지점에 근무할 때는 비린내를 풍기는 지폐를 손에 침을 묻혀가며 세어 여러 다발로 묶고 나면 구역질이 났다. 동전을 그득 넣은 묵직한 마대자루를 자주 운반하니 허리가 부러질 듯 아팠다. 이런 일은 얼마든지 감수했지만 동료들이 던지는 차가운 시선은 참기 어려웠다. 언젠가 회식자리에 조금 늦게 갔더니 식당 방안에서 험담이 흘러나왔다.

"곽 아무개라는 친구, 머리가 영 돌아가지 않데. 하기야 헤딩을 하도 많이 해서 대뇌세포가 다 파괴되었겠지?"

알파벳을 겨우 읽는 수준인 곽점태에게는 영어용어가 많은 외환업무는 너무도 어려웠다. 고객의 명함을 받아 들고 한자이름을 읽지 못해 쩔쩔 맨 적이 허다했다. 그때마다 이를 악물고 영한사전, 옥편을 찾아 하나하나 익혔다. 다행히 얼굴을 알아보는 팬들이 예금을 들어주는데다 90도 각도로 허리를 굽히는 인사방식이 먹힌 덕분에 영업실적은 향상됐다.

곽점태는 차장으로까지 승진했다. 지점장 자리에 앉는 게 작은 소망이었다. 그러나 은행 내부에 구조조정 바람이 불어 분위기가 험악해지면서 지점장 꿈이 아득해졌다. 토익점수가 나쁘면 승진은커녕 쫓겨날 판이다.

"글로벌시대의 금융인은 최소한의 영어 소통능력을 갖추어야 한다."

은행 인사부는 이런 명분을 내세웠지만 실상은 직원을 솎아내려는 술책이었다. 곽점태를 비롯한 동료간부들은 새벽이나 퇴근 이후에 영어학원에 다니거나 인터넷 강좌를 들었다. 그래도 별 소용이 없었다.

가장으로서 중압감을 느낀 곽점태는 스트레스성 탈모증상으로 머리

윗부분이 훌렁 벗겨졌다. 그런 곽점태가 아들의 변모를 보고 자신도 축구반에 등록해 아들과 함께 영어를 배웠다. 존스 코치와 축구를 화제로 이야기하니 영어가 놀랍게도 귀에 쏙쏙 들어왔다. 곽점태는 운동선수 출신 은행원들끼리 만든 '금체계' 계꾼들에게 이 사실을 알렸다. '금체'는 '금융체육'의 준말이다. 영어 때문에 골치를 앓는 계꾼들이 잇달아 글로벌 빌리지로 몰려왔다.

5

인사동의 전통 한식당의 단골 대부분은 현역에서 물러난 노인들이다. 한동안 소식이 뜸한 손님의 얼굴은 신문 부음란 사진에 실린다.

김종률은 '서원'에 오면 마음이 푸근해진다. 사무관 시절부터 들락거리던 곳이니 수십 년 추억이 서렸다. 별실 벽에 걸린 추사 글씨액자는 언제 보아도 멋있다. 에바 가드너를 닮은 공 여사를 찾았더니 낯이 익은 중년여성이 대신 나타났다.

"넉 달 만에 오셨지요? 사장님은 한 달 전에 작고하셨습니다. 제가 이곳을 인수했습니다."

김종률은 한때 요정정치 시대의 히로인 역할을 했던 공 여사의 별세 소식을 듣고 한 시대가 흘러갔음을 실감했다. 그녀는 거물 정치인과 고급관료의 인맥에 휜했고 정치비사(秘史)에 정통했다. 여러 거물급 정치인과의 염문에 그녀가 주인공이기도 한 시절이 있었다.

그녀는 손님에게서 들은 이야기를 입 밖에 내지 않는다는 철칙을 지켰다. 종업원에게도 이 원칙을 꼭 지키라고 강조했다. 누구끼리 만났는지도 함구했다. 정보기관에서 몇 차례나 겁을 주며 정치인 회동정보를 캐내려 했으나 그녀는 완강히 거절했다. 언젠가 김종률이 약속시간보다 일찍 식당에 도착했을 때 그녀가 《적천수》와 《정감록》을 뒤적이는 모습을 보았다. 수십 년의 해어화(解語花) 운명에 빠진 그녀는 개벽을 꿈꾸는 여인이었다. 그녀는 곤궁하게 살아가는 인간문화재 노인들을 뒷바라지하는 데 재산을 썼다.

새 여주인의 안내로 별실로 들어간 김종률은 먼저 와서 맥주를 마시며 갈증을 달래는 헌법학자 이범모 교수의 손을 덥석 잡았다.

"백수 건달이 늦게 와 죄송하네."

"백수라니요. 그런 화려한 백수라면 부럽지요."

"이 부근에서 시위가 벌어져 차 속에서 1시간가량 꼼짝 못했네. 요즘 국민들이 입법부, 행정부, 사법부, 이 3부 모두를 불신하다 보니 누가 주도자라 할 것도 없이 산발적으로 시위를 벌이잖아? 제4부라는 언론도 신뢰를 잃은 것은 마찬가지이고…. 민주주의의 위기야."

"시원한 맥주 한 잔 마시고 한숨 돌리신 후에 말씀하십시오."

"그래야지. 내가 처음부터 너무 심각한 말을 꺼냈네. 허허허…."

김종률은 이범모를 볼 때마다 천진암을 떠올린다. 청년시절에 대학 후배인 이범모와 함께 고시공부를 하러 두메산골에서 칩거하던 때 말이다. 이탈리아의 좌파운동가 그람시를 존경하며 한때 그의 삶을 추종하려던 이범모는 법조인보다는 학자가 어울리는 타입이었다. 법철학, 로마법, 라틴어 등에 심취했으니 육법전서의 깨알글씨가 머리에 잘 들어오지 않았다. 형법, 형사소송법 교과서를 읽다가 자신도 모르게 라트부르흐의 법철학 서적으로 손길을 뻗을 정도였다. 사법시험 2차에 낙방한 이유도 남이 들으면 황당할 것이다. 칼 슈미트의 저서 《대지의 노모스》 독일이판 원서를 입수하고는 그걸 독파하느라 2주일간이나 법전을 팽개쳤다. 은오산 산속에 들어가 폭포 물에 발을 담근 채 슈미트 책을 독일어로 낭독하는 재미에 빠진 것이다.

"나는 험난한 체험으로부터 얻은 무방비적(無防備的) 결실인 이 책을 내가 40년 이상 몸 바쳐 온 법학의 제단(祭壇)에 바친다."

이범모는 이 책의 서문 첫구절에 나오는 이 문장을 이렇게 한국어로 번역하고는 스스로 도취돼 몇 번이고 되뇌었다. 그람시에서 칼 슈미트로…. 김종률은 이범모의 변모를 보고 '극(極)과 극은 통한다'는 속설을 확인했다.

결국 이범모는 고시를 포기하고 독일로 유학을 떠났다. 고약하게도 박사논문 지도교수가 급서하는 바람에 다른 지도교수를 모시느라 독일에 간 지 12년 만에 학위를 땄다. 귀국해서 김종률의 주선으로 어렵사리 학교에 자리를 잡았다.

김종률은 이범모가 몸담은 대학교의 강창학 총장의 근황을 물었다. 한때 감사원장 하마평에 올랐으나 무산되어서 풀이 죽지 않았느냐고….

이범모는 굵은 안경테를 손으로 만지작거리며 뜻밖의 말을 했다.

"강 총장은 야심만만하고 맷집이 좋은 양반입니다. 다른 자리를 노리는 낌새입니다. 여차하면 지역구에 출마한다는 소문도 있고…. 얼마전 부친상을 당했을 때 거액의 부의금이 들어와 실탄을 넉넉히 비축했다는 겁니다."

이범모는 강창학을 부러워하는 눈치였다. 김종률이 이범모에게 넌지시 운을 뗐다.

"이 학장도 슬슬 총장 자리에 앉으실 채비를 차리셔야지. 내가 힘껏 밀어주겠소."

"무슨 말씀을…. 송충이는 솔잎을 먹어야지요. 저처럼 용렬한 사람은 그저 책만 파는 벌레가 딱 맞지요."

이범모는 말은 그렇게 하면서도 기분이 좋아 입이 벌어졌다. 김종률이 총장선임에 강력한 입김을 미치는 인물이기 때문이다. 이범모는 자신의 신상과 관련해 요즘 새로운 돌파구를 찾는 참이었다. 법학분야에서도 '독일박사'는 점차 찬밥신세가 돼가고 있기 때문이다. 미국 영향력이 커지면서 미국 법학박사가 활개를 치는데다 교수 가운데서도 사법고시 합격자 출신이 늘어나면서 이범모의 입지는 좁아졌다. 이범모는 유력일간지에 '대법관 문호, 학계에도 개방해야'라는 제목의 칼럼을 기고하기도 했다. 자신이 대법관으로 가고 싶다는 속셈을 드러낸 글이다.

김종률과 이범모가 맥주를 두 잔째 마시고 있을 때 유명한 칼럼니스트인 성종문 주필이 숨을 헐떡이며 들어왔다. 성종문은 머리가 허옇고 눈두덩이 퉁퉁해져 신문에 실리는 사진보다 훨씬 노쇠했다.

"아이쿠, 늦어서 죄송합니다. 일이 늦게 끝났고 길도 막혀 …."

김종률이 거품이 넘치도록 맥주를 따라주며 성종문에게 말했다.

"늘 바쁜 언론인이 이렇게 와 주신 것만도 고맙지요."

이들은 식사를 하며 세상동향을 이야기했다. 탁광팔 의원의 무용담이 화제에 올랐는데 이 때문에 국민들이 정치권을 더욱 냉소적으로 본다고 우려했다. 탁 의원의 활극은 외국언론에도 큼직하게 보도돼 한국의 국가이미지를 실추시키는 데 한몫을 했다.

이들은 지역주의 병폐와 공무원들의 잇단 수뢰사건에 대해 개탄했다. 또 남북한 통일이 임박했음을 공감했고 이를 구체적으로 추진할 제도적 시스템을 구축하는 게 급선무라고 입을 모았다. 이들에게는 김시몽 통령 이후의 권력구도가 가장 큰 관심사였으나 아무도 먼저 말을 꺼내지는 않았다.

김종률은 작은 잔에 든 위스키를 홀짝홀짝 마시며 운을 뗐다.

"현행 헌법은 대통령 직선제와 단임제라는 나름대로의 장점이 있어요. 하지만 정보화, 세계화, 남북통일 등을 뒷받침하기에는 미흡하니다. 시대에 맞는 헌법이 필요하지 않을까요?"

이범모와 성종문이 놀란 눈으로 쳐다보며 즉답을 피하자 김종률은 미간을 좁히며 말을 이었다.

"물론 당장 추진하기엔 걸림돌이 많겠지요. 개헌논의는 사회현안과 관심을 모두 빨아들이는 블랙홀과 같기에 조심스럽게 접근해야지요. 피로 물든 우리 헌정사를 돌이켜보면 치열한 논쟁을 일으킬 사안임에 틀림없고…."

그때서야 이범모가 입을 열었다.

"나라가 새 시대에 맞게 굴러가려면 당장 개헌을 하지 않는다 하더라도 개헌에 관한 논의는 이뤄져야 합니다. 미리 치밀하게 연구해 시대적 요구를 최대한 반영해야지요. 저는 헌법학자로서 이런 소신을 오래 전부터 펼쳐왔습니다."

성종문이 이범모에게 술을 따라주며 말을 이었다.

"이 학장님은 작년 초엔가 저희 신문에 그런 주장을 담은 칼럼을 기고하셨다가 곤욕을 치르셨지요?"

"말도 마세요. 어용학자니, 개헌론자니 하는 욕을 얼마나 많이 먹었는지…."

"저는 개인적으로 의원내각제를 지지합니다. 통령선거 때문에 빚어지는 부작용을 생각해 보세요. 세대간, 도농간, 지역간에 갈등이 빚어지는 시대착오적인 현상이 심화되고 있잖습니까? 물론 현행 헌법을 그대로 두고 국회 다수당에서 총리를 맡아 의원내각제 형식으로 국정을 운영하는 방식도 있을 겁니다."

"성 주필님, 우리나라 의원들의 수준으로 의원내각제를 시행할 수 있을까요? 걱정하지 않을 수 없군요."

"그게 문제지요. 국민들도 의원내각제에는 익숙하지 않고…."

세 사람 사이에 잠시 침묵이 흘렀다. 정치난국에서 빠져나가려면 개헌이라는 극약처방이 필요하다는 데는 인식을 함께했다. 개헌의 필요성에 대한 공감대는 넓어졌지만 누구도 선뜻 앞장서서 추진하지 않았다. 역사적인 무게가 너무 무겁기 때문이었다.

"개헌에 관해 헌법학자들은 어떤 견해를 갖고 있습니까? 말이 나온 김에 체계적으로 설명해 주시면 …."

성종문이 이범모에게 부탁하자 이범모는 굵직한 몽블랑 만년필을 꺼내 뚜껑을 열었다. 이범모는 후식인 수정과를 들고 들어오는 여종업원에게 벽에 걸린 달력종이 한 장을 찢어 달라 부탁했다. 이범모는 달력 뒷면에 글씨를 써가며 설명했다.

"현행 헌법조항에서는 통령의 임기연장 또는 중임변경을 위한 개헌은 제안 당시의 통령에 대해서는 효력이 없다고 규정하고 있습니다. 또 다른 조항에서는 아시다시피 통령의 임기는 5년이며 중임할 수 없도록 해놓았지요. 전자(前者)를 삭제하고 후자(後者)의 임기연장이나 중임허용의 내용을 개정한다면 개정 당시 통령에게도 개정효력이 미칠까요? 이 쟁점을 놓고 학설이 크게 엇갈립니다."

"다수설은 무엇입니까?"

"인적 효력범위 제한설이라는 겁니다. 통령의 장기집권을 막기 위해 개헌제안 당시의 대통령에 대해서만 개정효력을 배제한다는 것이지요."

"그럼 소수설은?"

"개정헌법의 효력 소급적용 제한설이라는 것입니다. 통령의 임기연장 또는 중임변경을 위한 개헌은 제안 당시의 통령에 대해서는 효력이 없다고 한 조항은 개헌 한계조항으로 보기는 어렵고 개정된 헌법의 효력을 소급해서 적용하는 것을 제한하는 규정으로 봐야 한다는 것이지요."

166

"복잡하군요. 그럼 이 학장의 견해는?"

"아, 요즘은 학장이 아니고 원장이라 불립니다. 로스쿨이 법학전문대학원으로 바뀌었으니 ….'"

"법대 학장을 오래 지내셨으니 학장이란 말이 입에 붙어서 그렇습니다."

"학장이든, 원장이든 편한 대로 불러주십시오. 그건 그렇고 … 저는 상대적인 개정한계 조항설을 주장합니다. 전자를 개정 또는 삭제한 후 후자를 개정하면 현직 통령에게도 임기연장, 중임허용의 효력이 미칠 수 있다고 봅니다. 절대적인 개정 한계조항은 헌법의 기본적 동일성을 형성하는 요소로서 언제나 개정금지이죠. 그러나 상대적인 개정한계 조항은 역사적, 정치적 특수상황을 반영하여 잠정적인 개정한계를 둔 것이어서 이런 특수상황이 제거되면 개정할 수 있다고 봅니다."

"쉽게 말해 현직 통령도 헌법 개정으로 다시 통령이 될 수 있다는 학설이지요?"

"그렇습니다."

성종문은 고개를 갸우뚱하며 이범모를 응시하더니 목소리를 높여 묻는다.

"이 학장이 총대를 멜 이유가 있습니까? 깨놓고 말하면 김 모 통령을 한 번 더 시키자, 그 이론 아닙니까?"

"음 … 너무 직설적인 지적이네요. 좋습니다. 솔직히 털어놓지요. 제가 김 모를 지지한다기보다 국정혼란을 막겠다는 헌법학자로서의 양심 때문에 그렇게 주장합니다."

"그래요?"

"여기 김종률 선배도 계십니다만, 김 모라면 저도 그자의 청년시절 밑구녕까지 훤히 압니다."

이범모가 오해를 받아 억울하다는 듯 핏대를 올리자 성종문이 한발 물러선다.

"이 학장의 주장은 극소수설이겠네요?"

"물론입니다. 그래도 동조자가 조금씩 늘어나 다행입니다. 물론 아직 학술적 토론범위 안에서 ···."

"안타깝게도 이 학장의 개헌학설에 대해 저는 동의하기 어렵습니다. 아무튼 명강의 잘 들었습니다."

성종문은 억지 덕담을 하며 가볍게 박수를 쳤다. 성종문은 안경을 벗고 눈을 어루만지며 말을 이었다.

"개헌은 매우 민감한 주제입니다. 개헌과정에서 당리당략이 개입될 가능성이 큽니다. 국민여론도 이런 점을 우려하지요. 개헌을 논의하면 걷잡을 수 없는 민심이반 현상이 나타날 겁니다. 아나키스트들이 준동하고 납세 거부운동이 벌어질지 몰라요."

김종률이 고개를 끄덕이며 입을 열었다.

"성 주필님처럼 언론에서 일하는 분들은 여론소재를 잘 파악하겠지요. 통령의 임기를 단임제에서 중임제로 바꾸는 데 대한 민심은 어떨까요?"

"부정적입니다."

"그 부정적 여론을 긍정적인 쪽으로 바꾸려면 어떤 방안이 필요할까요?"

"글쎄요."

성종문은 김시몽 통령의 후견인 노릇을 하는 김종률의 의도를 간파했다. 복선이 깔린 발언임에 틀림없다고 생각했다. 통령이 중임제 개헌을 검토하는 것으로 추정했다.

김종률은 수정과를 후루룩 마시며 사뭇 진지하게 말했다.

"오늘 이야기는 모두 우리끼리만 알기로 하십시다. 이 학장은 학문적 차원에서 새 헌법안을 구상해 보시면 좋겠고…성 주필님은 민심 움직임을 잘 살펴주시면 감사하겠고…아무튼 우리나라가 선진국에 진입하느냐 못하느냐 하는 중대기로에 서 있으니 애국애족 차원에서 잘 협조해 주십시오."

김종률은 이범모의 발언에 약간 고무됐다. 의외로 이범모가 칼 슈미트처럼 체제옹호론자로서의 자질을 보이기 때문이다. 그러나 성종문의 상황분석이 더 옳다는 판단이 든다. 현임 통령을 재선시키는 헌법 개정은 상식적으로 무리다….

6

"두 박사, 맹활약하신다고 소문 들었소."

"잘 나가는 손 교수가 이 깡촌에 어인 일로 강림하셨소?"

두희송은 10여 년 전 프랑스에서 알게 된 손윤상 교수를 빈정거리며 맞았다. 두희송의 눈에는 손윤상이 여전히 엉터리 박사로 보인다. 두희송 자신이 써준 손윤상의 박사학위 논문 표지가 눈앞에 어른거린다. 턱선이 둥그람해진 손윤상은 실크 재질의 번들거리는 드레스 셔츠를 입고 있었다. 손가락에는 유흥업소 전무, 상무라는 어깨들이 흔히 끼고 다니는 루비반지를 꼈다.

손윤상은 요즘 여러 신문에 칼럼을 쓰고 TV 토론에도 자주 얼굴을 내민다. 프랑스 박사입네 하고 미국 문화를 질타하는 데 앞장섰다. 노벨문학상이 프랑스어권 작가에게 주어지면 작품해설에 나선다. 정부의 이런저런 위원회에도 뻔질나게 참가한다. 전공과 무관한 도심미관위원회, 청소년체력향상위원회 같은 데에도 이름을 올렸다. 위원으로 선임되려고 정계, 관계, 학계를 누비고 다닌다. 경조사에 참여하느라 결강을 밥 먹듯 자주 한다. 추석, 설에는 유력인사 200여 명에게 고급 와인세트를 선물로 보낸다.

"오늘 매상을 확 올려줄 테니 가장 비싼 와인을 준비해 줘요. 그리고 두 박사가 나와 함께 식사하는 것으로 하고⋯."

"무슨 속셈이오?"

"친구끼리 왜 이러시나?"

"신학교를 중퇴한 사람이 명문대 교수님을 친구로 둘 수 있는가?"

"두 박사, 그러지 마시오. 허허⋯."

두희송은 손윤상의 얼굴을 막상 대하니 너무 박절하게 굴 수도 없었다. 손윤상이 한턱낸다니 아마 어디서 법인카드라도 갖고 온 모양이라 짐작하고 식전(食前)에 마시는 술인 아페리티프부터 비싼 것으로 가져왔다.

"이 아페리티프의 달콤하고 향긋한 맛, 과연 명품이군."

손윤상은 혀를 굴리며 감탄하고는 두희송의 눈치를 슬며시 살폈다. 두희송은 여전히 뚱한 표정이었다.

"요즘도 프랑스 문인들과 연락하시오? 공쿠르상이나 르노도상 심사위원⋯."

"여기 산골짜기에 처박혀 밥장사하는 사람이 그럴 시간이 어디 있겠소? 손 끊은 지 오래요."

"두 박사가 드루앙 레스토랑에서 일할 때만 해도 내로라하는 문인들 집에 주말마다 초대받지 않았소?"

"그건 그때 이야기고⋯."

용재훈이 요리를 날라왔다. 프랑스인이 즐겨 먹는 토끼요리를 메뉴로 정했다. 와인은 샤토 코스 데스투르넬 것으로 골랐다. 묵직하면서도 부드러운 타닌 맛이 나는 와인이다.

두희송은 손윤상이 프랑스 문인과 관련한 모종의 프로젝트를 맡았다고 직감했다. 말을 빙빙 돌릴 게 아니라고 판단했다. 와인을 한 모금 마시고 단도직입으로 따졌다.

"프랑스 문인들에게 로비할 일이 생겼소?"

"로비라니 무슨 말씀을⋯."

"복선 깔지 말고 얘기해 보시오. 옛정을 생각해서라도 혹 내가 도울 일이 있으면 도와야지."

손윤상은 와인으로 가볍게 입가심을 하고 냅킨으로 입을 닦으며 말을 잇는다.

"내가 아는 범위 안에서 툭 털어놓겠소. 모 유력인사에게서 프로젝트를 의뢰받았소. 한국 문인이 노벨문학상을 받기 위한 사전 정지작업이오. 우선 프랑스문단에 접근해야 하오."

"로비를 벌여 노벨상을 받겠다고? 정신나간 사람이군."

"나쁜 의미의 로비가 아니라 정당한 홍보활동이오. 한국 문학이 다른 나라에 너무 알려져 있지 않았기에 제대로 소개하자는 차원이오. 특히 노벨문학상을 받으려면 유럽 문단의 입김이 강하게 작용하니 프랑스를 유념하자는 전략이오."

"프로젝트를 추진하는 그 유력인사가 누구요?"

"그것까지는 밝히기가 곤란하고⋯."

두희송은 와인잔을 테이블 위에 탁, 놓으며 대답했다.

"누가 무슨 의도로 그런 일을 추진하는지 밝히지 않으면 나도 협조할 수 없소."

손윤상은 두희송의 단호한 태도에 자못 놀랐다. 손윤상은 잠시 주춤거리다가 입을 열었다.

"장관을 지낸 모 인사라는 것 정도만 알고 계시오."

"수상 후보자로 띄울 특정 문인이 있소? 아니면 한국 문인 아무나?"

"모 시인을 염두에 둔 모양이오. 그 시인의 시집을 우선 프랑스어로 번역해 달라는 부탁을 한 것으로 봐서…."

"어느 시인이오?"

손윤상은 곤혹스런 표정을 짓더니 대답 대신에 가방에서 시집 몇 권을 꺼내 두희송에게 내밀었다. 시집 표지를 본 두희송의 미간이 움찔거린다.

두희송은 자신의 술잔에 와인을 가득 따라 폭탄주 마시듯 벌컥 들이켠다. 벌떡 일어서 양팔을 옆으로 크게 벌린 두희송은 레스토랑 무대에 올라가 연극대사를 읊듯 외친다.

"아리스토파네스여. 그리스 최고의 희극 시인이여. 홍소(哄笑)와 방자(放恣)의 달인이여. 그대는 이런 코미디를 어떻게 시로 쓰겠는가. 내 둔필로서는 감당할 수 없도다, 하하하…."

손윤상이 당황해하며 시집을 가방에 집어넣으려 하자 두희송이 시집을 빼앗아 바닥에 팽개친다. 시집 제목은 《그대에게》, 《밥에 관한 명상》, 《풀피리 소년》 등이었다.

7

글로벌 빌리지에 관한 시현의 기사는 논픽션 공모전에서 가작으로 뽑혔다. '주머닛돈처럼 쓰이는 정부예산… 글로벌 빌리지에 흘러간 내막'이라는 제목이었다. 심사평에서 응모자의 도전정신은 높이 평가받았지만 사건의 객관적인 증거를 밝히는 데 미흡한 것으로 지적됐다. 김종률 전 예산처장관의 인터뷰를 포함하기는 했으나 그의 변명만 소개했고 핵심인물인 김장권 지사를 인터뷰하지 못한 점도 흠결로 꼽혔다. 취재원이 Y로 표시된 윤세라 사무관의 증언과 관련해서는 신빙성은 있으나 직접 당사자가 아니어서 아쉽다는 평이 따랐다.

"축하해요. 취재하느라 고생 많았어요."

"고마워요. 상금으로 한턱 쏠게요."

용재훈과 시현은 잡지를 펼쳐 놓고 키득거린다.

"잡지에 실린 사진을 보니 제 얼굴이 험상궂네요. 사장 사모님과 수진이가 노래부르는 장면 사진은 멋있군요."

이들은 작은 케이크를 놓고 촛불을 켰다. 상금을 어디에 쓸까, 하고 행복한 고민을 함께 했다. 취재용 디지털 카메라를 사는 게 가장 낫다는 결론에 이르렀다.

"김종률 장관이 승용차를 타고 내빼는 뒷모습 사진이 인상적이군요. 그런 거물을 직접 만나보니 어떻던가요?"

"능수능란하데요. 기사를 쓰지 말라는 투로 협박도 하고…."

"산전수전 다 겪은 사람이니 얼마나 노회하겠어요?"

"그런 사람도 골칫거리가 있는 모양이에요."

"골칫거리?"

"글쎄, 수첩에다 뭘 열심히 쓰고 있더라고요. 멍한 표정으로 말이죠."

시현은 김종률의 흉내를 내며 암홍색 루주로 케이크 포장지 위에다 글씨를 썼다.

칼 슈미트, 타고르, 칼 슈미트, 타고르, 칼 슈미트, 타고르….

용재훈이 이를 보고 몇 번 읽더니 시현에게 물었다.

"사람 이름인 것 같네요. 타고르가 누구죠?"

"인도 국민시인이잖아요. 우리나라 고등학교 교과서에도 그의 시가 나왔는데….."

"제가 고등학교를 다니지 않았으니 모르죠."

"들뢰즈, 데리다, 라캉 등 골치 아픈 이론을 주장한 학자는 잘 알면서도 타고르 같은 유명한 시인은 모르네요."

"공교육 대신 사교육을 받아서 그렇습니다, 하하하….."

레스토랑 한구석에서 울려 퍼지는 용재훈과 시현의 웃음소리를 듣고 두희송이 다가왔다.

"케이크를 가운데 놓고… 누구 생일이야?"

"시현 씨가 저번에 쓴 기사로 상을 탔어요. 그거 축하하느라고….."

"야, 그러면 나도 불러야지."

두희송이 일부러 눈을 부라리며 쏘아보자 시현이 머쓱해한다. 시현이 케이크 한 조각을 잘라 주자 두희송은 입을 크게 벌려 게걸스럽게 먹는다. 두희송의 눈길이 케이크 포장지 위에 멈추었다.

칼 슈미트, 타고르?

타고르는 노벨 문학상을 받은 시인인데 칼 슈미트는 누구인가. 어디서 들은 이름인 듯하다. 두희송은 시현에게 물었다.

"이 사람들 이름, 왜 썼어요?"

시현은 김종률을 취재할 때의 상황을 설명했다. 칼 슈미트가 누군지는 모른다고 했다.

"그러면 인터넷에 검색해보세요. 어떤 인물인지….."

시현은 그때까지 칼 슈미트, 타고르에 대해 별다른 관심을 가지지 않았다. 두희송의 말을 듣고 보니 칼 슈미트에 대해 알아보지 않은 불찰에 낯이 뜨거워졌다. 포털 사이트에 들어가서 칼 슈미트 이름을 쳤다. 그는 독일 법학계의 거두였다. 헌법, 국제법, 법철학에서 일가를 이루었으며 나치 통치의 이론적 틀을 제공한 인물이었다.

"김종률이 왜 칼 슈미트와 타고르란 이름을 썼을까?"

두희송은 중얼거리며 궁금증을 풀려 애썼다. 무심코 쓴 글씨여서 별다른 의미가 없을 수도 있겠지 ….

"아까 손님 앞에서 책을 집어던지고 하시던데 왜 그러셨나요?"

용재훈이 묻자 두희송은 그때서야 정신이 번쩍 들어 용재훈의 얼굴을 쳐다봤다. 칼 슈미트와 타고르에 대해 골똘히 궁리하던 차였다.

"어이없는 일이야. 그 손님은 파리에서 알게 된 사람인데 한국인이 노벨문학상을 받게 하려는 공작에 가담한 모양이야."

"공작으로 그런 상을 탈 수 있나요?"

"어설프게 공작했다간 나라 망신당하지. 하기야 영국 처칠 총리가 노벨문학상을 받은 것으로 보아 때로는 문학상에도 정치적 입김이 미치겠지."

"처칠이 받은 상이 평화상이 아니고 문학상이라고요?"

"그러니까 웃기는 이야기야. 2차 대전 회고록으로 문학상을 받았다니까. 문학을 모독한 일이야. 사르트르 선생은 노벨문학상을 거부했어. 그 정도 기개가 있으면 멋있잖아?"

노벨상 이야기가 나오자 시현은 취재수첩을 꺼내 두희송의 발언내용을 적는다. 직업기자가 된 듯한 기민성을 보이면서 두희송에게 묻는다.

"우리나라에 노벨문학상을 받을 만한 문인이 누군데요?"

두희송은 답변 대신에 혼자 킬킬거리며 한참 웃다가 대답한다.

"코미디야, 블랙코미디 … 김시몽 시인을 추천한다는 거요."

"김시몽이라면 통령 이름과 같네요?"

"바로 통령이오. 시인 통령입네 하며 감성적인 유세를 벌이던 인간…."

"아, 그렇군요."

용재훈이 고개를 갸우뚱하며 두희송을 바라본다.

"왜 통령이 노벨문학상 욕심을 부릴까요?"

"국가기관의 공작능력을 빌려 일생일대의 명예인 노벨상을 받으려 하는 게 아니겠어?"

"그게 가당키나 한 일인가요?"

"그러니까 코미디지. 역사에는 이런 웃기는 일이 실제로 성사되기도 하지. 탐욕스런 정치지도자는 사욕(私慾)을 위해 국가공권력을 이용하기도 해. 음침한 밀실에서 이런 공작이 얼마나 많이 벌어졌겠어? 아프리카 세네갈의 생고르 대통령은 탁월한 시인이어서 노벨문학상 후보로 자주 거론되었어. 자가(自家) 발전이 아니고 여러 문단의 추천으로···. 그는 유럽 지상주의에 항거해서 종족적 자존심을 드러낸 명시를 지었지."

두희송은 케이크 한쪽을 입에 넣고 우물거리면서 생고르의 시를 낭송했다.

벗은 여인아, 검은 여인아
바람결 주름살도 짓지 않는 기름, 역사의 허리에, 말리 왕자들의 허리에 바른 고요한 기름아.
······
그대 머리카락의 그늘 속에서, 나의 고뇌는 이제 솟아날 그대 두 눈의 햇빛을 받아 환하게 밝아오네.

두희송의 걸쭉한 낭송 목소리가 멈추자 잠시 적막감이 감돌았다.

"아까 그 손님은 통령에게서 직접 그런 지령을 받았다고 했나요?"

시현의 소프라노 목소리가 정적을 깼다.

"통령은 아니고, 전직장관인 모 유력인사라고만 밝히더군요."

시현의 눈빛이 반짝였다.

176

"혹시 그 유력인사가 김종률 아닐까요?"

김종률? 타고르? 두희송의 뇌리에서는 긴 수염을 기른 타고르의 얼굴이 번쩍 떠올랐다. 타고르, 노벨문학상, 김시몽, 김종률이 연결되는 고리가 어른거렸다. 손윤상에게 이 프로젝트를 맡긴 사람은 김종률이 아닐까? 두희송은 시현의 손을 불쑥 잡고 말했다.

"김종률이 무심결에 쓴 타고르는 바로 노벨문학상 공작 이름인 것 같소."

"그러면 칼 슈미트는 무슨 뜻일까요?"

용재훈이 칼 슈미트의 경력을 다시 찬찬히 살펴보다가 신음하듯 말을 뱉는다.

"개헌 …?"

8

시현은 김종률이 고문으로 일하는 로펌 사무실을 찾아갔다. 전화를 몇 차례 걸어 여비서에게 면담요청을 했으나 응답이 없어 쳐들어가는 작전을 감행했다. 점심시간을 노려 사무실을 찾아 김종률과 맞닥뜨리기로 했다.

시현은 오전 11시 30분쯤 로펌이 있는 빌딩 7층에 도착했다. 엘리베이터 입구에 고급목재로 장식된 리셉션 데스크가 있고 여직원 두 명이 손님을 응대했다.

"김종률 고문을 뵈러 왔습니다."

"지금 계시는지 비서에게 확인하겠습니다."

여직원은 김종률의 비서와 목소리를 낮추어 통화더니 면담이 곤란하다고 답변했다. 시현은 김종률이 사무실에 출근했음을 짐작했다. 로비에 내려와 엘리베이터 앞을 지켰다.

정오가 가까워오자 외부에 점심식사를 하러 가려는 직장인들이 엘리베이터를 타고 잇달아 내려온다. 11시 45분쯤 김종률이 엘리베이터 바깥으로 모습을 드러냈다. 시현은 김종률 옆에 바짝 다가섰다.

"장관님 안녕하세요?"

김종률은 시현을 흘깃 보더니 표정이 어그러졌다. 그는 대꾸하지 않고 빠른 걸음으로 빌딩 현관으로 걸어간다.

"잠시 여쭈어볼 게 있어서요."

미간을 잔뜩 찌푸린 김종률은 시현을 귀찮은 벌레처럼 여겼다. 그는 시현을 외면한 채 잰걸음으로 걷는다. 현관 앞에 대기한 승용차에 김종률이 오르려 할 때다. 시현은 김종률의 귀에 입을 가까이 대고 다급하게 속삭였다.

"칼 슈미트, 타고르….."

순간, 김종률은 눈을 번쩍 뜨며 입술을 떨었다.

"뭐야?"

승용차가 출발하자 김종률은 한숨을 쉬며 눈을 감았다. 이 극비사안을 저 계집아이가 어떻게 알았을까…. 칼 슈미트 프로젝트에 대해서는 이범모 교수와 성종문 주필에게 변죽만 울렸을 뿐이다. 그들에게 '칼 슈미트'란 이름을 늘먹이지도 않았다.

타고르 프로젝트도 마찬가지다. 외조카 손윤상을 은밀히 불러 이야기했을 뿐이다. 물론 타고르 프로젝트라는 말은 꺼내지도 않았다. 프로젝트 이름이 칼 슈미트, 타고르라는 사실을 아는 사람은 통령과 자신 둘만일 텐데…. 아마추어 여기자가 이 사안을 보도하면 핵폭탄을 터뜨리는 것 아니겠는가.

"음… 예삿일이 아닌데."

김종률은 신음을 뱉었다. 약속장소인 롯데호텔 37층 레스토랑에 들어섰어도 시현의 목소리가 귀에 맴돌았다.

"숙부님, 안녕하셨습니까?"

김장권 도지사의 우렁찬 목소리를 듣고서야 김종률은 정신을 차렸다.

"그래 시도지사 협의회는 잘 끝났나?"

"건성으로 진행됐습니다. 경기지사는 이번에도 불참했고요."

"경기지사는 통령이 주재하는 회의가 싫어서 빠지는가?"

"그렇기도 하거니와 울산시장보다 아래 자리에 앉는 게 불쾌한 모양입니다. 경기 정무부지사가 참석하는 경우가 더 많지요."

김종률은 김장권이 이렇게 국정에 참여하는 게 대견해 보였다. 학창시절에 '칠공자'라 불리며 문란한 사생활에 빠졌던 조카가 도백 자리에 앉았으니 말이다.

"통령의 심기가 어떻게 보이던가?"

"얼굴에 짜증이 가득하던데요."

"오늘도 시 한 수를 읊던가?"

"물론이지요. 개회사를 말할 때 자기 시집을 펼쳐들더군요. 아름다운 시심으로 갈등을 조정하자는 코멘트도 곁들였고…. 쑈지요, 쑈…. 제 눈은 못 속입니다."

"통령의 시 낭송은 일종의 주술(呪術) 행위야."

김종률은 김장권의 독심술 수준이 꽤 높은 경지에 올랐다고 느꼈다. 언행불일치를 일삼는 인간끼리는 서로의 사술(詐術)을 잘 간파하는 것인가….

"다른 사람 앞에서는 통령을 비판하지 마. 너를 도울 권력자인데…."

"염려 마십시오. 저도 대업을 도모하는 사람이니 …."

"스캔들 나지 않도록 조심하고 …. 가수 리나와는 완전히 정리했어?"

"돈 몇 푼 쥐어주고 일본에서 활동하도록 쫓아보냈습니다. 야쿠자가 투자한 1급 연예기획사 소속으로 …."

"여성 월간지나 타블로이드 주간지에 이름이 나지 않도록 신경 써."

김장권은 빙그레 웃으며 김종률에게 술잔을 올린다.

"얼마 전에 글로벌 빌리지 관련기사 때문에 난처하지 않았습니까?"

"웬 계집애가 진드기처럼 달라붙는 바람에 곤욕을 치렀지."

"저에게도 인터뷰 요청을 했는데 끝내 거절했지요. 그 계집아이가 알고 보니 우리 도청 총무과장 딸이더라고요. 사람이 자기분수를 알아야지, 건방지게 …."

메뉴는 양고기 스테이크. 김종률은 검붉은 고기 덩어리에 겨자소스를 듬뿍 발라 입에 넣어도 맛을 느끼지 못했다. 자꾸 시현의 목소리가 귓속에서 웅얼거려 김장권의 말이 잘 들리지 않았다. 레스토랑 창밖으로 보이는 덕수궁 풍경이 살바도르 달리의 그림처럼 초현실적으로 보였다.

9

"신 쨔요(안녕하세요)?"

"신 깜언(감사합니다)."

"안 뜨 더우 덴(어디에서 오셨나요)?"

"또이 뜨 한꾸억 덴(저는 한국에서 왔습니다)."

글로벌 빌리지에서 베트남어가 들린다. 기업체 임직원 50여 명이 베트남어를 배우고 있다. 이들을 가르치는 베트남인 남자강사 3명과 여자 강사 1명은 이마에 흥건히 밴 땀방울을 닦지도 않고 목소리를 높인다.

축구선수 출신인 쿽점태 지점장이 이들을 유치했다. 글로벌 빌리지에서 배운 영어실력 덕분에 꿈에 그리던 지점장 자리에 앉는 그는 '몸으로 배우는 외국어' 효과를 알리는 데에 열을 올린다. 그의 거래처 가운데 베트남에 공장을 차린 섬유업체가 있었다. 베트남 현지공장에서 근무할 직원들이 베트남어를 쉽게 익히려면 글로벌 빌리지를 이용하라고 권유했다. 처음에 강사 1명, 수강생 5명으로 시작한 베트남어 과정은 효과가 큰 것으로 입소문이 나자 여러 중소기업 직원들이 몰려와 정규 과정으로 자리 잡았다.

쿽점태는 그 섬유업체 사장이 베트남 왕족 혈통의 화산(華山) 이씨라며 자랑할 때 그 아이디어가 떠올랐다고 한다. 1천 년 전 베트남 이씨 왕조가 멸망할 때 왕족 일부가 탈출해 먼 항해 끝에 황해도 화산에 도착했다. 그들의 후손이 화산 이씨다. 화산 이씨에 관한 사연이 어느 월간지에 보도되었고 TV 다큐멘터리에 〈1천년 만의 귀향〉이란 제목으로 방영되기도 했다. 이 다큐멘터리는 베트남에서 이씨 왕조에 대한 종묘 제사가 열릴 때 한국의 화산 이씨 종친회 대표가 초대 받아 간 일을 다루었다.

남자강사 트랑 특웬은 그 섬유회사의 장학금을 받아 한국에서 고려대학교를 다닌 엘리트 청년이다. 트랑은 한국에 오기 전에는 반한(反韓) 감정이 컸다. 한국의 농어촌 남성에게 팔려간 베트남 여성이 남편 손찌검에 시달리고 어떤 여성은 맞아죽었다는 보도를 보고 피가 끓었다. 한국 공장에서 일하는 근로자 가운데 월급을 떼이거나 몸을 다치는 사람이 적지 않다는데 좌시할 수 없다….

"한국에서 고생하는 동포를 '해방'시켜야지."

트랑은 이런 포부를 갖고 한국에 왔다. 학교에 다니면서 짬짬이 안산 공단에 가서 동포를 만나 근로실태 조사를 벌이고 사용자의 부당노동행위 사례를 인터넷 사이트에 올렸다. 트랑은 베트남인이지만 키가 여느 한국인보다 크고 우람한 근육을 가졌다.

다른 남자강사 구엔 반 라웅은 프랑스에서 두희송과 교유한 지식인이다. 베트남 남부의 부유층 출신으로 프랑스 가톨릭재단이 사이공에서 운영하는 사립학교에 다녀 어려서부터 불어에 능통했다. 그는 1970년대 베트남이 공산화될 때 '보트 피플'의 일원으로 탈출해 프랑스에 정착했다. 소르본 대학의 후신(後身)인 파리 4대학에서 비교문학 전공으로 박사학위를 받고 '누벨 소르본'이라는 별칭을 지닌 파리 3대학에 출강했다.

그는 프랑스 문단에 데뷔한 시인이며 재불 베트남 자유문인회 회장을 지냈다. 파리 3대학에서 공부하는 한국인 유학생들에게 불어를 가르친 것을 계기로 한국에 대한 관심이 깊어졌다. 두희송과는 문인들이 자주 드나드는 드루앙 레스토랑에서 만났다. 그 인연으로 두희송이 한국에 돌아간 이후에도 편지를 주고받았으며 교직에서 은퇴하고 여행차 한국에 왔다가 글로벌 빌리지에 눌러 앉았다. 파리에 살 때는 양복을 주로 입었으나 한국에서는 머리를 깎고 승려 복장을 즐겨 입는다.

베트남어 남자강사 이용우는 '라이 따이한'이다. 베트남 이름인 응 팍 투보다는 한국 이름을 더 좋아한다. 아버지는 베트남전에 참가한 한국군 병사였다. 젖먹이 때 헤어진 아버지를 찾으러 한국에 와서 백방으로 수소문하고 있다. 이용우는 부모와 자신이 함께 찍은 흑백사진을 비닐로 코팅해서 몸에 늘 지니고 다닌다.

여자강사 호옹츄는 베트남 독립의 아버지 호치민과 먼 친척이라는 사실에 강한 자부심을 가졌다. 원래 성씨는 호씨가 아니었으나 호치민이

호(胡) 씨로 성씨를 바꾸자 그녀 아버지도 그렇게 개성(改姓) 했다고 한다. 그녀는 베트남에서 대학을 졸업하고 트랑 특웬과 함께 한국에 사는 베트남 여성의 인권실태를 조사하기 위해 방한했다.

두희송은 베트남어 강사들을 자신의 레스토랑에 자주 초청해 식사를 대접하곤 했다. 용재훈도 이들과 사귀면서 베트남어를 배우는 재미에 빠졌다. 용재훈은 베트남인에게 큰 빚을 진 기분이어서 이들을 살갑게 대했다. 이것이 한국인 남자로서 이 땅에서 매 맞는 베트남 여성에게 속죄하는 길이라고 생각했다.

베트남어 강사들은 베트남어와 문화를 배우는 한국인들의 열성에 감복했다고 털어놓았다. 얼굴이 하얀 편이어서 한국인처럼 보이는 호웅츄는 유창한 한국어로 글로벌 빌리지 체험소감을 밝혔다.

"산 좋고 물 좋은 곳이어서 심신이 상쾌해요. 여느 베트남어 학원과는 달리 교재만 들여다보지 않고 생활로, 행동으로 말을 익히니 금방 배우지요. 여기에 사는 사람들은 모두 형제자매 같아요."

근육질의 사나이 트랑 특웬도 소감을 밝혔다.

"한국인에 대한 오해가 많이 풀렸어요. 그 전에는 한국인이라면 포악한 성격인 줄 알았는데 알고 보니 온순한 사람이 대부분이군요."

두희송은 구엔 반 라용 박사와는 주로 유럽 문학동향에 대해 이야기를 나누었다.

"프랑스에도 소설문학이 퇴조하다가 르 클레지오 선생이 노벨문학상을 받은 덕분에 불씨가 되살아나고 있다오."

"일부 프랑스인들은 노벨문학상을 우습게 봤잖아요? 공쿠르 상이나 르노도 상을 더 높이 평가하는 사람도 있고···."

"아무리 그래도 노벨문학상의 명성은 여전하오."

"구엔 박사님, 혹시 한국 문인에 대해 관심이 있으신지요? 노벨문학상을 받을 만한 분….”

"아는 바가 별로 없어서 미안하오. 대하소설 《토지》를 쓴 박경리 선생에 대해서는 고명을 오래 전부터 들었소. 불어판이 없어 아직 읽지는 못했고요. 불어로 번역된 한국작가 작품이라면 이문열 작가의 《금시조》를 감명 깊게 읽었소. 오정희 작가의 소설도 훌륭한 것으로 기억하오. 황석영 선생의 불어 번역본은 최근에 입수했는데 앞부분을 읽어보니 대단하더군요. 이승우 작가의 《식물들의 사생활》이라는 장편은 프랑스 독자들의 눈길을 끈다 하오.”

"기억에 남는 시인은?”

"시는 외국어로 번역되기가 매우 어려워요. 인도 유럽어족 언어끼리라면 몰라도 한국어 시를 불어나 영어로 옮긴다면 향기가 나겠어요?”

구엔 반 라옹은 볶은 콩을 한 알씩 입에 던져 넣어 먹으며 말했다.

10

김장권 도지사는 롯데호텔에서 김종률과의 점심식사를 마치고 청담동으로 갔다. 선거용 벽보에 붙일 사진을 찍으려면 헤어스타일이 중요한데 도청 구내 이발사에게 머리를 맡기자니 아무래도 찜찜했다. 새로운 스타일로 장식해 줄 헤어 아티스트를 찾았다. 운전기사에게 귀띔을 해놓았더니 기사는 구내 이발사 곽씨에게 물어 딸이 경영하는 미용실 위치를 파악해 놓았다.

갤러리아 백화점 건너편 언덕길로 올라가니 별천지가 펼쳐졌다. 고급 의상부티크, 미용실, 레스토랑, 와인바 등이 즐비해 있다. 간판 디자인이나 건물모양이 세련되어 유럽 도시 분위기를 풍긴다. 건물 앞에는 발레파킹 도우미 청년들이 '롱 다리'를 자랑하며 차를 기다린다.

'까뻴로(Capello)'란 간판이 붙은 미용실 앞에 도착했다. 김장권은 기사에게 5만 원짜리 지폐 두 장을 쥐어주며 어디 가서 푹 쉬다가 저녁 10시쯤 오라고 했다.

김장권은 까뻴로에 들어서면서 눈을 의심했다. 미용의자 20여 개에 빈자리가 없었다. 이 불황에 ….

"몇 시로 예약하셨나요? 성함은요?"

리셉션 데스크에 앉은 아가씨가 사무적인 말투로 묻기에 김장권은 약간 당황해하며 대답했다.

"그냥 오후에 온다고 했을 거요. 곽 사장을 찾아왔소."

잠시 후 곽여나가 나타났다. 헤어 아티스트라는 직업인답지 않게 머리칼에는 멋을 부리지 않았다. 그냥 여고생 단발머리 스타일이었다. 긴 속눈썹을 달고 눈화장을 짙게 했다. 착 달라붙은 실크상의 때문에 몸 윤곽이 드러났다. 스커트 길이는 미니보다 조금 긴 정도여서 각선미가 돋보이는 패션이었다. 얼굴모양은 약간 길쭉한 달걀 형태였다. 호떡처럼 둥그스름한 아버지 곽씨와는 닮지 않았다.

"도지사님?"

곽여나는 김장권을 보더니 이렇게 인사하고 특실로 모시고 갔다. 김장권은 걸어가면서 눈길에 스치는 손님 가운데 낯익은 여성연기자 서너 명을 발견했다.

"머리칼 잘 잘라 줘요. 중요한 사진을 찍어야 하니까 …."

"제 철학은 자연스럽게 다듬는 것입니다."

"미용에도 철학이 있소?"

"도지사님, 저는 아티스트입니다. 행위예술가예요. 당연히 철학을 가져야죠."

김장권은 도지사 앞에서 당당히 말하는 곽여나의 허스키 목소리에서 드센 기운을 느꼈다.

"염색도 곱게 해주시오."

"저는 전체 염색은 하지 않아요. 부분적으로만 해요. 그래야 자연스럽게 보인답니다."

"희끗희끗한 머리를 남겨둔단 말이오?"

"전체를 새카맣게 칠하면 촌티가 풍겨요. 그러면 시골면장 같아 보입니다."

김장권은 기선을 제압당한 기분이었다. 이 여성은 강적이군…….

"까뻴로가 무슨 뜻이오?"

"이탈리아 말로 머리칼이란 뜻입니다. 제가 밀라노에서 헤어 아트를 공부했습니다."

김장권은 곽여나가 머리를 다듬는 동안 내내 곽여나의 돌핀댄스 장면을 떠올렸다. 오늘 저녁에 그 춤을 볼 수 있을까, 하는 기대감으로 심장이 두근거렸다. 쟁강쟁강 가위질 소리에 귀가 간질거리면서 곽여나의 체취가 풍겨오자 정신이 아득해졌다.

"자, 끝났어요. 마음에 드세요?"

김장권은 거울을 봤다. 시골 복덕방의 늙수그레한 주인 같은 사내가 비쳐졌다. 귀밑머리는 염색을 하지 않아 허옇다.

"허허, 웬 촌동네 노인이 저렇게 심통스런 표정으로 앉아 있나?"

김장권이 투덜거렸더니 곽여나는 눈을 치켜뜨며 대답했다.

"사진을 찍어보세요. 살아있는 모습으로 나올 거예요."

김장권은 새 헤어스타일이 눈에 거슬렸으나 곽여나가 하도 자신 있게 말하기에 일단 믿고 사진을 찍기로 작정했다. 사진이 마음에 들지 않으면 다시 머리를 다듬으면 되는 것……. 오늘 이곳에 온 이유는 이발보다는 사실상 곽여나의 춤을 보려는 것….

"수고 많았소. 가만히 보니 마음에 들어요."

"멀리서 오신 귀한 손님이니 제가 각별히 신경을 썼답니다."

김장권은 지갑에서 수표 한 장을 꺼냈다.

"수고료요. 잔돈은 필요 없소."

곽여나는 수표를 펼쳐 보고 눈을 의심했다. 금액표시 숫자가 1 다음에 0이 7개나 붙었다. 1,000만 원짜리다.

"너무 많은데요."

곽여나가 난처한 표정을 지으며 수표를 돌려주려 하자 김장권은 짐짓 호탕하게 웃었다.

"하하하, 오늘 귀하는 이발을 한 게 아니라 행위예술을 한 것 아니오? 나는 예술가를 지원하는 메세나 역할을 했을 뿐이오."

연예인을 대상으로 오래 영업을 한 곽여나는 직감적으로 거액 수표의 의미를 알았다. 부적절한 관계를 요구하는 신호 아닌가.

"부담스럽습니다. 더욱이 지사님은 저희 아버지를 잘 아시는 분이어서 제가 무료로 해드려야 하는데…."

"그럼 부담을 덜어드리지요. 내 작은 부탁 하나 들어줄 수 있겠어요?"

"무슨 부탁?"

"너무 불안해 할 것 없어요. 그, 돌핀댄스인가 뭔가 하는 춤…그것 한번 보여주면 돼요. 얼마나 멋있던지…."

"예?"

곽여나는 도지사가 음흉한 호색한인지, 여자에게 돈을 펑펑 쓰는 얼간이인지 구별하기 어려웠다. 춤을 보여주지 않으면 자꾸 치근거릴 것 같은 느낌이 들었다. 오늘 잠시 춤을 추고 끝내는 게 후환이 없을 듯했다.

"이 부근에 좋은 와인바 별실 같은 데서 식사나 하면서⋯."

김장권이 이렇게 말하며 눈을 찡긋거리자 곽여나는 소름이 끼쳤다. 성깔 같아서는 수표를 확 찢어 도지사 얼굴에 던지고 싶었으나 홀아비로 수십 년간 자신을 키워온 아버지 얼굴이 떠올라 꾹 참았다. 이탈리아 유학비용을 대느라 허리가 휘어진 아버지에게 제대로 효도를 못했는데 도지사에게 무례를 범하다가는 아버지에게 화가 미칠 것임을 왜 모르겠는가. 곽여나는 하얀 이를 사리물고 김장권의 손을 끌며 일어섰다.

특종 보도

1

"막걸리 한 잔 할까요?"

김시몽 통령의 목소리에는 탁한 쇳소리가 섞였다.

"그러시지요."

김종률은 최고통치자 김시몽이 비서를 통하지 않고 휴대전화기로 직접 전화를 거는 행위가 경망스럽다고 느꼈다.

안가 쪽으로 향하는 김종률은 마음이 편치 못했다. 칼 슈미트, 타고르 프로젝트가 지지부진해서다.

김복수….

승용차가 광화문 부근을 지날 때 김종률은 차창 밖을 내다보다 그 이름이 문득 떠올랐다. 역술인 김복수를 만나러 김시몽과 함께 간 기억이 되살아났다. 김시몽이 검사생활을 마감하고 변호사 개업을 할까 망설이던 무렵이었다.

김복수는 당대의 유명한 성명철학자였다. 이름 석 자를 보고 길흉화

복을 읽는 능력이 뛰어나 전국 손님들을 끌어 모았다. 정치의 계절이나 공무원 인사철, 대기업체 주주총회 직전에는 특히 손님이 붐볐다. 광화문 인근 빌딩 3층에 자리 잡은 그의 철학관에 들어서면 초저녁에는 대기실에 빈자리가 없었다.

김종률은 김시몽을 본격적으로 후원하기에 앞서 그의 운명을 알아보고 싶었다. 김시몽에게 김복수의 신통력에 대해 몇 차례 넌지시 이야기하자 호기심이 발동한 김시몽이 한 번 가보자고 했다. 김종률은 이미 몇 차례 김복수를 만난 적이 있었다. 꼭 들어맞는다고는 할 수 없어도 김종률의 인생역정을 엇비슷하게 읊었다. 국장으로 승진할 때는 지방전출을 족집게처럼 맞혔다.

한자로 이름을 쓰고 복채를 내는 것으로 접수를 마쳤다. 대기번호를 받고 20여 분 기다렸더니 호명했다. 이마가 톡 튀어나오고 목이 짧은 김복수는 쩌렁쩌렁한 목소리로 감정결과를 말했다.

"때 시(時)에, 꿈 몽(夢)이라…. 해석하기 어려운 이름인데… 천주교 신자입니까?"

김시몽은 상기된 얼굴로 대답했다.

"예, 시몬이라는 본명 때문에 그렇게 지었지요."

"다른 천주교신자 김시몽이라는 분도 봤습니다. 그분은 귀글 시(詩)자를 쓰더군요."

김봉수는 종이 위에다 사인펜으로 '金時夢'이라 다시 한 번 크게 쓰고 획수계산을 하더니 고개를 서너 번 좌우로 흔들었다.

"흠… 피 냄새가 나요."

"의사가 아닌데요?"

"사람을 죽이고 살리는 일을 하시는구만. 법조인?"

다양한 유도신문(訊問)으로 피의자를 옥죄는 수사에 이력이 난 검사 김시몽은 김복수가 넘겨짚기 화법에 능하다고 직감했다. 법조인이라는 직업까지 맞혔으니 빠져나오기가 곤란했다. 김시몽이 고개를 끄덕이자 김복수는 종이에 '治國野心(치국야심)'이라는 글을 쓰고 김시몽을 쳐다봤다.

"정치에 뜻이 있군요. 나라를 다스리고자 하는 야심까지 ….."

김시몽은 범죄사실을 들킨 피의자처럼 몸을 움찔했다. 입이 얼어붙은 김시몽 대신에 김종률이 질문했다.

"큰 뜻이 이루어지겠습니까?"

김복수는 다시 고개를 서너 번 흔들었다.

"흠 … 지금은 잘 보이지 않는데요. 운세는 바뀌므로 다음에 또 오셔야 …."

김복수는 혼자서 중얼거리며 무슨 글씨를 쓰더니 종이를 얼른 접었다. 그 글씨가 김종률의 눈에 얼핏 들어왔다.

狼子野心

《춘추좌전》에 나오는 고사성어다. 이리 새끼, 즉 낭자(狼子)는 사람이 아무리 정성들여 길러도 들판을 그리워한다는 뜻이다. 이리는 자라나면 주인을 해치고 들판으로 내뺀단다. 김종률은 그 글씨가 떠오를 때마다 섬쩟함을 느끼며 독백하는 버릇이 생겼다.

"낭자야심이라 …."

안가에 들어서자 떡 벌어진 어깨와 실눈을 가진 경호원이 김종률의 몸을 수색했다. 전자감응 장치를 통과할 때 아무런 경고음이 울리지 않았는데도 경호원은 투박한 손으로 김종률의 사타구니까지 더듬었다. 이런 물리적 제재는 권력이 상대방의 기를 꺾을 때 흔히 쓰는 수단이다.

"장관님, 어서 오세요."

김시몽은 전작(前酌)이 있었는지 눈언저리가 불그레했다. 김시몽은 기분이 언짢을 때는 '형님' 또는 '선배님'이란 호칭 대신에 '장관님'이라고 부른다. 김종률이 의자에 앉자마자 김시몽은 막사발에 뿌우연 막걸리를 콸콸 쏟아 부어준다. 주전자를 한 손으로 들었다. 술을 부은 다음 주전자를 탁자 위에 쾅, 놓았다.

"제주도 조껍데기 술입니다. 여느 막걸리보다 조금 독합니다."

김종률은 두 손으로 조심스레 주전자를 들어 김시몽이 한 손으로 내민 사발에 술을 따랐다. 김시몽은 술을 단숨에 죽 들이켰다. 김종률은 다시 주전자를 들었다. 김시몽은 안주도 거의 먹지 않았다.

눈알까지 빨개진 김시몽이 숨을 후후 내쉬더니 말문을 열었다.

"요즘 민심이 어떻소? 김 장관?"

반말 비슷한 말투였다. 김종률은 불쾌했지만 상대방이 최고권력자여서 머리를 조아릴 수밖에 없었다. 김시몽이 민심에 대해 묻는 것은 보나마나 영부인 박수연 때문이 아니겠는가.

"영부인이 부패의 핵심세력이라며?"

시민들은 이런 의혹을 던지며 눈을 부릅뜨고 있었다.

"영부인 남동생 박수태가 기업인들에게서 돈을 뜯고 장차관 인사에 개입했다며?"

"그 자식은 국회의원 공천에도 영향력을 행사했다던데…."

이런 소문이 나돌았다. 술꾼들은 박수연, 박수태 남매의 작태를 들먹이며 홧김에 술을 더 마셨다.

미국 뉴욕에서 건달생활을 하던 박수태는 김시몽이 통령선거에 나서기 직전에 귀국했다. 컨설팅회사를 차린 그는 회사조직을 활용해 은밀하게 김시몽의 선거운동을 도왔다. 박수태는 의형제를 맺은 탁광팔 의원과 어깨동무하고 강남 룸살롱을 뻔질나게 드나들면서 자신도 곧 금배지를 달 것이라고 큰소리 쳤다.

"민심이야 늘 변하는 것 아니겠습니까. 일희일비 할 것 없습니다."

김종률은 이렇게 얼렁뚱땅 대답했다. 통령의 처족 때문에 부패공화국이라 불리는 상황을 개탄하고 싶었지만 꾹 참았다.

"그 프로젝트는 어떻게 됐소?"

마침내 그 질문이 나왔다. 김종률은 여유를 가지려 젓가락을 사발에 집어넣고 막걸리를 휘휘 저었다.

"헌법학자에게 자문을 요청했습니다. 그리고 문학관계자에게도 부탁을 했습니다."

"성공 가능성 … 몇 퍼센트로 보시오?"

"개헌은 워낙 민감한 사안이 돼서 신중에 신중을 거듭해야 합니다. 노벨문학상도 그 높은 명성 때문에 함부로 달려들기 어려운 것이고 …."

"퍼센트로 이야기해 보라니까요."

"글쎄요. 굳이 말하자면 개헌 가능성은 20프로, 노벨상은 1프로?"

"허허, 답답하구만. 중대하고 어려운 사안이기에 김 장관에게 맡겼잖소? 가능한 방안이 무엇인지를 찾아야지요."

김시몽이 역정을 내자 김종률은 부아가 치밀며 '낭자야심'이란 말이 떠올랐다. 오늘날 이 자리에 앉도록 해준 사람이 누구인데 큰소리치나, 이 배은망덕한 부라퀴 ….

김종률은 울화통이 터져 목소리를 높였다.

"단임제를 중임제로 바꾸어서 통령께서 재집권하자는 것 아니겠습니까? 노벨문학상은 민심을 사로잡는 장식품이 될 것이고 …."

"그게 제 솔직한 마음입니다. 형님께서 도와주셔야지요."

호칭이 갑자기 '형님'으로 바뀌었다.

"통령 중임제에 대해서는 필요성을 인정하는 여론도 있습니다만, 반대파도 많습니다. 현행 헌법에 개헌추진 통령 당사자는 중임하지 못하도록 명시돼 있잖습니까? 중임제 개헌을 해도 실익이 없을 텐데요."

"통일을 눈앞에 둔 이 시점에 국정혼란은 반(反)민족적 처사입니다. 국가관이 투철한 유능한 철인(哲人)이 통치한다면 중임이면 어떻고 3임이면 어떻습니까? 세종대왕이 4~5년만 집권했다면 한글창제 등 청사(靑史)에 길이 남는 위업을 이루었겠습니까? 플라톤은 《국가론》에서 철인통치론을 주장하지 않았습니까?"

"통령께서 플라톤의 국가론을 잘못 이해하셨네요."

"잘못 이해하다니요? 제가 철인이 되어 이상정치를 펼치면 될 것 아닙니까?"

얼굴이 벌그데데해진 김시몽은 술잔을 다시 비운 뒤 꼬부라진 혀로 말했다.

"새 헌법에 '철인에 한해서는 임기를 정하지 않는다'는 조항을 넣어야지요. 그리고 국가원수 호칭도 바꿔야 합니다. 통령이 아니라 큰 대(大)자를 붙여 대통령으로, 아니면 총통으로….."

2

여름방학이 시작되자 글로벌 빌리지에는 청소년 참가자가 600여 명이나 됐다. 참가희망자가 2만 명가량 몰렸으나 시설한계 때문에 추첨으로 일부만 뽑았다. 성인 참가자도 400여 명으로 늘어났다. 국내 유수의 대기업 연수담당자들이 견학을 한다고 몰려들었다. 인구 1천여 명의 촌락이 형성된 셈이다.

이들을 위한 종업원은 거의 없다. 취사와 설거지는 참가자가 당번을 정해, 청소와 빨래는 각자가 알아서 하는 방식이어서 그렇다. 방학 프로그램 참가자는 농사에도 참여한다. 이들은 밥 짓고, 놀고, 공부하는 것이 혼연일체가 된 대안(代案)적 삶을 누린다. 쇠고기, 돼지고기 등 사육된 고기를 가능한 한 덜 먹는 등 친(親)환경적 생활을 추구한다. 바깥세계와 차단되지 않아 원리주의에 빠지지도 않는다. 경험자 대부분은 여기서 얻은 에너지 덕분에 바깥일상으로 돌아가서도 활기차게 살아간다.

황종빈, 최수진, 궉성준 등 고교생들은 글로벌 빌리지 체험을 블로그에 올렸다. 접속자들이 폭발적으로 늘어나면서 글로벌 빌리지가 전국적으로 유명해졌다.

황종빈이 요리사 옷을 입고 프랑스 빈대떡인 크레프를 만드는 모습은 큰 인기를 끌었다. 밀가루에 소금, 물을 넣고 묽게 휘저은 것을 프라이팬 위에 부어 살짝 구운 다음 버섯, 잣, 땅콩 등을 넣어 둘둘 마는 시범은 마술 쇼 같은 재미를 주었다. 황종빈은 세 가지 동영상을 만들었다. 한국어, 영어, 불어 등 언어별로 따로 제작했다. 요리에 취미를 가진 젊은이들은 자연스레 외국어를 익혔다.

최수진이 부르는 뮤지컬 동영상은 인터넷을 타고 급속도로 전파됐다. 양팔을 벌려 날개처럼 퍼덕이며 추는 최수진의 춤은 '학춤'이라고 명명됐다. 최수진은 학춤을 추며 노래를 불렀다. 어느 공연기획사에서는 최수진에게 뮤지컬 '미스 사이공' 주연 공모 오디션에 참가하라고 권유했다. 최수진 팬클럽도 생겼다.

궉성준이 절룩거리는 다리로 달려가 슈팅에 성공하는 장면은 역경을 이긴 사례로 부각됐다. 어느 통신회사에서 궉성준에게 휴대전화 광고모

델로 출연해 달라고 제의했다. 출연료는 아버지 귁점태 지점장의 1년
치 연봉과 맞먹었다. 귁성준의 어머니는 처음에는 이 제의를 완강히 반
대했다. 귁성준은 출연료 전액을 장애인병원 건립기금으로 내놓겠다고
우겨 출연했다. 귁점태가 다니는 은행의 은행장이 귁성준의 미담을 전
해 듣고 장애인 복지활동을 펼치는 푸르메재단에 귁성준의 기부액만큼
기부했다.

　귁성준은 글로벌 빌리지 운동장에서 더욱 즐거운 마음으로 공을 찼
다. 그가 슈팅한 공이 상대방 골키퍼의 펀칭으로 운동장 밖을 멀리 벗
어났다.

　"공 좀 차 주세요."

　골키퍼가 양손을 입 앞에 모으고 고함치자 운동장 쪽으로 걸어오던
어느 청년이 굴러온 공을 가볍게 툭 찼다. 공은 하늘 높이 솟아 우아한
포물선을 그리며 날아가 골대 안에 빨려들었다. 킥 솜씨가 범상치 않았
다. 청년이 다가왔다.

　"기주호 선수 아니야?"

　귁성준이 말하자 축구반 친구들이 맞장구쳤다.

　"맞다, 프리미어 리그로 간다는 기주호 형 ⋯."

　축구 국가대표 선수인 기주호는 영국 리그로 진출하기 전에 글로벌
빌리지에서 영어를 익히고 학생들에게 축구를 가르치는 자원봉사를 하
려고 이곳을 찾았다. 귁점태와 청년시절에 함께 축구를 했던 국가대표
팀 감독이 기주호에게 글로벌 빌리지에서 보름간 머물기를 권유했다.

　전국의 지방자치단체가 다투어 건립한 영어마을 관계자들이 글로벌
빌리지의 운영비법을 배우려 줄지어 찾아왔다. 영어학원 원장 몇몇도
끼어들었다. 암브로시오 신부와 두희송은 노하우를 아낌없이 공개했다.

"맹목적 반복방식으로 외국어를 암기시키려 해서는 곤란합니다. 마음으로 통하고 몸으로 익혀야 합니다. 책을 스스로 읽도록 유도해야 합니다."

암브로시오의 개요설명이 끝나면 두희송은 자신이 어릴 때 암브로시오에게서 외국어를 배운 체험담을 밝혔다. 어느 참가자가 질문했다.

"은오산에는 사람의 머리를 맑게 하는 정기가 흐른다는 풍설이 있습니다. 혹시 그 덕분에 신통력이 나타나는 것 아닙니까?"

"가톨릭 사제인 내가 그것을 인정하면 이단으로 몰립니다. 교황청으로부터 기적 검증을 받지 않은 상태여서 뭐라고 답변할 수 없군요."

"신부님께서 저희 영어마을에 출장을 오셔서 며칠간이라도 지도해 주십시오."

"늙은 이 몸이 어디로 가겠습니까?"

"그러면 신부님 얼굴을 로고로 디자인해서 저희 영어마을에 사용해도 되겠습니까? '암브로시오 영어마을'이라고 이름을 붙여서?"

"머리가 잘 돌아가시네요, 허허허 …."

참가자들이 암브로시오를 앞세워 이익을 도모하려는 눈치가 보이자 두희송이 나섰다.

"다시 한 번 강조합니다. 신부님의 학습법을 겉모양만 흉내 내서는 안 됩니다. 그래서는 제대로 이뤄지지 않아요. 신부님은 여기서 몇십 년 전에 순교하는 각오로 구라(救癩)사업을 벌이셨고 그 후 서울, 경기도 일원에서 구빈활동을 펼친 분입니다. 사랑을 실천하는 신부님의 정신을 따르지 않고서는 외국어공부가 성공할 수 없습니다."

탑삭나룻으로 얼굴이 거뭇거뭇한 중년사내가 눈이 둥그레지며 두희송에게 질문했다.

"구라사업이라뇨? 신부님이 구라쳤다는 얘깁니까?"

"아…그 얘기가 아니라…나병(癩病), 즉 한센병 퇴치사업을 벌이셨다…그 뜻입니다."

"좀 쉬운 말을 쓰시오."

참가자들은 '구라'라는 용어 때문에 어리둥절했다가 두회송의 설명을 듣고 고개를 끄덕였다. 탑삭나룻 사내가 하도 정색을 하고 말하기에 다른 사람들은 키득거리지도 못했다.

3

시현은 논픽션 공모 때 조언을 해준 반윤식 기자를 찾아갔다. 상금으로 이탈리안 레스토랑에서 근사한 저녁식사를 모시겠다고 했더니 회사 부근에서 간단히 바지락 칼국수나 먹자는 응답을 문자메시지로 보내왔다. 만나는 시간은 초판 마감을 하고 잠시 쉬는 때인 오후 6시로 정하자고 한다. 정식 야근자가 아닌데도 사회부 수석기자는 거의 매일같이 밤 11시까지 일한단다. 부장, 차장 데스크는 그보다 더 늦은 시간에 퇴근한다고 하니 기자는 일에 몰입해 부나방처럼 불에 뛰어들어 몸을 산화하는 직업인인 듯하다.

"나는 촌놈이 돼서 그런지 뜨뜻한 국물을 마셔야 포만감을 느껴요."

"반주로 소주 한잔 하실래요?"

"회사에 금주령이 내려졌어요. 얼마 전에 대입 본고사 부활 특종을 다른 신문에 뺏기는 바람에 편집국 분위기가 흉흉해요. 편집국장이 야전침대에서 1주일째 자며 집에도 가지 않아요. 비상입니다."

"통령 처남 박수태의 비리를 폭로하는 특종을 터뜨렸잖아요?"

"어제 특종해도 오늘 낙종하면 박살나는 게 기자랍니다."

반윤식은 큼직한 칼국수 그릇에 머리를 파묻고 국물을 다 마셨다. 크, 하는 소리를 내곤 입술에 묻은 국물까지 혀를 날름거려 훑어먹는다. 그 모습이 처량하게 보여서 시현은 종이냅킨을 한 장 뽑아 반윤식에게 건네주었다.

"가족과 함께 저녁식사하는 게 일주일에 몇 번인가요?"

"평일저녁에 집에서 밥 먹은 게 언제더라? 기억에 가물가물하네요. 1년에 대여섯 번 될까? 결혼기념일이니 장인 장모 생신이니 하는 날을 챙기는 것은 사치지요."

"기자 된 것 후회하지 않으세요?"

"밥벌이라고 생각하면 못할 노릇이지요. 사회가 썩지 않도록 소금역할을 한다고 믿으니 후회하지 않아요. 아마 사주팔자를 비교하면 사술(詐術)과 기망(欺罔)이 판을 치는 현장을 뛰어다니는 기자, 신앙을 지키려 목숨을 내놓는 순교자, 무망(無望)한 독립을 쟁취하려 몸을 던지는 투사는 서로 엇비슷할 거예요. 백호대살, 양인살, 괴강살이 수두룩할 겁니다. 역마살도 당연히 있을 거고요."

"신문을 보면 머리가 어지러워요. 권력형 부정부패 사건이 끊임없이 보도되니 …. 이래서야 언제 선진국이 되겠어요?"

"그래도 언론이 살아있으니 그런 비리를 보도하며 권력을 견제하지 않아요? 하기야 요즘엔 사이비 언론매체가 활개를 치면서 언론 전체가 불신을 받긴 하지만 …."

"기자에게 필요한 덕목은 무엇인가요?"

"훌륭한 기자가 되려면 여러 가지를 갖추어야 해요. 제가 청년시절에 어느 책에서 발견한 기자의 덕목 여섯 가지가 있는데, 지키기가 어려워요. 수첩에 써놓고 심독(心讀)하긴 하지만 …."

"뭔데요?"

반윤식은 갑자기 눈을 감고 합장(合掌)한 채 바리톤 목소리로 천천히 읊조린다.

기자에게는 신(神)을 섬기는 인간의 겸허함과 예술가의 섬세함, 과학자의 두뇌, 혁명가의 열정, 탐험가의 불굴정신, 스포츠맨의 강인한 체력이 요구된다.

반윤식은 후식으로 나온 인스턴트커피를 마시며 시현을 응시했다.

"곧 수습기자를 뽑는데 응시해 볼래요?"

"스펙이 여러 모로 불리한데요."

"논픽션 입상자여서 가산점을 받을 겁니다. 토익이니 토플이니 하는 것, 실제로 취재할 때는 별 쓸모없어요. 영자신문도 아닌데 …."

"면접 때 주로 뭘 물어보나요?"

"기자관(觀)이 어떤지를 질문하지요. 입사 후 어떤 분야를 취재하고 싶은지 묻는 것도 단골메뉴이고."

"취재테마를 준비해서 답변하면 유리하겠지요?"

"물론이지요. 좋은 것 준비했나요?"

시현은 스테인리스 컵에 든 찬물을 마시고 잠시 뜸을 들인다.

"김종률 전 예산처 장관을 만났을 때 참으로 이상한 메모를 발견했어요. 칼 슈미트, 타고르라는 글자 …."

"그게 뭔데요?"

"칼 슈미트는 히틀러를 도운 법학자잖아요. 타고르는 노벨문학상 수상자이고 …."

"그래서?"

"통령이 모종의 특수 프로젝트를 추진하는 것 같아요."

"무슨 소리예요?"

"개헌 … 노벨상 수상 …."

"뭐?"

4

"한국을 문화강국으로 키우기 위한 일환으로 3월 21일을 '시(詩)의 날'로 선포하겠습니다. 유네스코에서도 이미 이 날을 '세계 시의 날'로 제정한 바 있습니다. 시심을 키우면 우리 마음과 사회가 맑고 밝게 탈바꿈할 것입니다. 시의 날에는 전국 각급학교, 공공기관, 민간기업 등에서 백일장과 시 낭송회를 여는 등 대대적인 행사를 벌이겠습니다. 문화대국 프랑스에서는 오래 전부터 시의 날을 정해 범국가적인 차원에서 다양한 행사를 진행합니다."

김시몽 통령이 기자회견에서 이를 밝히자 생중계 방송을 시청한 국민들은 어안이 벙벙했다. 긴급회견을 연다기에 국민들은 통일에 관한 중대조처 또는 통령 인척비리에 관한 사과성명을 발표하는 줄 짐작했다. 화급하지도 않은 사안으로 호들갑을 떤 셈이어서 국민 대다수는 사기당한 기분이 들었다.

"저 냥반이 지금 무신 소리를 씨부리고 있노? 사헤(사회)가 맑아질라카모 웃물부터 맑아져야제."

서울역 대합실에서 기차를 기다리며 중계방송을 시청하는 어느 백발노인이 TV를 향해 삿대질을 한다. 그는 그래도 분이 풀리지 않는지 크흠, 하며 목젖을 울린 뒤 누런 가래침을 하얀 대리석 위에 퉤, 하고 뱉었다. 새카맣게 그을린 얼굴로 보아 농촌주민인 듯하다. 회색양복과 하얀 드레스 셔츠, 꽃무늬 넥타이 차림이어서 서울에서 열린 친지 결혼식에 참석하고 돌아가는 모양이다.

통령의 회견에 대해 문인 몇 사람이 TV 인터뷰에 나와 코멘트 했다. '범(汎)국민 시사랑 전국연대'라는 단체의 여성 사무총장은 짙은 화장을 하고 등장했다.

"만시지탄의 감이 있지만, 문화국가로서의 자존심을 세우는 획기적인 영단입니다. 반도체니 자동차니, 이런 것을 많이 수출한다고 선진국이 되는 것은 아니죠? 시인 통령답게 감성의 정치, 감동의 정책을 펼치시네요."

대합실에 앉은 그 노인은 여 시인의 말을 듣고 벌떡 일어서며 손에 든 맥주 캔을 TV쪽으로 던진다.

"불여우 같은 쌍년아, 아가리 닥쳐!"

문인들의 인터뷰에 이어 연기자 출신인 문화부장관 오태열이 나왔다. 현역시절에 연기실력은 평범했으나 재계, 권력층 자녀 결혼식 때 단골 사회자로 이름을 떨친 인물이다. 그러면서도 반미, 반전시위에 자원봉사 사회자로 나서 진보성향의 이미지를 구축했다. 김시몽이 통령선거에 나왔을 때 전국을 돌며 유세지원을 한 충성심을 인정받아 장관 자리에 올랐다. '문화'라는 가면을 쓴 잡배일 뿐인 그는 동그란 뿔테 안경을 써 지적 분위기를 풍기려 했지만 조직폭력배 중간두목 같은 인상을 연상시킬 뿐이었다.

"통령의 오늘 발표를 듣고 우리나라가 비로소 세계사의 주역으로 진입하는 길목에 들어섰다고 확신합니다. 지도국이 되려면 인문정신을 발흥시켜야 합니다. 이를 위한 첫걸음을 시를 통해 디딜 수 있게 된 것입니다."

김종률도 TV를 향해 손가락질을 하더니 한숨을 내쉬었다.

"속이 뒤집혀 더는 못 보겠군."

김종률의 눈앞에는 다시 김복수의 얼굴과 '낭자야심'이란 글이 떠올랐다. 그는 백지를 꺼내 검은 사인펜으로 '狼子野心'을 천천히 써보았다. 그 글씨 위로 능글능글 웃음 짓는 김시몽의 얼굴이 겹쳐 보였다.

음태출 가희복 부부의 집에는 TV가 없다. 음태출은 암실에서 작업하는 시간이 많고 가희복은 주로 거실에서 약초를 다듬거나 서재에 머물므로 TV가 필요하지 않다. 가희복은 서재에서 15년째 《신(新) 동의보감》을 집필한다.

시의 날 발표회견 당시에 이들 부부는 두희송의 레스토랑에 있었다. 홀 한쪽에 켜진 TV에서 김시몽을 봤다. 머리칼은 약간 희끗해졌지만 눈매, 콧매무새는 여전하다. 통령을 흘깃 본 음태출이 중얼거렸다.

"저 인간이 지금도 저렇게 활개를 치니…. 명줄을 빨리 끊어야지."

음태출은 등에 멘 가죽주머니에서 도끼를 꺼내 허공에 휘둘렀다. 가희복은 남편의 말에 대꾸하지 않고 TV를 멍하니 지켜봤다.

5

토요일 밤에 점검해보니 글로벌 빌리지 이용객이 1,100여 명에 이른다. 여느 콘도 같은 분위기다. 콘도는 가족손님이 대부분인 반면 글로벌 빌리지는 깨우침을 갈구하는 사람들로 붐빈다. 처음엔 외국어 학습자가 주류를 이루었으나 갈수록 다양한 분야의 자기계발 학습자들로 확대되었다. 성찰, 자기치유 쪽을 추구하는 동호회 회원들이 즐겨 찾는다.

"거기 가면 '기도빨'이 잘 받는당게."

사이비 무속인들 사이에서는 이런 소문이 돌았다. 무속인 몇몇이 풍문을 듣고 왔다가 서양인 신부들이 왔다갔다 하는 모습을 보고는 인상을 찌푸렸다.

"양코배기 신부들 땜시 우리 신 엄니가 놀라겠구만…."

무속인 왕초가 그렇게 불평하며 예약을 취소하자 다른 무속인들도 뒤따랐다.

무병(巫病)을 앓아 사경을 헤매던 어느 여대생이 이곳에 와서 완치되기도 했다. 이 여대생은 세브란스 병원에서 정밀검사를 받고 한 달 동안 입원했으나 병명조차 알지 못하고 병세는 깊어졌다. 문병을 온 외숙모가 무병인 것 같다면서 신(神) 어머니를 모시는 내림굿을 해야 한다고 귀띔했다. 독실한 기독교 신자인 부모는 펄쩍 뛰며 반대했다.

"대명천지에 내림굿이 뭡니까? 혹세무민하는 이야깁니다."

기독교 계통인 세브란스 병원의 의사들은 이렇게 말했다.

도청 대변인 황영국은 먼 친지인 그 여대생 소식을 듣고 그녀의 어머니에게 권유했다.

"걔가 스트레스가 극심한 모양입니다. 글로벌 빌리지라는 곳에 보내 요양을 시켜보세요. 공기도 맑고 정성껏 돌보아줄 분도 계시고 하니…."

이 여대생은 가희복의 간호를 받으며 보름간 머문 끝에 말끔히 나았다. 가희복은 여대생에게 당부했다.

"자아에 대한 믿음을 잃지 마세요. 우주의 중심은 바로 자기자신입니다. 귀신이니 혼백이니 하는 것들에게 휘둘릴 이유가 없답니다. 책 공부에만 빠지지 말고 심신을 수련하세요. 음식을 꼭꼭 씹어 드시고 가공식품을 덜 먹는 식습관도 중요해요."

용재훈은 이곳에 오는 외국인 근로자를 형제처럼 아꼈다. 들뢰즈의 이론인 '차이'의 의미를 음미하고 그들과의 차이를 존중하려 노력했다.

외국인 노동자 여럿을 데리고 처음 방문한 이는 대기업체 간부 문용환이다. 그는 주말마다 대학로 등지에서 외국인들을 위한 음악 콘서트를 여는 밴드의 리더이기도 하다. 자원봉사활동이 몸에 익은 문용환은 그들과 흉금을 털어놓고 대화하려면 맑은 공기를 마시며 합숙하는 것이 필요하다면서 이곳을 찾았다.

"산세가 대단하네."

문용환은 은오산의 장엄한 모습에 반했다. 야외에서 노래를 부르니 바람소리, 물소리와 조화를 이루었다. 문용환은 틈이 나면 이곳에 와서 글로벌 빌리지 이용객을 위한 콘서트를 열었다.

추석 연휴를 맞아 안산공단이 쉴 때 외국인 근로자 50여 명이 문용환과 함께 글로벌 빌리지로 왔다. 베트남, 몽골, 우즈베키스탄, 방글라데시, 필리핀 등지에서 온 근로자들이었다. 보름달이 뜨는 밤에 문용환 밴드는 이들을 위로하는 공연을 가졌다. '코리안 드림은 이루어진다'라는 이름을 붙인 간이 음악회였다. 교교한 달빛이 내려 비치는 밤에 문용환이 무대에 올라 마이크를 잡았다.

"멀고 먼 나라 한국에 와서 고생하시는 여러분, 한가위 보름달을 쳐다보면 고향에 있는 가족 얼굴이 떠오르지요? 여러분의 꿈이 이루어지기를 저 달을 보고 기원하세요. 글로벌 빌리지를 찾은 한국인 여러분, 여기 온 외국인 형제자매들을 따스하게 맞아주세요. 자, 그럼 우리의 꿈과 사랑을 가득 담은 음악을 선사하겠습니다."

전지연과 최수진은 초대가수 자격으로 노래를 불렀다. 인터넷으로 내려받은 각국 민요악보와 가사를 놓고 보름가량 연습한 노래였다.

"몽골민요를 부를 때는 광활한 초원을 말 타고 달리는 기분으로!"

무대경험이 풍부한 전지연은 고교생 최수진에게 이렇게 귀띔했다. 이들이 부르는 노래에 몽골근로자들은 박수를 치며 열광했다. 몽골근로자 4명은 흥에 겨워 무대에 올라와 춤을 추었다.

신에게 무병장수를 기원하는 가사를 담은 베트남민요를 부를 때다. 최수진은 메콩강의 부드러운 물결이 온몸을 휘감는 듯한 기분을 느꼈다. 노래가 진행되는 사이에 베트남어 강사 트랑 특웬, 호옹츄, 응 팍 투, 구엔 반 라옹 등이 차례차례 무대 위로 나와 민요를 따라 불렀다.

우즈베키스탄의 '마콤'이란 민요는 장중한 멜로디가 압권이었다. 알파벳으로 표기된 가사를 성의껏 읽었으나 제대로 발음했을 리가 없었다. 우즈베키스탄 근로자 2명이 전지연, 최수진 뒤에 서서 눈물을 뚝뚝 흘리며 오랜만에 마콤을 불렀다.

콘서트 마지막 노래는 '아리랑'이었다. 국적을 불문하고 참석자 전원이 손에 손을 잡고 노래를 불렀다.

아리랑 아리랑 아라리요
아리랑 고개로 넘어간다

도청 대변인 황영국과 비서실장 최양묵의 가족도 둘러서서 손을 잡고 목청을 높였다. 이들 가족은 연휴를 글로벌 빌리지에서 보내며 차례를 지냈다. 예전엔 한가위 연휴에는 가족끼리 홍콩이나 도쿄에 갔는데 이제 그럴 필요가 없게 됐다.

공연이 끝나자 무대가 텅 비었다. 황영국과 최양묵은 캔맥주를 하나씩 들고 야외무대 위에 나란히 걸터앉았다. 가족들은 먼저 방에 들어가 자라고 일렀다.

"최 실장, 오늘 공연 … 감동적이었지요?"

"그럼요."

"원래 도청이 추진한 글로벌 빌리지 사업의 취지가 이런 것이었지요? 이제 민간인들이 성공적으로 진행하네요."

"관 주도로 되지 않는 일이 허다하지요. 사명감을 가진 공무원도 있지만 철밥통 끼고 앉아 민간인 발목을 잡는 공무원들이 얼마나 많아요."

"최 실장은 사명감을 갖고 있소?"

"없지야 않지요."

"공복(公僕) 의식은요? 복(僕) 은 머슴인데 …."

"그거야 허울에 불과하지요. 이 나라 공무원 가운데 그런 의식 가진 사람은 1 PPM도 되지 않을 겁니다."

"도지사만 해도 그렇잖소. 도민 앞에서는 자기가 머슴이니 종이니 하며 떠벌이면서도 돌아서면 그들 위에 군림하지 않소?"

"음 … 그거야 통령도 마찬가지겠지요. 유세 때 후보자들을 보세요. 넙죽 큰 절을 마다않다가 당선되고 나면 바로 안면을 바꾸지 않아요?"

황영국이 후, 하고 한숨을 내뱉으니 최양묵이 조심스레 묻는다.

"혹시 공무원 된 것, 후회하십니까?"

황영국은 멈칫하더니 캔맥주를 두어 모금 마시고 대답한다.

"후회한들 무슨 소용 있겠소. 마음속에 불덩어리가 타올라도 얼굴엔 화사한 웃음을 띠며 아부해야 하는 습관이 아직 몸에 배지 않아 불편해서 그렇지요."

6

수습기자 시험에 합격한 시현은 허리까지 늘어진 긴 생머리를 잘랐다. 양쪽 귀가 드러나는 헤어스타일로 바꿨다.

"머리 매만지는 데 드는 시간을 아끼려고요."

남들에게는 그렇게 말했지만 삭발의식에 임하는 비구니의 결연한 마음가짐을 배우기 위해서였다. 험난한 언론인 생활… 수행과정이나 다름없지…. 스스로를 다그쳤다.

시현은 반윤식을 멘토로 모시고 취재방법을 배웠다. 회사에서는 수습기자 1명에 선배기자 1명씩 멘토-멘티로 짝을 지워주었다. 도제식 교육이다.

신재구 편집국장은 멘토 역할을 맡은 기자 8명을 회사 부근의 허름한 식당에 불러 모았다. 넥타이를 맸지만 상의는 양복 대신에 시퍼런 싸구려 점퍼를 입은 그는 수육을 집어먹으며 당부했다.

"나름대로 교육 노하우를 갖고 있겠지? 스파르타식으로 강하게 가르쳐야 해. 그렇다 해서 너무 무식하게 돌리지는 마. 새벽 4시부터 30분마다 보고하라든가, 끝도 없이 뻗치기를 시킨다든가 하지는 말고…. 요즘 젊은이들은 온실에서 자란 탓에 세게 몰아붙이면 눈물 찔끔거리며 사표 내잖아?"

수석기자들은 심드렁한 표정을 지었다. 수습초기에 온몸을 던져 일하는 버릇을 익히지 않으면 어떻게 제대로 된 기자가 될 수 있으랴. 반윤식은 더욱 뜨악한 표정을 지었다. 그는 정식기자가 되기 전에 벌써 힘드네 어쩌네 하는 수습들은 일찍 그만 두는 게 낫다고 생각했다. 기자들이 입을 다물고 있자 국장은 머쓱해했다. 수육을 먹는데 반주가 없으니 분위기가 더욱 썰렁했다.

"오늘 저녁엔 잠시 금주령을 풀겠다. 좋은 안주를 보니 소주 생각이 나는구만…."

소주 몇 잔을 마시고나서 국장은 다시 정색을 하고 말했다.

"시국이 심상찮아. 언제 어디서 무슨 대형사건이 터질지 몰라. 폭풍전야 같은 느낌이 들어. 정감록 아류의 예언서들이 난무하고 사이비 역술인들이 요설을 놀려대고 있어. 어느 순간에 통일이 이뤄질 수 있고…. 역사의 흐름은 우연에 의해 방향이 180도 바뀔 수도 있어. 이런 때 언론은 긴장의 끈을 늦추지 않아야 해."

국장은 와이셔츠 소매를 걷어 올리며 말을 이었다.

"수석기자 여러분이 취재현장에서 더욱 분발해야겠어. 수습기자 한 명씩을 붙여주었으니 그 멘티를 활용해서 큼직한 특종을 건져 올려 봐."

빈윤식은 이튿날 석양 무렵에 시현을 칼국수집에 데리고 갔다. 간판은 그대로인데 주인얼굴이 바뀌었다. 빈윤식은 국물을 후루룩 마시더니 콧날을 실룩거리며 주인 겸 주방장인 아주머니에게 묻는다.

"육수만들 때 끓는 물에 다시마를 넣었지요?"

"어떻게 아세요?"

"국물에서 다시마 비린내가 나데요. 물이 차가울 때부터 넣고 오래 끓여야 비린내가 나지 않아요."

"귀신같은 분이네…. 식당을 인수한 지 사흘째여서 주방일이 서툴러요. 오늘 한 수 가르쳐주셨으니 한 그릇값은 빼드리죠."

빈윤식은 후식으로 나온 참외 한 조각을 베어 물며 시현과 취재계획을 논의했다.

"일전에 말한 개헌추진 건… 이번에 확실히 캐보기로 하지. 그리고… 노벨상은 무슨 이야기였지?"

"통령이 노벨문학상을 받으려 모종의 공작을 꾸민다…아니겠어요?"

"증거를 취재했어?"

"본격적으로 매달려야죠. 열쇠는 김시몽 통령과 김종률, 이 두 사람이 쥐고 있는 듯해요."

"그럼 일을 분담하기로 하지. 나는 통령 쪽을, 시현 님은 김종률을 맡기로…."

시현은 김종률 사무실로 연락을 했다. 여비서에게 신문사 이름을 대며 정식으로 인터뷰 요청을 했다. 1시간 쯤 후에 여비서에게서 응답전화가 왔다. 일단 찾아오라고 한다. 시현은 속으로 쾌재를 부르며 녹음기와 카메라를 준비하고 달려갔다. 기대와는 달리 김종률은 사무실에 없었다. 대신 여비서가 작은 메모쪽지를 전해주었다.

내일 아침 6시 영동 6교 아래 양재천 길에 조깅복 차림으로 오시기 바람.
핸드폰, 카메라, 녹음기, 필기도구 지참 금지.

시현은 칼바람을 맞으며 양재천 길을 달렸다. 두툼한 방한복을 입었으나 새벽바람이 너무 차가워 몸 전체가 덜덜 떨렸다. 몸에 열을 올리려면 달려야만 했다. 영동 6교 아래에 도착하자 후드가 달린 방한복 차림에 마스크까지 쓴 김종률이 나타났다. 에스키모 같았다.

"좋은 신문사에 들어가셨구만. 축하하오."

김종률은 장갑을 벗고 악수를 청했다. 시현은 의외로 호의적으로 다가오는 김종률의 손을 잡았다. 싸늘한 공기 탓이었는지 온기가 느껴지지 않았다.

"둑길로 올라갑시다."

김종률은 남의 시선을 피하는 눈치였다. 시현과 김종률은 바닥에 고무재질을 깔아 푹신거리는 둑길을 걸으며 이야기했다.

"그 프로젝트 이름을 어떻게 알았소?"

"다 아는 수가 있습니다."

"그것 참….."

김종률은 대화를 피하고 뜸을 들였다. 망설이는 투였다. 뒷짐을 지고 말없이 10여 분을 걸었다. 조바심이 난 시현이 김종률의 팔을 잡아 흔들며 질문했다.

"개헌추진이 칼 슈미트 프로젝트죠?"

털모자와 마스크 사이에 드러난 김종률의 눈이 휘둥그레졌다. 김종률은 대답하지 않고 시현을 빤히 쳐다봤다. 시현은 김종률의 팔을 다시 흔들며 높은 목소리로 물었다.

"타고르 프로젝트… 노벨문학상을 받으려는 공작이죠? 김시몽 통령을 수상자로?"

김종률은 감전된 듯 부르르 몸을 떤다. 시현은 그가 부정하지 않는 것으로 보아 자신의 추정이 맞다는 확신을 가졌다. 10여 분을 더 걸어가니 둑길 너머 운전기사식당 무쇠솥에서 솟아오르는 허연 김이 보인다.

"아침 해장국이나 먹지."

김종률이 턱 끝으로 식당을 가리키며 발길을 돌렸다.

"어서 오세요."

얼굴이 둥글넓적한 여주인의 우렁찬 목소리가 들린다. 택시기사 대여섯 명이 식사를 마치고 자리에서 일어선다.

김종률은 해장국을, 시현은 선짓국을 주문했다. 이들은 뜨거운 국물이 담긴 뚝배기를 어루만지며 언 손을 녹였다. 주인아주머니가 굵은 순대를 썰어 뚝배기에 덤으로 넣어주면서 말을 붙였다.

"이 새벽에 산책을 하시고 부지런도 하셔라. 예쁜 이 아가씨는 따님이세요? 많이 닮으셨네요."

김종률과 시현은 서로의 얼굴을 살피며 슬그머니 웃었다. 그러고 보니 쌍꺼풀이 두껍고 속눈썹이 긴 눈매가 닮았다. 김종률은 툭하면 용돈을 뜯어가는 친딸, 조카딸의 얼굴을 떠올렸다. 귀족행세를 하며 뉴욕, 파리, 런던을 들락거리는 걔들은 피붙이이긴 하지만 별로 정이 가지 않았다. 그에 비해 치열하게 살아가는 젊은 여성 시현을 보니 호감이 갔다.

시현은 '킹메이커'라 불리며 권력을 쥐락펴락하는 김종률과 마주 앉아 독상 차림으로 아침밥을 먹으니 만감이 교차했다. 말단 공무원으로 상사의 발끝을 핥으며 살아온 아버지 얼굴이 어른거렸다. 아버지는 김종률 앞에서는 오금이 저려 바로 서 있지도 못하리라.

김종률은 후루룩거리는 소리를 내며 해장국을 떠먹을 뿐 말을 하지 않았다. 식사를 마치고 나서 김종률의 얼굴이 갑자기 일그러졌다.

"지갑을 안 갖고 나왔네."

김종률의 말을 듣자 시현은 힘차게 일어서며 호주머니에서 돈을 꺼내 밥값을 냈다.

"아무려면 제가 밥 한 끼 못 모시겠어요?"

7

시현은 반윤식에게 김종률을 만난 사실을 보고하고 기사를 작성했다. 김종률이 현직 국무위원이 아닌데다 개헌 및 노벨상 관련업무와도 무관한 인물이어서 취재원은 일단 '전직장관인 고위소식통'으로 표기했다.

반윤식의 눈으로는 함량미달의 기사였다. 심증만 있었다. 통령 머릿속의 구상을 들추어낸 추측성 기사라 할까.

　반윤식은 통령에게 직접 확인하려고 대변인실에 단독취재를 신청했다. 이광용 대변인은 마침 같은 신문사에서 일하던 선배였다. 워싱턴 특파원, 국제부장, 정치부장 등의 경력을 바탕으로 대변인으로 발탁돼 TV에 얼굴을 자주 내미는 선배는 전화로 취재불가를 알렸다.

　"이거 미안해서 어떡하나. 잘 아시다시피 단독취재가 불가능해요. 언론사 창립 몇 주년이니 하는 명분이 있어야 가능하지. 언론사 사장명의로 정식으로 신청해야 하고 ….

　"어려운 일이니까 이 선배가 힘을 써주셔야죠."

　"내가 친정을 편애했다가는 다른 언론사에서 난리가 나지. 이해해줘."

　"선배도 이제 정부미(政府米)가 다 됐네."

　"뭐가 궁금해서 단독취재하겠다는 거야?"

　"밝히기 곤란합니다."

　반윤식은 개헌이라는 화두에 대해 고민하다 헌법학자 이범모 교수의 신문 기고문이 부쩍 자주 보이는 점을 이상하게 여겼다. 대통령 단임제의 문제점을 주로 지적하는 내용이었다. 이범모 교수의 학계 비중으로 봐서 뭔가 배경이 있다는 감이 들었다. 이 교수의 학맥을 잇는 소장학자들이 지방신문에 비슷한 내용의 글을 기고한 점도 눈에 띄었다.

　반윤식은 이범모 교수의 연구실을 찾아갔다. 법과대학이 로스쿨로 바뀐 이후 원장실은 호화롭게 변모해 있었다. 가죽소파 세트 주변에 여유공간이 충분했다. 크고 작은 화분만도 스무 개 남짓 보였다.

　"기고문을 잘 읽었습니다. 통령의 개헌추진 의지는 어느 정도입니까?"

　반윤식이 단도직입적으로 묻자 이범모는 당황해하며 대답했다.

"내가 어 … 어떻게 알 … 알겠소?"

"국민들은 개헌에 대해 매우 민감하잖습니까? 개헌이라는 말만 들어도 유신헌법, 사사오입 개헌이 연상되니까요. 이 중차대한 사안을 여론과 관계없이 누군가가 일방적으로 추진한다면 곤란합니다."

"맞아요. 충분한 공론과정이 있어야 합니다."

이범모는 말을 자꾸 빙빙 돌렸다. 반윤식이 정곡을 찌르는 질문을 다시 던졌다.

"최근에 김종률 장관을 만난 적이 있습니까?"

이범모는 안경을 벗었다 썼다 하며 대답을 회피했다.

"가끔 만나는 사이입니다만 … 언제 만났는지 기억이 가물가물하네요. 그건 왜 물으시오?"

"김 장관과 개헌문제를 함께 논의했습니까?"

"이런저런 이야기를 광범위하게 나누었지요."

"개헌문제는요?"

"내 전공이 헌법학이다 보니 자연스레 개헌에 대해 몇 마디 나누었을 뿐이오. 학술적인 차원에서 …."

"학자의 양심을 걸고 맹세할 수 있습니까?"

"어허, 반 기자, 지금 나를 신문하는 거요?"

이범모가 눈을 부릅뜨며 고성을 지르자 반윤식도 화법을 바꾸었다. 몸을 반쯤 일으켜 이범모에게 고개를 숙여 사과했다.

"죄송합니다. 취재원은 익명으로 할 테니 개헌움직임이 있는지 여부만 말씀해 주십시오."

이범모도 마음이 좀 누그러져 몸을 소파에 깊숙이 묻고 여유를 되찾았다.

"지금까지 여러 기자를 만났는데 이상하게도 성씨와 무슨 관계가 있는 것 같더라고 … 주 기자는 나를 죽이려 했고, 갈 기자는 마구 갈기는 거야. 허허허 … 반 기자가 온다기에 반기는 마음에서 맞았는데 ….”

“그럼 반겨주십시오. 하하하 ….”

이범모는 콧잔등을 실룩거리며 잠시 뜸을 들이더니 나지막한 목소리로 말했다.

“내가 할 말은 내 칼럼에 다 들어 있소.”

반윤식은 인문대학 건물로 가서 손윤상 교수 연구실에 들어갔다. 로스쿨 교수 연구실에 비해 허름했다. 낡은 목재책상에 앉아 헤드폰을 끼고 음악을 듣던 손윤상은 반윤식이 나타나자 벌떡 일어나 두 손으로 반윤식의 손을 감싸며 맞았다. 연구실 벽면에는 프랑스작가 앙드레 말로가 문화부장관 재임시절에 드골 대통령과 나란히 서서 찍은 흑백사진이 걸려 있었다.

“사회부 기자가 오신다기에 무척 궁금했습니다.”

“사회부 기자는 부담스럽습니까?”

“그렇다기보다 … 의아해서 …. 무슨 사건이나 사고가 터진 것도 아닌데요.”

반윤식은 일단 손윤상을 치켜세웠다. 여러 매체에 기고하는 칼럼을 감명 깊게 읽었다는 둥 너스레를 떨었다. 그 몇 마디에 손윤상은 무장해제가 된 표정이었다. 금세 경계를 풀고 자화자찬에 나섰다.

“인문학의 위기에 대해 일전에 쓴 칼럼 때문에 이메일로 얼마나 많은 독후감이 쇄도했는지 답장을 보내느라 애를 먹었답니다. 제 주장에 동감하는 댓글도 인터넷에 엄청나게 달렸고요.”

“저도 그 글을 읽었습니다. 대학 교양과정에 인문학 수강을 의무화하자고 강조하셨더군요.”

"문화부 장관님께서도 그 칼럼을 읽고 격려전화를 주셨어요."

반윤식은 손윤상이 '장관님'이라고 힘주어 발음하는 것을 듣고 역겨움을 느꼈다. 반윤식은 장난기가 발동되어 자신도 '장관님'이라는 말을 강조하며 물었다.

"김종률 장관님을 최근에 만나셨습니까? 노벨문학상 추진 건으로?"

이범모와는 다른 반응을 보였다. 김종률을 만난 사실을 자랑스럽게 대답했다.

"장관님께서 연락하셨기에 제가 국정에 도움이 되는 일이 있을까 하고 만났지요. 노벨문학상은 우리나라의 국격을 높일 수 있는 상 아닙니까? 제가 일조해야지요."

"김시몽 시인을 후보자로 내세운다는 게 사실입니까?"

"그건 국가 기밀사항인데…."

"시의 날 제정을 통령이 직접 발표한 것만 봐도 짐작이 가는데 국가 기밀은 무슨 기밀이겠어요?"

"그렇긴 하네요."

"구체적으로 어떤 활동을 하셨습니까?"

"유럽 출장을 한 번 다녀온 정도입니다. 프랑스, 독일, 스웨덴에 가서 문단동향을 살폈지요."

"경비는 어디서 나왔습니까?"

"김종률 장관님께서 제공했습니다. 아… 외부에 발설하지 말라고 하셨는데… 제 이름은 익명으로 해주세요."

취재를 마친 반윤식이 일어서자 손윤상은 쇼핑백 하나를 건넸다.

"제 졸저 몇 권을 담았습니다. 문화부 부장님과 차장님께도 한 권씩 드리세요."

취재원에게서 촌지니 선물이니 하는 것을 전혀 받지 않는 반윤식이지만 책까지 뿌리칠 수는 없었다. 쇼핑백을 열어보니 두툼한 책 3권이 들어 있었다. 책날개를 펼치자 '반윤식 대(大)기자님 혜존, 손윤상 稽顙'이라고 붓으로 쓴 글씨가 보였다. 연구실을 나와 책을 훑어보니 신문칼럼을 모으고 여행사진 여러 장을 넣어 만든 조품(粗品)이었다. 종이는 최고급 아트지를 사용해서 책 무게가 묵직했다.

책을 버릴까 하다가 '稽顙'이란 한자 뜻이 궁금하여 그대로 들고 회사까지 왔다. 사전을 찾아보니 '계상(稽顙)'은 '머리를 조아림'이라는 의미였다. 동의어는 돈수(頓首) ….

반윤식은 수습기자 시현이 쓴 글에다 자신의 취재내용을 종합하여 기사를 작성했다. 창간 60주년 기념호 신문의 머릿기사감을 찾느라 고심하던 신재구 편집국장은 원고를 읽고 눈을 번쩍 떴다.

"사실이라면 놀라운데 …."

신재구는 혼자 중얼거리며 원고를 다시 검토했다. 상투적인 내용의 국민의식조사 결과보다 파괴력이 훨씬 큰 기사였다. 여론조사 회사에 맡긴 국민의식조사는 분석해보니 통령 지지도가 28%에 머물고 직업별 신뢰도 항목에서 정치인이 꼴찌 수준으로 나타났다. 이런 따분한 소식을 60년 갑자(甲子)를 맞은 기념호 톱으로 어떻게 얼굴을 들고 전하랴, 하고 고민하던 차였다.

신재구는 '어전회의'라 불리는 고위 편집회의가 열리는 발행인실에 경쾌한 발걸음으로 들어갔다. 낡은 가죽소파와 초록빛 카펫은 창간 이후 한 번도 바꾸지 않았다고 한다. 퀴퀴한 냄새가 난다.

신재구는 가벼운 목례로 발행인과 주필에게 인사했다. 발행인은 신문사 사주(社主)이니 신재구가 깍듯이 머리를 조아려야 할 상대이다. 그러나 나름대로 자존심이 강한 신재구는 까닭 없이 비굴하게 처신하고 싶지 않았다.

신재구는 지면계획서를 냈다. 지면계획서는 각 면의 주요 기사제목을 정리한 표인데 1면 톱기사 자리가 비어 있었다. 성종문 주필이 안경을 벗으며 물었다.

"1면 머릿감, 못 찾았습니까?"

신재구는 인삼차에 든 잣 알갱이를 천천히 씹으며 대답했다.

"큰 물건을 하나 건졌습니다. 보안을 유지하려고 지면계획서에는 올리지 않았습니다. 기사원고가 여기에 ···."

신재구는 출력한 원고종이를 발행인과 주필에게 한 장씩 나눠주었다. 종이마다 비밀표시를 해놓아 혹시 누군가가 복사해서 유출하면 출처를 알 수 있도록 해놓았다. 신재구는 원고를 읽는 성종문의 표정을 유심히 살폈다. 기사가 되느니 안 되느니 하며 따지고 드는 주필이 오늘도 훼방을 놓을까 신경이 쓰인다. 성종문의 미간 주름이 더욱 깊어진다.

"반윤식 기자 말고 시현 기자는 누구요?"

"수습기자입니다."

"햇병아리가 이런 기사를?"

"파이팅 스피리트가 대단한 여기자입니다."

성종문은 뒤통수를 맞은 기분이었다. 언론계 30여 년 경력자가 풋내기 여기자에게 당했다는 열패감이 엄습했다. 자신이 김종률과 이범모를 만나 개헌문제를 이야기하던 상황이 떠올랐다. 이 기사가 보도되면 당시 상황을 후배에게 발설했다고 의심받을까 걱정됐다.

잠옷 차림의 김시몽은 개헌추진 특종을 담은 신문을 거실바닥에 팽개쳤다. 새벽에 일어나 조간을 읽다가 그 기사를 발견했다. 김시몽은 이광용 대변인을 전화로 불러 불호령을 내렸다.

"그런 기사가 나갈지를 미리 파악해야지, 도대체 뭐하고 있소?"

"요즘 언론사 보안체제가 하도 엄중해서 저희도 신문이 나오고 나서야 알 수 있습니다."

"각 언론사 간부를 장학생으로 관리해 귀띔을 받아야 할 것 아니오?"

"1류 언론사 간부는 포섭하기가 쉽지 않습니다."

"보도경위를 파악해 보고하시오."

"그리고 … 진상은 뭡니까?"

"당신이 진상을 알아서 뭐하려고?"

"국내외 언론들이 이 기사내용을 확인하려 벌떼처럼 달려들 텐데요. 진상을 알아야 대처하지요."

"일단 부인하시오. 사실무근이라고. 이 기사가 오보라고 …."

김시몽은 대변인의 따지는 듯한 말투가 괘씸해 전화를 탕, 끊었다. 자신이 레임덕 신세임을 실감했다. 그는 콧김을 쉭쉭 뿜으며 김종률과 통화했다.

"그 기사에 나온 고위 소식통이 김 장관이오?"

김종률은 새벽에 걸려온 통령의 전화에서 하대 말투를 들으니 부아가 치솟았다.

"모르겠는데요."

"김 장관이 일부러 흘린 것 아니오?"

"그런 일 없습니다."

"당신과 나밖에 모르는 일인데?"

행정부 고위관료로 역대 여러 통령들을 대하며 산전수전을 두루 겪은 김종률은 이 정도의 유도신문에는 걸리지 않는다. 보나마나 영부인 박수연이 알 것이고 입이 가벼운 박수연은 친정 피붙이 몇몇에게 발설했으리라. 김종률은 역공을 펼치는 게 유리하다는 판단이 들어 시큰둥한 목소리로 반문했다.

"저 말고도 누군가가 아는 분이 계실 겁니다. 생각나지 않으십니까?"

김시몽은 눈을 껌벅이며 잠시 침묵했다. 개헌과 노벨문학상 추진 아이디어는 원래 박수연의 머리에서 나왔다. 박수연을 추종하는 '7인방' 자문교수 그룹도 있으니 정보가 흘러나갈 구멍은 수두룩했다.

박수연은 여야의원을 가리지 않고 접촉했다. 여당 야당의 원외인사들까지 챙겼다. 정보기관 책임자가 정세동향을 김시몽보다 박수연에게 먼저 보고한다는 풍문이 나돌기도 했다. 박수연은 통령의 특수활동비를 자기 돈처럼 썼다.

김종률과의 전화를 끊은 통령은 침실에 들어가 박수연을 깨웠다.

"여보, 개헌기사가 났소."

눈을 부비며 일어난 박수연은 신문을 보고 김시몽에게 베개를 집어던졌다.

"이게 뭐야? 당신이 입을 여기저기 놀렸지? 통령이란 남자가 입이 그렇게 싸서야!"

"무슨 소리야? 나는 김종률 장관한테만 이야기했어."

"그 영감탱이를 어떻게 믿어? 당신 발바닥까지 훤히 아는 그런 작자와는 이제 거래를 끊어야 하는 것 아냐?"

아내의 거친 말투에 기가 꺾인 김시몽은 거실로 나와 분을 삭이느라 커피를 석 잔이나 마셨다. 아침에 열리는 국무회의에 나가기가 싫었다.

총리에게 국무회의를 대리 주재하라고 연락할까 궁리하는데 박수연이
거실로 나왔다.

"당신, 오늘 국무회의 날인데 여태까지 우두커니 앉아 뭐하고 있어?"

김시몽은 샤워실로 들어갔다. 샴푸로 머리를 감았더니 머리카락이
한 움큼 빠져 발 아래로 툭 떨어졌다. 더운 물로 헹구니 머리카락이 비
누거품과 함께 배수구를 막았다.

김시몽은 국무회의를 진행하면서 이례적으로 시를 읊지 않았다. 이
날 아침엔 그럴 기분이 나지 않았다. 핵심안건이 농어촌 구조조정 대책
이어서 농수산부 장관의 보고가 있었다. 높낮이 없는 성조에다 느릿느
릿한 말투의 보고를 듣고 있자니 짜증이 났다. 뭐라고 한 마디 할까 하
다가 참았다. 10여 분이 지나자 졸음이 왔다. 아침에 커피를 그렇게 마
셨는데도 눈꺼풀이 이렇게 무거울까.

폐회 무렵, 김시몽은 조간보도에 대해 해명할 필요가 있다고 판단했
다. 장관들끼리 수군거리는 모습을 보니 보도내용이 몹시 궁금한 눈치
였다. 김시몽은 국무위원 한 사람, 한 사람을 차례로 응시하며 발언했
다. 거짓말일수록 당당하게 말한다는 자신의 수칙을 지켰다.

"모 신문에서 보도한 개헌관련 기사는 사실 무근입니다. 신문사에 정
정보도를 요청할 작정입니다. 다만, 국민의 여망이 개헌 필요성 쪽으로
몰린다면 신중히 검토할 용의는 있습니다. 정부가 노벨문학상 수상을
위해 앞장서 뛴다는 내용도 왜곡됐습니다. 민간 차원에서 추진하는 활
동을 과장한 것으로 봅니다."

김시몽은 국무회의를 마치고 대변인을 불러 보도경위를 물었다. 대
변인은 그 시간에도 제대로 파악하지 못했다. 김시몽은 크리스털 덩어
리에 봉황 문양을 새긴 문진으로 책상을 쾅쾅 두드리며 역정을 냈다.

"당신, 그 신문사 출신이라면서 왜 이리 헤매는 거야?"

"입사한 지 한 달도 채 되지 않는 수습기자가 실마리를 물어왔다고 하니 당황스러웠지요."

"그런 코흘리개가?"

대변인은 시현의 사진을 출력한 A4 용지를 꺼내 보였다. 사진 속의 시현은 머리칼을 짧게 잘라 양쪽 귀가 훤히 드러난 모습이었다. 김시몽은 사진과 신상명세서를 유심히 살피더니 고개를 갸우뚱거렸다.

"여자인가, 남자인가?"

대변인은 자신 있는 목소리로 즉시 대답했다.

"여잡니다."

반역의 바람

1

　안가에서 혼자 저녁식사를 마친 통령은 경비팀장 홍순창을 불렀다. 홍순창은 유도 5단, 태권도 4단의 무술 고단자이면서 영어, 중국어, 일본어를 제법 구사하는 문무겸비 인재다. 체육고교에 다닐 때 전국체전에서 금메달을 땄고 지리산에서 1년간 기거하며 《무예도보통지》를 교본으로 삼아 전통무예를 수련하기도 했다. 외국어를 익힌 이유는 한국의 전통무예를 외국에 소개하기 위해서였다. 그는 20대 후반에 경찰로 특채됐다.

　홍순창이 안가 경비팀장을 맡은 직후 김시몽의 신임을 얻은 계기가 있었다. 김시몽이 안가 뒤편의 산책로를 걸을 때 멧돼지 한 마리가 갑자기 나타나 김시몽 쪽으로 돌진했다. 홍순창은 공중으로 몸을 날려 발로 멧돼지의 옆구리를 날카롭게 걷어차 쓰러뜨렸다. 멧돼지를 그대로 두었더라면 통령이 크게 다칠 뻔했다. 홍순창의 놀라운 순발력에 문약(文弱)한 김시몽은 감탄했다. 김시몽은 가끔 안가 다이닝룸에서 홍순창과 막걸리를 마시며 무술인 이야기를 들었다. 그만큼 홍순창을 총애했다.

"자네를 믿고 시키는 일이네. 은밀히 추진해야 해."

"무엇이든 하명하십시오."

김시몽은 입에서 술냄새를 풍기며 개헌기사를 보도한 신문과 시현의 사진을 내밀었다.

"국가기밀을 누설한 계집애야. 오늘밤, 잡아 와."

"알았습니다."

홍순창은 행동대원 2명을 데리고 신문사 앞에 갔다. 1명은 차에서 기다리며 언제든지 운전할 수 있도록 대기하고 다른 1명은 홍순창과 함께 신문사 앞에서 체포조 역할을 맡았다. 대기차량은 가짜 번호판을 붙인 택시였다.

홍순창은 시현을 '매끄럽게' 데려오지 못하면 중대사태로 비화할 수 있음을 짐작했다. 취재기자를 납치하는 사실이 알려지면 엄청난 파문이 생길 것 아닌가. 꺼림칙하긴 했지만 최고 통치권자의 명령이니 따르지 않을 수 없었다. 여차 하면 사용할 마취제 클로로포름 용기를 만지작거리며 신문사 앞을 배회했다.

두어 시간 기다리니 시현으로 보이는 여성이 신문사 건물 밖으로 나왔다. 남자와 함께 말을 나누며 걸어갔다. 홍순창은 그들 옆에 바짝 붙어 따라 걸으며 대화를 엿들었다. 개헌 어쩌고, 노벨상 저쩌고 하며 말하는 것으로 봐서 시현이 틀림없었다. 여성은 남자를 '반 선배'라고 불렀다. 그들은 차도를 건너더니 맞은 편 생맥주집으로 들어간다. 홍순창과 부하 행동대원은 찬바람을 맞아가며 그 앞에서 기다렸다.

자정이 가까워 오자 그들은 나왔다. 남자가 여자를 택시에 태워 주려고 빈 택시를 찾아 두리번거렸다. 홍순창은 대기하던 요원에게 연락해 그들 앞으로 차를 몰고 오라고 지시했다.

"이 손님, 불광동으로 모셔 주세요."

남자는 기사에게 행선지를 말하고 뒷좌석에 여자 혼자 태웠다.

"여기가 어디에요?"

깜빡 잠이 들었다 눈을 뜬 시현은 택시가 인적이 드문 낯선 도로를 달리자 놀라 고함을 쳤다.

"기사거리를 제보할 게 있어서 모시고 갑니다."

"내가 기자라는 걸 어떻게 아세요?"

"척 보면 알지요."

"뭐하는 분이에요? 차 당장 세워요!"

"걱정하지 말라니까요. 우리는 공무 수행중입니다."

저항했지만 소용이 없었다. 택시를 탈 때는 혼자였는데 이제 보니 오른쪽 왼쪽에 건장한 남자가 타고 있었다.

납치? 시현은 몸에 전율을 느꼈다. 이 상황을 알려야 한다는 생각이 들었다. 핸드백에 손을 슬며시 넣어 휴대전화를 더듬거렸다.

삼청공원 쪽

이 메시지를 한 손으로 쳐 용재훈에게 보냈다. 차는 구불구불한 언덕길을 따라 한참 가더니 어느 집 안으로 쑥 들어갔다.

"어서 오시오. 특종을 축하합니다."

김시몽이 느물느물한 웃음을 지으며 악수를 청했다. 시현은 500CC 생맥주 2잔을 마신 술기운이 확 달아나는 듯했다. 이 사람이 누군가.

"김시몽 통령?"

"그렇소."

정신이 번쩍 든 시현은 침착한 말투로 따졌다.

"심야에 사람을 납치해 와도 됩니까?"

"정중히 모셔오라고 했는데 … 실례가 많았소. 특종 축하주를 대접할까 하고 ….."

"오보라고 주장하셨다면서요?"

"너무 서두르지 말고 … 뭐라도 한 잔 마시면서 천천히 이야기 하십시다."

시중드는 사람을 모두 내보냈기에 김시몽이 손수 냉장고 문을 열어 시현에게 음료를 고르라고 했다. 시현은 생수를, 김시몽은 캔맥주를 꺼냈다. 김시몽은 탁자 위에 놓인 커다란 유리잔에 위스키와 맥주를 함께 부었다.

"통령과 단독회견을 한 기자가 여태까지 아무도 없었소. 오늘 허심탄회하게 모든 것을 털어놓을 테니 귀하도 내가 묻는 질문에 솔직하게 대답하시오."

"예?"

시현은 예상치 않은 제의에 놀랐다. 반윤식 선배가 애타게 단독회견을 추진했으나 뜻을 이루지 못했는데 이렇게 기회가 오다니 …. 불쾌했지만 인터뷰 기회를 마다할 수 없었다.

김시몽은 시현과 테이블에서 마주 보고 앉자마자 유리잔을 들어 단숨에 들이켰다.

"중임제 개헌을 꼬집는 투로 기사를 썼던데 … 귀하의 개인의견은 어떻소?"

"개인의견을 바탕으로 기사를 쓰지는 않습니다."

"알아요. 중임제에 대한 귀하의 의견이 어떤지 궁금해서 묻는 거요."

226

"저는 중임제 자체에는 굳이 반대하지 않습니다. 다만 특정인의 정권욕 때문에 개헌이 추진되면 곤란하다고 생각합니다."

"특정인이라면 누구?"

"잘 아시면서 왜 제게 묻습니까?"

김시몽은 주눅 들지 않고 따지는 시현의 말투와 목소리가 박수연과 꽤 닮았다는 느낌이 들었다. 영부인 박수연은 통령인 남편의 체면을 제대로 봐주지 않고 공식석상에서도 가시 돋친 말로 공격하곤 한다. 영국 총리와 만찬행사를 가졌을 때 김시몽이 서툰 영어로 인사하자 박수연이 눈에 쌍심지를 켜고 엉터리 영어 그만하라고 무안을 주기도 했다.

20대의 젊은 여기자는 어떤 의식구조를 가졌는지, 이번 기사는 어떻게 취재했는지 호기심이 당겨서 시현을 데려오라고 했다. 그러나 몇 마디 해보니 박수연처럼 딱딱거려서 부아가 돋았다. 김시몽은 슬며시 낮춤말을 쓰기 시작했다.

"노벨문학상에 대해서는 어떻게 생각하나?"

"국제적인 망신을 당할 겁니다. 문학상은 평화상과는 다르지 않습니까? 정치적 고려요소가 적어서 공작으로 해결될 일이 아닙니다."

"제3세계 국가 문인이 문학상을 받은 지 오래여서 이제 아시아 차례가 됐다는 관측이 있는데 ···."

"탁월한 문학적 업적이 있어야지요."

"김시몽 시인의 작품에 대해서는 어떻게 평가하나?"

시현은 직설적으로 혹평하려다가 아무리 그래도 시인 면전이어서 자제했다. 조잡한 클리쉐를 연결해 만든 시를 낭독하며 스스로 도취한 통령의 얼굴을 TV에서만 보다가 실제로 대면하니 당혹스러웠다.

"저는 문학을 잘 모릅니다."

시현의 단호한 말에 김시몽은 다시 박수연을 연상했다. 가슴에서 불잉걸이 치솟아 손에 잡은 술잔이 마구 흔들렸다. 술이 잔 밖으로 흘러 나왔다.

"도스토옙스키는 자신의 체험을 바탕으로 《죽음의 집에 대한 기록》이란 소설을 썼습니다. 거기서 권력자는 누구나 자기도 모르는 사이에 제어능력을 상실한다, 그것은 마침내 고질로 자리 잡는다고 갈파했답니다. 제가 질문을 드리겠습니다. 솔직하게 대답해 주십시오. 왜 개헌을 강행해서 중임하려 하십니까? 권력에 대한 집착 아닙니까?"

김시몽은 급소를 공격당한 사람처럼 얼굴을 찡그렸다. 그는 입가에 묻은 맥주거품을 손가락으로 천천히 닦은 뒤 벌떡 일어섰다. 웅변대회에 나온 연사처럼 두 팔을 들었다.

"국가와 민족을 위해서야. 통령은 어떤 역할을 하는가? 가시면류관을 쓰고, 십자가를 메고, 비아 돌로로사를 걸으며 인류를 구원하려는 지저스 크라이스트 같은 존재 아닌가? 나는 우리 민족의 웅비를 위해 이 한 몸을 제물로 바치기로 결심했어. 나의 이 순수한 애국심을 의심하는 자는 용납할 수 없어. 나를 단지 권력의 화신으로만 보는 편협한 인간은 크나큰 오류를 범하는 거야. 우리나라는 지금 역사적으로 매우 중대한 갈림길에 있어. 번영이냐, 파멸이냐, 양극단의 가능성에 대해 도전을 받고 있단 말이야. 이런 때에는 영도력이 탁월한 지도자가 나라를 이끌어야 하지 않는가. 이는 지도자 개인의 권력욕 차원이 아니라 반만 년 민족사가 요구하는 당위 아닌가."

김시몽은 눈 흰자위 부분을 크게 드러내며 열변을 토했다. 김시몽의 광기 어린 눈을 본 시현은 섬뜩함을 느꼈다.

2

글로벌 빌리지를 다녀간 전국의 영어마을 관계자는 저마다 글로벌 빌리지 비슷하게 흉내 내며 운영했다. 일부 영어마을은 꽤 성공을 거두었다. 이런 곳은 대체로 책임자가 헌신적인 인물이었다. 이들은 인재를 키우는 데 재미를 붙였다. 단순히 영어교육만을 하는 게 아니라 자기계발 전반에 걸쳐 성과를 내는 데 역점을 두었다.

아예 정착해 살겠다며 이사 오는 주민들이 늘어나는 마을도 있었다. 이런 마을은 자연스레 이스라엘의 키부츠처럼 공동체 촌락으로 발전할 조짐을 보였다. 두희송은 그런 마을 책임자에게 자신의 키부츠생활 체험을 소개했다. 주로 긍정적인 면을 얘기했다.

먼저 두희송은 자신이 프랑스 외인부대에서 쫓겨나던 상황을 털어놓았다.

"몽블랑 산에서 고된 산악훈련을 마친 뒤 위무(慰撫) 차원에서 다트 던지기 대회가 열렸습니다. 우승상금이 꽤 컸어요. 경기결과, 단골 우승자이던 아이티 출신의 하사가 저에게 무릎을 꿇었답니다. 조금 과장하자면 저는 그때 날아다니는 모기의 날개를 맞힐 정도의 기량을 가졌지요. 그 하사가 제게 앙심을 품고 자잘한 해코지를 하더군요. 제가 아랑곳하지 않고 대처하니까 그 자는 저를 마약 복용자로 밀고했답니다. 제가 미숫가루를 물에 타먹는 것을 보고 마약이라 의심한 것입니다. 저는 헌병대에 끌려가 강도 높은 조사를 받았지요. 먹다 남은 미숫가루가 증거물로 압수됐는데 어처구니없는 감정결과가 나왔어요. 그 가루에서 마약성분이 검출된 것입니다. 그 놈이 제 미숫가루에 마약을 슬쩍 넣었는지 알 수는 없지만…지금 생각해도 어이없고 억울한 일입니다."

두희송은 강제전역을 당하고 방황하던 시절에 파리시내 카페에서 어느 여성을 만나는 장면을 회상한다. 두희송의 체험을 전해 듣는 사람들은 손에 땀을 쥔다.

8등신 금발미녀인 그녀는 요가강사였다. 신비주의자인 그녀가 어느 날 키부츠에 가서 함께 살자며 졸랐다. 지상낙원이라는 말에 귀가 솔깃하여 그곳에 갔다. '초라'라는 이름의 키부츠로 텔아비브공항에서 자동차로 2시간가량 걸리는 곳에 있었다. 목초지를 조성해 젖소를 키우고 봉제공장에서 옷을 만들어 살아가는 촌락이었다.

두희송은 거기서 젖소 목욕시키는 일을 맡았다. 젖소 몸에서 나는 구릿구릿한 냄새에 적응하는 데만도 서너 달이 걸렸다. 낮에는 땀 흘려 일하고 밤에는 마을 문화센터에서 연극을 공연하는 재미에 빠졌다. 두희송은 〈햄릿〉 공연에서 햄릿 역에 출연하기도 했다.

두희송은 공동생산, 공동분배 원칙을 실천하며 공동체 의식을 다지는 키부츠생활에 만족감을 느꼈다. 그러면서 1년여를 보냈다.

연극 동아리 회원 가운데 우크라이나 출신의 치과의사가 두희송에게 추근추근 달라붙었다. 늘 의뭉스러운 웃음을 짓는 그는 게이였다. 두희송은 질겁하고 피했으나 화장실 앞에까지 따라오는 등 스토킹은 갈수록 심해졌다. 언젠가는 풀밭 위에 누워 낮잠을 자고 있는데 뭔가 역한 냄새가 느껴져 눈을 떴더니 그 녀석이 두희송 자신의 입술을 마구 빨고 있는 것이 아닌가. 어느날 저녁, 두희송이 샤워를 마치고 탈의실에 와보니 바구니에 넣어둔 옷이 사라졌다. 알몸으로 오도 가도 못하고 한동안 속을 태웠다. 그 게이 녀석이 두희송의 옷을 훔쳐 입고 나간 것이었다.

두희송은 그 녀석 때문에 키부츠에 대한 정나미까지 떨어졌다. 짐을 싸들고 야반도주하듯 홀연히 키부츠를 떠났다. 파리로 돌아온 직후에 레스토랑에서 일하다 전지연을 만났다.

두희송의 이야기를 들은 영어마을 대표자 가운데 건설회사 임원 출신인 서수종이라는 인물이 있었다. 그는 자신의 마을을 키부츠처럼 꾸미려고 구체적인 계획을 추진했다. 그의 영어마을에서는 청소년에게 《천자문》, 《동몽선습》 등 한학도 가르쳤다. 그는 이스라엘의 여러 키부츠를 비롯해 미국의 에미쉬 마을, 인도의 오로빌 등 대안적 생활공동체를 견학했다.

귀국 직후 그는 오로빌이 더 마음에 든다고 밝혔다. 미국 에미쉬 마을은 요즘도 전기를 쓰지 않고 유기농법으로 농사를 짓지만 관광객들이 너무 많이 몰리는 바람에 전통가치가 훼손된 것으로 보였다.

"인도 남부 끝자락에 있는 오로빌이라는 작은 도시에 1968년 세계 124개국 사람들이 모였지요. 환경을 보전하며 더불어 행복하게 살 수 있는지 실험하기 위해서였답니다. 현재 오로빌에는 40개국 출신의 주민 2천여 명이 삽니다. 종교, 국적, 인종, 계급, 나이 구분 없이 평화롭게 지내지요. 주민들은 사막을 녹초지로 바꾸고 해, 물, 바람을 이용한 신재생에너지를 거의 개발했더군요. 화폐가 없는 자급자족 경제도 오로빌의 특징입니다."

서수종은 미국의 명상가 헨리 데이비드 소로가 지은 《시민의 불복종》이라는 책을 읽고 감명을 받아 자신의 공동체마을 주민에게 납세 거부의식을 심었다.

"1846년 7월 소로는 인두세를 내지 않았다는 이유로 투옥됐습니다. 당시 미국은 멕시코와 전쟁을 벌였고 노예제도를 폐지하지 않았지요. 소로는 비도덕적인 정부에는 세금을 내지 않는 것이 정당하다고 확신했습니다. 그는 그런 정부가 통치할 때 의인(義人)이 머물러야 할 곳은 감옥이라면서 의연한 태도를 보였지요."

서수종은 김시몽 통령 정부의 비리가 줄줄이 알려지자 소로의 결단을 따르기로 결심했다. 학창시절에 운동권과는 담을 쌓았던 서수종으로서는 놀라운 변신이었다. 명문대학을 나와 대기업에 취직해 고액연봉을 받으며 안온하게 살아가는 게 소망이었던 그는 임원으로 승진하면서 인생관이 달라졌다. 회사 오너의 지시로 권력자들에게 정치자금을 갖다주는 심부름을 하다가 어느 날 갑자기 그렇게 인생을 살고 싶지 않다는 충동을 느꼈다. 대학시절에 그에게 늘 콤플렉스를 주었던 고교동기생 최진형 의원을 만나면서 그런 결심이 더욱 굳어졌다.

정치학과에 수석 합격했던 청년 최진형은 운동권의 스타였다. 짙은 눈썹에 오뚝 솟은 콧대를 가진 미남이어서 별명이 '최 게바라'였다. 시위 때마다 선봉에 서서 구호를 외쳤고 국가보안법 위반, 집시법 위반 등으로 교도소를 들락거린 확신범이었다. 인천의 어느 공장에서 선반공으로 일하며 노동운동을 주도하기도 했다. 건축공학과 학생 서수종은 최진형의 무용담을 들을 때마다 소시민적 행복을 추구하는 자신의 소심함에 얼굴을 붉혔다.

신입사원 시절에 서수종은 인천 연안부두에 애인과 함께 데이트를 하러 갔다가 횟집 앞에서 우연히 기름때 절은 작업복 차림의 최진형을 만났다.

"최 게바라!"

"야, 꽁생!"

"너 고생이 많지? 소문 들었다."

"고생은 무슨… 재벌 머슴살이하는 네가 더 고생하겠지."

별명이 '꽁생'인 서수종은 대기업 사원을 머슴에 비유하는 최진형의 발언에 마음이 상했다. '꽁생'은 꽁생원 또는 공대생에서 유래된 별명이었다. 서수종의 애인은 그런 최진형을 빨갱이라며 다시는 만나지 말라고 윽박질렀다.

세월이 흘러 민주화가 이루어지자 최진형은 정치인의 길을 걸었다. 민주화에 참여하지 못한 부채의식 때문에 서수종은 최진형 후원회 앞으로 몇십만 원 단위의 정치후원금 정도는 흔쾌히 보냈다. 최진형은 고향에서 내리 세 번이나 국회의원으로 당선됐다. 중진 정치인으로 성장하면서 주요 당직도 맡았다. 신문이나 TV에 최진형의 얼굴이 나올 때마다 서수종의 아내는 데이트 시절을 회상하며 빈정거렸다.

"당신은 아직도 머슴살이 … 최 게바라는 금배지 달고 떵떵거리는데… 어이구, 꽁생하고 평생 살려니 답답해서 …."

서수종이 오너 심부름으로 최진형 의원을 찾아갔을 때다. 번쩍이는 금테 안경을 쓴 최진형은 목에 힘이 잔뜩 들어 있었다. 심부름 내용은 최진형의 자형이 운영하는 한민족문화연구재단에 기부할 돈을 협상하는 것이었다. 말이 좋아 기부이지 사실상 강제로 뜯기는 것이었다. 서수종이 금액을 밝혔더니 최신형은 눈살을 씨푸렸다.

"그 갈가위 노인네, 꽤씸하네. 부실공사로 왕창 번 돈을 이런 재단에 기부해야 사회에 환원하는 거지. 안 그래, 꽁생?"

서수종은 오너를 존경하지는 않는다. 관급공사를 따느라 뇌물을 밥 먹듯 자주 바쳤고 부실공사를 일삼으며 기업을 키운 인물이었다. 그러나 종업원의 목을 함부로 자르지 않고 첨단공법에 대한 연구개발에 거액을 투자하는 등 기업인 본연에 충실한 측면도 지녔다. 해외공사에서는 뇌물을 주지 않아도 되므로 설계도대로 철저하게 시공하도록 엄명을 내렸다. 골수 악덕기업인은 아니었다.

서수종은 최진형의 변신에 실망했다. 젊은 날의 초상(肖像)이 사라졌다. 서수종은 '검은 돈'이나 배달하는 자기자신에게도 실망했다. 그래서 50세 생일에 돌연 회사에 사표를 냈다.

서수종은 백수생활 1년 동안 철학, 역사, 환경, 천문학 등을 공부했다. 국립도서관이나 국회도서관에서 책을 빌려봤다. 연구공간 수유+너머, 문지사이, 철학아카데미 등 민간 인문학연구소에서 열리는 여러 강좌도 흥미롭게 들었다. 특히 '수유+너머'라는 독특한 이름의 연구공간에서는 공부하러 모인 사람들이 함께 밥을 해먹고 공동체 삶을 영위하는 데서 감명을 받았다. 이런 곳의 수강생들은 눈빛부터 달랐다. 지식에 대한 목마름으로 매우 진지한 자세로 강의를 경청했다. 학점을 따려고 억지로 대학에 다니는 학생들의 행태와는 사뭇 달랐다.

서수종이 노모를 뵈러 고향에 갔을 때다. 마침 고향에 세워진 영어마을의 책임자가 공금을 떼먹고 달아난 사건이 일어났다. 고교 동창생 몇몇이 서수종을 그 영어마을 운영책임자로 추천했다. 서수종은 뜻밖에 고향에서 만년을 보내며 영어마을을 개혁하는 책임을 맡은 것이다.

서수종은 김시몽 처족의 비리에 비분강개했다. 김시몽이 이끄는 정부에 세금을 내고 싶지 않았다. 인터넷 카페에 납세거부운동 사이트를 만들어 전국적인 운동으로 확산하려 애썼다. 서수종의 고교 동기생 가운데 오명근이라는 노동운동가도 납세거부운동에 동참했다. 서수종이 보기엔 오명근이야말로 진정한 실천형 진보주의자였다. 귀족노조를 경계하며 평생 허름한 작업복을 입고 열악한 환경에서 일하는 운전기사들을 위해 헌신했다. 최진형처럼 적절하게 변신했다면 노동부장관 자리에도 앉았을 만한 인물이다. 권좌(權座)를 탐하지 않는 오명근이야말로 서수종의 눈에는 거들먹거리는 고관대작보다 훨씬 존경스런 인물로 비쳤다.

국세청은 납세거부운동을 공권력에 대한 심각한 도전행위로 간주하고 지리산 부근에 자리 잡은 서수종의 영어마을에 대해 세무조사를 벌였다. 탈세 꼬투리를 잡아 서수종을 고발했음은 물론이다. 서수종도 소로처럼 의연한 자태로 교도소로 갔다.

국세청은 서수종의 배후인물로 두희송을 지목해 '르 꼬르보 다르장'에 대해서도 세무조사를 벌였다. 두희송의 레스토랑은 털어도 먼지가 나지 않았다. 국세청의 고민을 검찰은 한칼에 해결해 주었다. 반(反)국가 사범으로 기소할 수 있다는 의견을 냈다. 신성한 납세의 의무를 무의미하다며 납세거부를 부추기는 행위는 국기(國基)를 흔드는 중대범죄라는 해석을 내놓았다.

사건을 맡은 신지예 검사는 두희송을 구속수사하라는 부장검사의 지시에 이견(異見)을 내비쳤다.

"지금 복역중인 서수종이 여러 국민들 사이에 의인(義人)으로 미화되고 있습니다. 진보 언론매체들은 그를 '한국의 소로'라고 부르지요. 두희송을 구속한다면 그는 단박에 '국민영웅'으로 부상할 것입니다. 대한민국 검찰이 일개 식당주인을 영웅으로 띄워 줄 필요가 있을까요? 또 구속영장을 청구했다가 법원이 기각하면 검찰이 망신당합니다. 제 관견(管見)을 너그러운 마음으로 검토해 주십시오."

호주 출신 여배우 니콜 키드만을 닮은 미모의 여검사가 생글생글 웃으며 이렇게 말하자 늘 뚱한 부장검사도 동의하지 않을 수 없었다. 신지예의 의견을 짓밟았다가는 좁쌀뱅이로 손가락질 받을 게 뻔해 짐짓 호탕한 웃음을 터뜨렸다.

"하하하, 좋아요. 그럼 불구속수사로?"

"일단 임의동행해서 그 자(者)가 어떤 인물인지부터 파악할까 합니다."

"그렇게 하세요. 소문을 듣자 하니 그 양반이 힘도 꽤 쓴다고 하던데… 몸놀림이 재빠른 수사관들을 보내세요. 말이 임의동행이지 여차하면 허리춤을 붙잡고서라도 끌고와야지요."

"가혹행위 논란이 없도록 최대한 예우하겠습니다. 배후에 이적단체가 연결됐는지 확인하는 데 초점을 둘 것이며 그 자의 여자관계, 금권관계

등 사생활 부문도 조사하겠습니다."

3

광화문 네거리, 동(同)시대인의 강렬한 욕망이 응축된 곳….

직장인들이 빠른 걸음으로 교보빌딩 앞을 걷는 모습을 보며 용재훈은 그런 상념에 젖었다.

용재훈은 시현에게 전화를 걸었다. 무응답이다. 심야에 받은 문자메시지에는 삼청공원 쪽으로 간다고 했는데…. 신문사에 전화를 걸었다.

"시현 기자요? 아마 어디에선가 취재하고 있을 겁니다."

전화를 받는 기자는 대수롭지 않게 말했지만 낌새가 이상했다.

용재훈은 일단 삼청공원을 향해 걸었다. 행인들이 뜸했다. 길가 주택을 개조해 레스토랑으로 영업하는 곳이 즐비했다. '르 꼬르보'라는 간판을 단 레스토랑이 보였다. 용재훈은 '르 꼬르보 다르장'이 떠올라 두희송에게 전화를 걸었다.

"사장님, 별 일 없으시죠?"

"뭔가 이상해. 아침에 종빈이 아버지가 전화를 걸어왔어."

"도청 대변인요?"

"그래, 황영국 씨 말이야. 조심하라고 일러주더군. 정보보고가 올라왔는데 무슨 기관에서 나를 노린다는 거야."

"사장님이 무슨 잘못을 저질렀는데요?"

"그 있잖아. 납세거부운동…."

"놈들이 냄새를 맡았나 보군요."

"너도 조심해라. 지금 어디냐?"

"삼청공원 쪽으로 가고 있어요."

"거기는 왜?"

용재훈은 시현이 메시지를 보내온 상황을 알려주었다.

용재훈은 길가 구멍가게에서 바나나 우유를 사서 빨대로 천천히 빨아 마시며 걸었다. 공원을 지나 완만한 언덕을 올라가자 울창한 숲속으로 향하는 샛길이 나타났다. 좁은 길이지만 새까만 아스팔트로 잘 포장돼 있었다. 아스팔트에서 반들반들한 윤이 나는 것으로 보아 길을 닦은 지가 얼마 지나지 않은 듯하다. 혼자 산책하고 싶은 충동이 생길 만큼 호젓한 분위기를 지닌 길이다.

유리창에 시커먼 셀로판지를 붙인 승용차가 나타나 빠른 속도로 그 샛길로 달려갔다. 용재훈도 그 차를 따라 빨려가듯 걸었다.

'통행금지'란 표지가 나타났다. 용재훈은 시현이 저 표지판 너머에 있을 것 같다는 막연한 예감이 들었다.

"거기서 뭐하는 거요?"

사각턱이 두드러진 사내가 용재훈에게 소리쳤다.

"산책을 하다가….."

"통행금지 구역이오. 돌아가시오."

위압적으로 말하는 사각턱의 말투에서 하급 권력집행자 특유의 냄새가 풍겼다. 용재훈은 은근히 부아가 치밀어 올랐다.

"저기 뭐가 있는데 못 들어갑니까?"

"당신 같은 사람은 못 들어가는 곳이오."

"나 같은 사람이라니?"

화가 난 용재훈이 따지듯 물었다. 사내는 송곳눈으로 쏘아보며 목청을 높였다.

"개나 소나 들어가는 곳이 아니라니까. 얼른 꺼져!"

"뭐? 개? 소?"

용재훈이 순간적으로 화를 참지 못하고 사내의 멱살을 잡았다. 미처 멱살을 흔들기도 전에 사각턱은 재빠른 반응을 보였다. 그는 용재훈의 다리를 날카롭게 걸어찼다. 무술 전문가의 솜씨였다. 용재훈이 나동그라지자 사내는 용재훈의 허벅지에 발길질을 했다. 대여섯 번 걸어찼을 때 승용차 한 대가 굴러 들어왔다.

"뭐야?"

차에서 내린 30대 중반의 남자가 굵직한 목소리로 따져 물었다.

"수상한 녀석이 행패를 부리기에 제압했습니다."

용재훈이 엉거주춤 일어서자 남자는 용재훈의 턱 끝을 손바닥으로 탁, 올려 치며 물었다.

"당신, 어디에서 왔어?"

용재훈은 모욕감을 느꼈다. 피의자에게 따지는 말투다.

"어디에서 오기는? 우리 집에서 왔지."

용재훈은 일부러 퉁명스럽게 반말로 대답했다.

"이 자식이 …."

남자는 용재훈의 얼굴을 향해 주먹을 날렸다. 용재훈은 반사적으로 허리를 옆으로 젖혀 주먹을 피했다. 아까 사각턱에게 기습당했기에 주의를 기울이던 디였다. 남자는 주먹에 이어 빌차기로 용재훈을 공격했다. 용재훈은 그의 발차기도 피했다. 그가 헛발질 탓에 몸의 균형을 잃은 짧은 틈을 타 용재훈은 주먹을 힘껏 뻗었다.

퍽!

용재훈의 우람한 오른손 주먹이 남자의 얼굴에 정면으로 꽂혔다. 남자의 코가 뭉개지며 콧구멍에서 핏덩어리가 터져 나왔다.

"앗, 팀장님!"

사각턱이 고함을 치더니 오른발 돌려차기로 용재훈의 허리를 강타했다. 용재훈이 비틀거리자 멀리 서 있던 또 다른 20대 사내가 달려와 용재훈의 두 팔을 뒤로 꺾어 손목에 수갑을 채웠다.

"팀장님, 이 자식을 혼내십시오."

사각턱이 용재훈을 홍순창 팀장 앞에 상납하듯 끌고 왔다. 손수건을 꺼내 피범벅이 된 코를 닦은 홍순창은 주먹을 불끈 쥐고 용재훈의 얼굴과 배에 10여 대의 펀치를 날렸다. 그래도 분이 풀리지 않았는지 무릎을 곧추세워 올리며 용재훈의 명치를 가격했다.

"윽!"

용재훈이 비명을 지르며 땅바닥에 축 늘어졌다.

"저 놈 소지품을 검사해 봐."

홍순창의 지시에 따라 부하들은 용재훈의 호주머니를 뒤졌다.

"핸드폰, 신문쪼가리, 돈 몇 만원, 문고판 책 한 권이 전부입니다."

"주민등록증은?"

"아무 쯩이 없는데요."

홍순창은 용재훈의 소지품을 건네받았다. 개헌추진 기사를 오려낸 신문인데 시현 기자 이름 위에 노란색 형광펜을 칠해놓았다.

"너, 시현과 무슨 관계야?"

홍순창은 용재훈의 뺨을 꼬집으며 물었다. 정신이 혼미해진 용재훈은 아무 대답을 하지 않았다. 용재훈의 눈두덩에는 먹피가 쫙 깔렸다. 홍순창은 용재훈의 휴대전화 문자메시지를 살폈다. 시현이 보낸 글이 보였다. 삼청공원 쪽….

"저 놈, 끌고 들어가!"

4

암브로시오 신부의 생일잔치에 쓸 시루떡을 만들려고 두희송은 쌀을 깨끗이 씻었다. 신부님의 연세가 얼마인지 기억이 가물가물했다. 여든 조금 넘었나? 시루떡 케이크에 꽂을 양초 개수를 짐작키 어려웠다. 저녁에 열기로 한 파티에는 소피아 누님 부부도 온다고 했다. 떡고물로 쓸 팥은 텃밭에서 수제자 황종빈과 함께 기른 것이다. 큰 솥에 팥을 넣어 삶고 있을 때였다. 두희송은 레스토랑 안에 들어온 30대 남자의 실눈 사이에 담긴 적대심을 읽었다.

"검찰에서 왔습니다."

"무슨 일입니까?"

"의견을 여쭐 게 있으니 동행하시지요."

정중한 말씨였다. 실눈 사내는 고개를 숙이며 신분증을 제시했다. 점잖은 신사였지만 끝이 뾰족한 사내의 치아는 맹수 이빨을 닮았다. 그의 등 뒤에는 스포츠머리를 한 근육질 사내가 서 있었다. 두희송은 불안에 떠는 아내를 쳐다보면서 눈을 찡긋하며 웃었다.

"잘 다녀올게. 신부님 생신, 잘 모셔."

두희송은 검찰수사관의 승용차를 타고 서울로 향했다. 임의동행이지만 이들의 눈초리로 봐서 사실상 강제구인이었다. 나중에 무슨 구실을 붙여서라도 올가미를 씌울 게 뻔했다.

순순히 끌려갈 수는 없다….

두희송은 차 안에서 내내 탈출하는 작전을 구상했다. 서수종이나 소로처럼 수감되고 싶지 않았다. 정의롭지 않은 공권력에 저항하고 싶었다. 맹금(猛禽)은 창공을 날아야지…. 은빛 까마귀가 좁은 새장에 갇힐

수 없지….

　고속도로 휴게소를 몇 개나 지나쳤다. 한 번도 쉬지 않고 곧장 달려 서울 서초동 검찰청사로 왔다. 주차장에 도착하니 빈 공간이 없었다. 운전대를 잡은 스포츠머리 사내가 짜증을 냈다.

　"에이, 아무 데나 세워야지."

　차는 민원인 주차장에 들어서 멈추었다. 차에서 내리자 수사관들은 두희송의 팔을 한쪽씩 움켜쥐었다.

　두희송은 프랑스 외인부대의 훈련병 시절에 탈출훈련을 집중적으로 받았다. 적군에 잡혔을 때 상대를 처치하는 동작을 수없이 반복해서 익혔다. 이번처럼 양쪽에서 팔을 잡힐 때 벗어나는 동작도 수백 번 되풀이한 바 있다. 주차장 평지를 벗어나 계단에 오를 때 두희송은 갑자기 깡충 뛰었다가 주저앉았다. 그 출렁임 때문에 실눈과 스포츠머리가 계단에서 나둥그러졌다.

　"어이쿠!"

　수사관들이 코를 시멘트 계단에 박으며 엎어지자 두희송은 그들의 허벅지를 뭉툭한 구둣발로 한방씩 걷어찼다.

　"읔!"

　두희송은 재빨리 주차장 쪽으로 달렸다. 모터사이클을 탄 피자배달부가 보였다. 부릉부릉…. 그 청년이 시동을 걸기에 모터사이클 뒤편에 얼른 올라탔다.

　"갑시다!"

　일련의 동작은 순식간에 이뤄졌다. 숙련된 사람만이 부릴 수 있는 묘기였다. 두두두…. 경쾌한 엔진소리를 내며 모터사이클은 질주했다.

　검찰청사를 빠져나가려는 참에 경비원들이 모터사이클이 나가지 못하도록 정문을 닫고 있었다. 두희송을 놓친 수사관들이 정문 쪽으로 연락을 한 모양이었다.

쿵!

모터사이클은 가속도를 줄이지 못해 철제정문을 들이받았다. 피자배달부와 두희송의 몸이 공중으로 붕 떴다.

퍽! 퍽!

이들은 땅바닥에 나둥그러졌다. 두희송은 얼른 일어나 정문을 타고 넘었다. 30여 미터 앞 도로에 빈 택시가 보여 손짓을 하며 달려갔다. 두희송은 그러다가 갑자기 풀썩 쓰러졌다. 오른쪽 발목이 골절됐는지 극심한 통증이 왔다.

"거기 서!"

수사관의 목소리가 뒤에서 들렸다. 두희송은 기어가다시피 해서 겨우 택시를 탔다.

5

시현은 김시몽과 샐녘까지 토론했다. 시현이 보기에 김시몽은 조울증 증세가 있었다. 조증 상태일 때는 다정다감하다가 울증 상태에 빠지면 주사(酒邪)를 부리며 눈에 초점을 잃었다. 자신의 유년시절을 회상할 때는 충혈된 눈에서 눈물을 뚝뚝 흘렸다. 새벽 3시쯤 출출해진 배를 채우려 김시몽이 라면을 끓이겠다고 했다.

"안가에도 라면이 있습니까?"

"내가 좋아해서 몇 박스 갖다 놓았어."

"제가 끓일게요."

"아냐, 귀하는 손님이니 가만히 앉아 있어. 내가 이래 뵈도 라면 끓

242

이는 솜씨만큼은 국보급이라고."

김시몽이 손사래를 치며 말리는 바람에 시현은 주방에 들어가지 못했다. 잠시 후 김시몽이 누런 냄비를 들고 나왔다. 뚜껑을 여니 김이 솟으며 쫄깃한 면발이 드러났다. 시현과 김시몽은 냄비를 가운데 두고서 머리를 맞대고 먹었다.

"맛이 어때?"

"좋네요."

김시몽은 후루룩 소리를 내가며 게걸스럽게 먹었다. 냄비를 들어 남은 국물을 죄다 마셨다. 그의 콧잔등에는 땀방울이 솟았고 콧구멍에서는 허연 콧물이 흘렀다.

포만감으로 약간의 여유를 가진 그는 자신의 어린 시절을 털어놓았다. 요약하자면 갖은 풍상우로(風霜雨露)를 이기고 살아왔다는 것이다.

"시골동네의 저잣거리에서 자랐지. 어머니는 국밥집을 했고….'

짓궂은 남자손님들이 국밥집 쪽방에서 홀로 사는 어머니를 희롱하는 광경을 수없이 보았다. 기둥서방 노릇을 하며 서너 달이나 공짜밥을 먹고도 어머니 등허리를 후려 패는 배은망덕한 놈팡이도 여럿을 봤다. 장롱 속에 둔 돈다발을 훔쳐 달아난 외삼촌 때문에 어머니가 농약을 마시고 자살소동을 벌이기도 했다. 툭하면 동네건달들을 데리고 와 공밥, 공술을 먹는 지서 주임에게 어머니가 눈살을 찌푸렸다가 오히려 뺨을 맞는 장면도 목도했다. 어린 아이가 이런 어른 개차반들과 맞설 수는 없었다. 아이는 도화지에 '원쑤'들의 얼굴을 그렸다. 그 그림을 들고 뒷동산에 올라갔다. 그림을 펼쳐 놓고 작은 돌을 수백 번 던져 화풀이를 했다. 그런 다음 바위를 끙끙거리며 들어 올려 그림을 내리쳤다. 마지막 의식은 화형식. 주머니에 넣어간 성냥으로 그림을 불태운다. 불꽃 속에 타들어가는 악당들을 바라보며 아이는 카타르시스를 느꼈다. 이런 일을 반복하면서 아이는 화형식을 일종의 정의로운 의식(儀式)으로 여기게 됐다. 아이는 폭군 네로가 로마를 불태우며 감격하는 영화장면을 보고 네로를 본받고 싶은 충동을 느꼈다.

어머니의 소망은 아들이 남의 발바닥을 핥지 않고 살아가는 것이었다. 고단한 일상을 이어가는 어머니는 두 가지 낙을 가졌다. 첫째는 성당에 가는 것, 둘째는 전 과목을 '수'로 도배질한 아들의 성적표를 보는 것.

아버지가 누군지 모르는 김시몽은 인간과 사회에 대한 적개심을 품고 성장했다. 머리가 굵어지면서부터는 사회를 밑바닥부터 바꿔야겠다는 열망에 사로잡혔다. 어렵게 대학에 입학한 후에는 공부보다는 좌파운동에 몰두했다. 동아리 선배에게서 가끔 용돈을 얻어 썼는데 이 때문에 용공혐의를 받았다. 그 돈의 출처가 북쪽 공작금이라는 것이다. 그 선배가 간첩혐의로 구속되는 바람에 김시몽도 쫓기는 몸이 되었다.

은오산에 은신한 김시몽은 고시준비생들과 함께 기거했다. 그 가운데 김종률과 친하게 지냈다. 김종률의 권유로 고시공부를 시작했다. 김종률 부친의 배려로 용공 건에 대해서는 무혐의 처분을 받았다.

김시몽은 운이 좋게도 큰 어려움 없이 사법고시에 합격했다. 과목마다 예상문제를 정리했는데 거기에서 대부분 출제된 덕분이었다. 김시몽은 검사장의 딸 박수연과 결혼해 장인 후광을 업고 출세가도를 달렸다. 부장검사 시절에 정치입문을 위해 사표를 내고 변호사로 개업했다. 인권변호사라는 이미지를 구축하려고 세인의 주목을 끌 만한 사건이면 무료변론에 나섰다. 그럴 때마다 신문에 큼직한 인터뷰가 나갔다. 진보성향의 여러 사회단체에 관여하며 대중적인 지명도를 높였다. 국회의원 선거에서 차점자와 큰 표 차이로 당선됐다. 재선, 삼선에 이어 도지사 선거에서도 전국 최다득표율로 이름을 떨쳤다.

244

김시몽은 선거 때마다 순수한 이미지를 부각시키는 전략을 썼다. 인간주의, 생명사상, 녹색정책, 문화 중심주의 등 듣기엔 그럴 듯하지만 별 알맹이도 없는 공약을 내걸면서 맑고 깨끗한 시심을 지닌 '시인정치인'임을 강조했다.

대중유세에서나 TV 토론회에서 김시몽은 강세를 보였다. 차분히 설명하는 말투, 해맑게 보이는 눈망울 등이 부각된 덕분이다. 김시몽은 자신을 정의의 실천자로, 정적(政敵)은 탐욕스런 정상배로 자리매김하는 데 놀라운 재능을 보였다. 정책이 실패할 때마다 그 원인을 기득권층의 탓으로 돌렸다. 자신에게 권한을 더 주면 새로운 판을 짤 수 있다고 호언했다. 정치에 염증을 느낀 유권자들은 김시몽이 가시적인 성과를 내지 못했는데도 혹시나 하는 마음에서 그를 다시 선출했다. 김시몽은 그런 바람을 타고 통령선거에서까지 승리했다.

"아, 민족의 위대한 영도자 김시몽!"

김시몽은 두 팔을 벌리고 그렇게 외치며 벌떡 일어섰다. 그는 입을 크게 벌려 숨을 고른 뒤 시현 쪽으로 시선을 돌렸다.

"나보고 아버지라고 불러 볼래?"

"무슨 말씀이세요?"

"너 또래 처녀를 보니 죽은 딸아이가 생각나서⋯."

김시몽은 눈에 눈물이 그렁그렁 맺혔다. 그의 무남독녀는 초등학교 5학년 때 혈액암으로 숨졌다고 한다. 딱한 사정을 듣고 보니 시현도 마음이 약해졌다. 아무리 그래도 실제 아버지가 살아있는데 남에게 호부(呼父)할 수는 없었다.

김시몽은 감정기복이 심했다. 조금 전에 순수한 낭만파 시인처럼 눈물을 흘리더니 큰 유리잔에 든 술을 들이켠 직후엔 프랑켄슈타인처럼 포악한 괴물로 변신했다. 대뜸 시현을 품에 안고 괴성을 질렀다.

"네 이년! 어서 상감마마를 뫼시어라!"

기습을 당한 시현은 김시몽의 가슴을 쥐어뜯으며 빠져나왔다.

"뭐하는 짓이에요?"

"천한 계집년! 네가 감히 ….."

김시몽은 다시 시현을 끌어안았다. 시현은 빠져나오려 발버둥 쳤다. 엎치락뒤치락하는 과정에서 시현의 블라우스가 찢어져 어깨 맨살이 드러났다. 김시몽은 음흉한 웃음을 짓더니 혀를 날름거리며 시현의 어깨와 가슴을 핥았다.

철썩!

시현의 손이 김시몽의 뺨을 후려쳤다. 프랑켄슈타인은 그래도 아랑곳없이 침을 흘리며 혀를 놀렸다. 철썩, 철썩, 철썩 ….

"아악!"

김시몽의 비명이 안가 안팎을 진동했다. 시현이 그의 검지를 물어버린 것이다.

비명을 듣고 달려온 사각턱의 당직 경호원은 혼비백산했다.

"각하, 웬일입니까?"

선혈이 뚝뚝 떨어지는 손가락을 움켜쥐고 김시몽이 고통을 못 이겨 바닥에 뒹굴었다. 상반신이 벗겨진 시현의 몸과 블라우스도 피투성이였다.

"저 독한 년을 가두어 둬."

"주치의를 곧 부르겠습니다."

김시몽은 경호원의 부축을 받으며 다이닝룸에서 나갔다. 시현은 사각턱 사내의 손에 끌려 통령의 서재에 감금됐다.

시현은 외부와 차단된 상태로 통령의 서재에서 낮시간을 보냈다. 찢어진 블라우스를 벗고 벽 옷걸이에 걸린 김시몽의 티셔츠를 입었다. 약간 헐렁했지만 입을 만했다. 거울 앞에 선 시현은 턱, 어깻죽지, 목, 가슴패기 등 곳곳에 난 피멍, 이빨자국을 보고 분노와 상실감에 몸을 떨었다.

얼마 후 정신을 차린 시현은 김시몽이 어떤 책을 탐독하는지 궁금해서 서가를 유심히 살폈다. 정치인 자서전과 회고록이 유난히 많았다. 처칠, 루스벨트, 링컨, 마오쩌둥, 호치민 등에 관한 국내외 서적들이 눈에 띄었다.

김시몽이 시인이라지만 문학책은 별로 없었다. 김시몽 자신의 시집을 쌓아놓은 옆에 한용운, 서정주, 조지훈 등 대가급 시인의 시집 몇 권이 서가 한쪽을 차지하고 있을 뿐이었다. 대가들의 시집을 들추어 보니 연필로 밑줄을 여러 군데 그어 놓았다. 두툼한 가죽표지의 다이어리에는 명시 수백 편을 옮겨 적어 놓았다. 그 명시 옆에는 김시몽 작품인 듯한 시들이 보였다. 명시 여러 개를 교묘하게 짜깁기해서 만든 작품이었다.

시현은 서재 한쪽 구석에 있는 안락의자에 앉았다. 안마기능을 갖춘 첨단기술 의자였다. 버튼을 누르니 윙, 하는 소리와 함께 어깨와 허리를 마사지하는 기능이 작동된다. 고개를 젖히고 누우려다 의자옆 작은 테이블 위에 놓인 책 2권을 발견했다. 《후흑학(厚黑學)》과《체사레 보르자 혹은 우아한 냉혹》이었다.

책 제목이 이색적인《후흑학》부터 훑어봤다. '후흑(厚黑)'이란 두꺼운 낯과 시커먼 마음씨를 가리키는 것으로 설명됐다. 유비, 조조 등 영웅들은 인의(仁義)와 정의를 내세우지만 실제로는 뻔뻔하고 음흉한 사람이라는 것이다. 이 책은 사익을 위해 후흑을 사용하면 패가망신하지만 나라를 위해서라면 후세에 이름을 오래 남길 것이라고 강조했다. 권모술수 정치를 옹호하는 논리다.

체사레 보르자는 교황 알렉산드르 6세의 아들이었다. 그는 아버지의 전폭적인 후원에 힘입어 추기경 자리에까지 올랐다. 성직에 만족하지 않고 권력의 최고봉에 오르기 위해 무력으로 이탈리아를 통일하려다 31세 나이에 전염병으로 사망한 인물이다. 그는 양심, 도덕, 윤리 따위는 아랑곳 않고 자기목적을 이루기 위해 유용성만을 따진 현실주의자였다. 마키아벨리가 《군주론》을 집필할 때 체사레 보르자를 그 모델 인물로 삼았다.

시현은 중세 가톨릭의 부패상을 이 책에서 다시 확인하고 가볍게 한숨을 쉬었다. 결혼이 금지된 성직자가 자신의 사생아를 출세시키려 온갖 추악한 만행을 저질렀으니…. 암브로시오 신부의 삶과는 너무도 다르지 않은가.

이날 오전에 국회에서 열린 통령의 시정연설이 화제가 됐다. 연설내용보다는 김시몽의 손가락 부상이 주목을 끈 것이다. 오른손 검지 둘레에 하얀 붕대가 감긴 모습이 카메라에 포착됐다. 이것 때문에 엉뚱하게 이광용 대변인이 곤욕을 치렀다. 기자들이 통령의 부상원인을 묻는데 대변인이 진상을 몰라 해명을 하지 못했다. 각 신문에서는 손 부위를 클로즈업한 사진을 싣고 '김 통령의 손가락, 왜 다쳤나?' 따위의 제목을 달아 읽을거리 기사로 보도했다. 온라인매체에서는 대체로 '김 vs 박 육탄대결…상처만 남아' '김&박, 간밤에 무슨 일?' 등 흥미 위주의 제목으로 김시몽 통령과 영부인 박수연이 몸으로 부딪치는 부부싸움을 벌인 깃으로 추정하는 기사를 띄웠다. 일부 매체는 김시몽의 목 부위를 확대한 사진을 싣고 '여성의 손톱으로 할퀸 상처로 추정'이라는 설명을 달았다.

이날 오후에 김시몽은 새로 한국에 부임하는 외국대사에게서 신임장을 받는 일정을 가졌다. 우아한 외교수사(修辭)로 양국 우호관계를 다짐하는 덕담이 오갔다. 그때 김시몽의 휴대전화가 계속 진동했다. 영부인과 통화할 때에만 쓰는 전화기다. 몇 차례나 울리기에 슬며시 받았다. 박수연의 앙칼진 목소리가 울려 퍼진다.

"지난밤에 어느 암고양이와 무슨 짓거리를 했어?"

6

"홍 팀장, 얼굴이 왜 그 모양인가?"

저녁에 안가로 돌아온 김시몽은 홍순창이 코에 반창고를 붙이고 입술이 퉁퉁 부어 있는 모습을 보고 놀랐다.

"죄송합니다. 정체불명의 청년이 소동을 부리는 바람에 ….."

"어떤 놈이야?"

"시현을 찾으러 온 자입니다."

"신문사 사람이야?"

"식당 종업원입니다."

"무슨 관계야"

"지금 지하벙커에서 조사중입니다."

김시몽은 호기심이 발동해 지하벙커로 계단을 통해 걸어 내려갔다. 그렇게 움직여야 욱신거리는 손가락 통증을 잊을 것 같았다. 어느 건장한 청년이 수갑에 묶인 채 꿇어앉아 있었다. 그의 눈두덩은 시퍼렇게 멍들었고 입술에 피딱지가 말라붙었다.

"여기, 뭐하러 왔지?"

김시몽은 검사시절에 피의자를 불러 수사할 때의 기분이 되살아나 약간의 쾌감을 느꼈다. 안락의자에 다리를 꼬고 앉았다. 용재훈이 고개를 들고 김시몽을 쳐다봤다.

"이 자식아, 묻는 말에 왜 대답을 안 해?"

용재훈이 콧잔등을 씰룩이며 빙그레 웃었다.

"통령께서 그런 험한 말씀도 하십니까? TV에서는 천사같이 나타나는 시인이 ⋯."

"젊은 놈이 시건방지게 구니까 그렇지 ⋯."

"수갑부터 풀어주어야 제대로 대답할 것 아닙니까. 중죄인도 아닌데 이게 무슨 짓입니까?"

"알았어."

김시몽의 지시로 홍순창은 용재훈의 수갑을 풀고 의자에 앉혔다.

"시현 기자를 구하러 왔습니다."

"그 여기자와 무슨 관계야?"

"제가 존경하는 분입니다."

"새파란 놈년끼리 존경은 무슨 존경 ⋯."

김시몽은 이제야 여유를 찾고 유들유들한 말투로 바꾸었다.

"자네는 나를 존경하나?"

"존경할 게 뭐 있을까요?"

"어허, 어른 면전에서 못하는 말이 없네."

"지금은 청년과 어른 사이의 대화가 아니라 주권자와 수권자 사이의 토론 아닙니까? 논점을 흐리지 마세요."

"누가 주권자란 말인가?"

"주권재민(主權在民) ⋯ 시민이 주권자라는 민주주의 기본원리를 잊으셨지요? 통령은 자신을 지배자로, 우리를 피지배자로 착각하겠지요."

용재훈이 목에 핏줄을 돋우자 김시몽이 멈칫한다.

"자네는 지금이 왕조시대도 아닌데 지배자, 피지배자라 양분하는구면. 무리한 추론이야."

"현군(賢君)이 통치한다면야 민주주의체제에서 뽑힌 엉터리 지도자보다 낫겠지요."

"자네, 민주주의를 부정하는구먼?"

"논점을 왜곡하지 말라니까요."

"내가 세종대왕 같은 성군(聖君)이 되면 어쩔 텐가?"

"무슨 시대착오적인 말씀을 하십니까?"

"자네 논리라면 현자(賢者)는 장기간 통치해도 되겠네?"

"권력중독자가 흔히 자신을 현자라고 착각하지요."

"건방진 놈!"

김시몽은 자리를 박차고 일어나 용재훈의 면상에 주먹을 날렸다.

퍽!

용재훈이 코를 감싸 쥐며 고개를 숙이자 홍순창은 용재훈의 등을 발로 쿵, 눌렀다.

7

김종률이 안가에 도착했다는 보고를 받은 김시몽은 용재훈을 문초하다 말고 벙커 밖으로 나왔다. 김시몽은 그날 오전에 국회 시정연설을 마치고 점심시간에는 국정원로들과 오찬 간담회를 가졌다. 이 자리에 참석한 김종률에게 김시몽은 저녁에 안가에 오라고 귀엣말로 슬쩍 흘린 바 있다.

"김 선배님, 오늘 시정연설에 대한 여론반응은 어땠습니까?"

김시몽이 '선배님'이란 호칭을 쓰는 것을 보니 아직은 제 정신인 모양이라고 김종률은 판단했다. 저러다가 술을 몇 잔 마시면 '김 장관'이라 부르며 심부름꾼 취급하겠지 …. 김종률은 요 며칠 새 김시몽에 대한 정이 뚝 떨어져 건성으로 대답했다.

"연설문에 미사여구는 많지만 알맹이는 별로 없어서 제 자신도 뭐라고 평가하기 어렵군요."

"통일 조국을 구축하는 제도적, 물적 시스템을 완비하자고 천명한 게 알맹이 아닙니까? 그리고 물질적 인프라에 못지않게 새 시대의 정신적 종주국이 되기 위해 문화인프라를 구축해야 한다고 강조했고 …."

"국민들은 그런 말을 하도 많이 들어서 넌더리가 났을 겁니다. 오늘 연설보다도 통령의 손가락 부상이 더 주목을 받았습니다만 …."

"김 선배님, 어째 말씀에 가시가 박혔네요?"

"말이야 바른 말이잖습니까?"

김종률은 핏대를 올리며 김시몽을 노려보았다. 김시몽은 기분 같아서는 이 영감탱이가 노망이 들었나, 하고 쏘아주고 싶었지만 참았다. 분위기 반전을 위해 엉뚱한 제의를 했다.

"우리 둘만 이야기할 게 아니라 젊은 아가씨를 부를까요?"

"아가씨를? 나는 싫소. 안가에 여자가 나타나면 뒷일이 좋지 않소."

"업소 아가씨가 아니니 염려 마세요."

홍순창이 시현을 데리고 들어온다. 남성용 티셔츠를 입은 시현은 머리칼이 헝클어지고 입술이 터졌다. 턱 언저리와 목 이곳저곳에 검붉은 상처가 보였다. 시현과 김종률은 서로 눈이 마주치자 둘 다 깜짝 놀란다.

"장관님 …."

"어떻게 여기에 …."

김시몽이 김종률을 쏘아 보며 입맛을 다신다.

"아는 사이입니까?"

252

"취재하러 와서 얼굴이 익었을 뿐이오."

"특종을 준 사람이 선배님이네요."

"무슨 소리 …."

김시몽은 김종률의 약점을 찾아냈다는 듯 득의양양하여 시현에게 질문했다.

"김 장관과 어떤 사이야?"

"무슨 뜻이에요?"

김시몽은 시현을 응시하며 눈을 찡긋했다.

"혹시 특수관계가 아닌지?"

김종률이 낌새를 알아차리고 발끈했다.

"막내딸뻘 되는 처녀에게 못하는 소리가 없네!"

김시몽은 이번엔 김종률을 쳐다보며 이죽거렸다.

"어쩐지 요즘 선배님 신수가 훤언해졌다 했더니 남다른 회춘비결이 있었군요. 비아그라는 필요 없으신가요? 하하하 …."

"말씀이 지나치네."

"연인관계가 아니면 그뿐이지 왜 역정을 내시오?"

"쓸데없는 망발을 하니 참을 수 있겠소?"

김종률이 반박하자 김시몽도 발끈한다.

"뭐라? 망발이라고? 이 늙다리가 …."

"뭐? 시몽이 자네 … 해도 너무 하네. 통령이면 다야?"

"이 쭈그렁이가 망령이 들었군."

"누구 덕분에 통령이 됐는데 … 은혜도 모르는 개차반아!"

김시몽과 김종률은 멱살을 맞잡았다. 술에 취한 김시몽이 밀리는 형국이었다. 홧김에 김시몽의 멱살을 잡긴 했으나 일이 확대되면 큰일이라는 걱정이 김종률의 뇌리를 스쳤다. 김종률은 애써 분을 삭이며 멱살 잡은 손의 힘을 조절했다. 잡고 흔드는 시늉만 했다.

그런데도 김시몽은 제풀에 털썩 넘어졌다.

김종률은 김시몽을 일으켜 세웠다. 웅크렸던 김시몽이 갑자기 허리를 곧추세웠다.

"자, 손들어!"

김시몽이 고함을 치며 뭉툭한 쇳덩이를 김종률에게 내밀었다. 허리춤에서 빼 든 권총이었다.

"뭐하는 짓이오?"

김종률은 두 손을 들며 눈을 부릅떴다.

"이 총… 기억나나? 당신이 내게 선물한 거야. 요긴할 때 쓰라며?"

김시몽은 게슴츠레한 눈으로 김종률을 노려보며 빈정거렸다.

김종률은 자신이 '킹'에 도전하지 않고 '킹메이커'에 안주한 데 대해 뼈저리게 후회했다. 이런 상황을 만들자고 김시몽을 전향시켰나….

"총 내려놓으시오. 지금은 요긴할 때가 아니오."

"흠… 맞는 말이오. 내가 퇴물장관 한 사람 잡겠다고 총을 쏠 이유는 없지…. 그리고 이 구닥다리 권총, 이제 신물이 나는군."

"그러면 내게 돌려주시오."

"돌려달라고? 음… 좋소. 자, 여기…."

김시몽은 김종률에게 권총을 툭 던졌다. 김종률이 총을 받아 어루만지자 김시몽이 홍소(哄笑)를 터뜨린다.

"하하하… 엉뚱한 마음 품지 마시오. 지금 총알이 안 들어 있소."

이들이 옥신각신하는 사이에 시현은 김종률의 휴대전화를 슬며시 집어 들었다. 두희송에게 문자 메시지를 보냈다. 용재훈이 삼청동에 있는 통령 안가에 감금당했다는 사실을 알렸다.

8

김시몽은 오태열 문화부장관을 급히 호출했다. 안가로 허겁지겁 달려온 오태열은 눈두덩이가 검붉었다. 술자리에 앉았다가 온 모양새다.

"어디 있다가 오는 거요?"

"문화예술인들을 격려하는 만찬 간담회를 가졌습니다."

"여성 연예인들도 많이 왔소?"

"영화배우와 가수 몇 명…."

"오 장관이 부럽소."

오태열은 여자 치마를 들추어보다 들킨 사내아이처럼 머리를 조아리며 몸 둘 바를 몰라 했다. 김시몽은 오태열의 어깨를 툭툭 쳤다.

"너무 주눅 들지 말고…."

김시몽은 물잔 두 개에 위스키를 반쯤 따라 하나를 오태열에게 건넸다.

"오 장관, 국정수행에 노고가 많으시오. 이 술은 특별 격려주이니 우리 함께 러브샷으로 들이킵시다."

오태열은 엉거주춤한 자세로 일어서서 김시몽과 팔을 엇갈려 끼고 술을 마셨다. 독주가 목구멍에 흐르자 김시몽은 술기운 덕분에 힘이 솟는 것을 느꼈다. 김시몽은 여전히 고개를 숙인 오태열에게 단호하게 말했다.

"긴급사태가 있소."

"예?"

"국립박물관 소장품에 관한 것이오."

"하명만 하시면…."

오태열은 수첩을 꺼내 김시몽의 지시를 받아 적을 태세였다.

"조선시대 형구(形具)를 갖고 오시오."

"형구라니요?"

"죄수를 다스리는 데 쓰는 물건 말이오."

"곤장 같은 것 말입니까?"

"그렇소. 볼기를 치는 치도곤을 포함해서 발목에 채우는 요(繚), 손을 묶는 뉴(杻), 십자형 틀, 중죄인 목에 거는 칼…."

"어떻게 형구이름을 그렇게 잘 아십니까?"

"검사시절에 조선시대 형벌제도를 연구한 적이 있지."

"소생은 영화에 출연할 때 목에 칼을 쓴 적이 있답니다."

"칼을 쓰면 어떻소?"

"칼이 무거워 몸을 움쭉하지 못하지요. 한 마디로 죽을 노릇입니다."

김시몽은 회심의 미소를 지었다.

"형구 말고 필요한 물품이 또 있소. 중요한 문화재일 거요."

"하명만 하십시오."

"세종대왕이 입던 곤룡포와 면복(冕服), 또 머리에 쓰던 익선관과 면류관도…."

"예? 국보급일 텐데요."

"나는 지금 국가원수로서 지시하고 있어."

"예…."

"이것은 통치행위야!"

"언제 갖고 옵니까?"

"오늘 밤, 당장!"

9

지하벙커에 김종률, 시현, 용재훈 등 세 사람이 목에 칼을 쓰고 앉아 있다. 한 발 가량의 두꺼운 널빤지에 구멍을 내 만든 칼의 묵직한 무게 때문에 시현은 몸을 가누지 못한다.

이들 앞에 김시몽은 곤룡포를 입고 익선관을 쓴 채 옥좌에 앉았다. 오태열은 형조판서 의관을, 홍순창은 의금부 도사 복장을 갖추었다. 홍 순창의 부하들은 형리(刑吏) 옷을 입었다. 오태열은 역사드라마에 여러 번 출연한 경험으로 이들에게 옷 입는 법을 가르쳐 주었다.

김시몽의 눈은 초점을 잃었다. 광견병에 걸린 개처럼 입에서 침을 흘 렸다.

"과인은 군신(君臣) 질서를 파괴한 중죄인들을 친국(親鞠)하겠노라."

김종률, 시현, 용재훈 등은 칼을 벗고 십자형 틀에 옮겨져 묶였다. 이 형틀은 주리를 틀거나 낙형(烙刑) 때 쓰인다.

김시몽은 오른손바닥으로 옥좌 팔걸이를 어루만지며 김종률을 신문 했다.

"죄인은 이 나라의 호조판서 자리에까지 오른 성은을 입었어. 그런데 도 배은망덕하게도 짐의 옥체에 물리력을 가한 중죄를 저질렀도다. 무 릎을 세 번 꿇고 이마를 아홉 번 땅에 찧어 용서를 빌라. 그러면 능지처 참은 면하게 해주겠노라."

김종률은 이 상황이 연극인지 장난인지 알 수 없어 당황스러웠다. 드 라마에서 보던 오태열이 김시몽 옆에 서 있으니 김종률 자신도 배우가 되어 사극에 출연했다는 착각이 들었다.

"멱살 한번 잡은 것이 중죄라면 너무 억울하오."

"뭐라고? 이 고얀 놈! 여봐라, 어서 저 놈의 주리를 틀어라."

김시몽의 추상같은 명령이 떨어지자 형리 옷을 입은 사내들은 주춤거렸다. 연기로 해야 할지 실제로 해야 할지 몰라서다. 이들이 우왕좌왕하자 오태열이 김시몽의 표정을 살피더니 고함을 쳤다.

"이것은 연기가 아니다. 실제상황이다. 얼른 집행하라."

형리들이 집행방법을 잘 몰라 나무작대기를 들고 우물쭈물하자 오태열이 다가와 시범을 보였다. 작대기를 김종률의 양쪽 정강이 사이에 얽어 끼웠다.

"이렇게 엇갈려 비틀면 되는 거야."

오태열이 가르쳐주자 이들은 작대기를 조금 비틀기 시작했다.

"으윽!"

김종률이 비명을 질렀다.

형리들이 더욱 세게 주리를 틀었다.

우두둑….

김종률의 뼈대가 부러지는 소리였다.

"아악!"

김종률의 얼굴은 고통으로 일그러졌다.

"당신들 미쳤소? 당장 그만 두시오!"

용재훈이 눈을 부릅뜨며 고성을 질렀다. 김시몽은 용재훈에게 시선을 돌리며 입술을 비쭉 내밀었다.

"어허, 저 역적놈이 아직 살아 있었구나. 세종대왕을 능멸한 네 놈은 참수형을 면치 못하리라. 여봐라, 저 놈에게 먼저 뜨거운 인두 맛을 보여주어라!"

김시몽의 명령에 따라 홍순창은 형틀 옆에 이글이글 타는 화로에서 벌겋게 달구어진 인두를 꺼내 용재훈의 허벅지에 사정없이 들이댔다.

"악!"

푸지지, 하는 소리와 함께 살갗 타는 노린내가 밀폐된 벙커 실내에 퍼졌다.

"국태민안(國泰民安)을 위해 과인이 쌓은 탑이 얼마나 높은 줄 모르는가? 저 육시랄 놈이 짐을 권력중독자라며 모독했도다."

김시몽은 자신이 세종대왕이 된 것으로 착각했다. 한글창제, 농사직설 편찬, 측우기 보급 등 세종의 치적을 중얼거렸다.

"상감마마, 통촉하옵소서!"

여성의 낭랑한 목소리가 울린다. 시현이 김시몽을 향해 큰소리로 외친 말이다.

"무어냐?"

"만백성의 큰 어버이이신 상감마마께 어린 소녀가 감히 아뢰옵나이다. 저 무지몽매한 남정네들의 대역죄를 부디 하해와 같은 성은으로 용서하옵소서."

뜻밖의 청원을 들은 김시몽은 흡족한 웃음을 지었다.

"너는 조선의 역대 국왕 가운데 누구를 가장 존경하느냐?"

"소녀는 세종대왕을 가장 존경하옵나이다."

"그래? 과연 영특한 계집이군."

"망극하옵나이다."

"좋아. 중죄인들은 극형이 마땅하나 저 아이의 충효 정신에 감복하여 친국을 일시 중지하노라."

형리들은 김종률, 용재훈, 시현을 형틀에서 풀어 다시 칼을 씌웠다.

안가安家의 총성

1

"생일파티라니 당치도 않네."

암브로시오는 두희송이 끌려갔다는 소식을 듣고 생일잔치를 한사코 사양했다. 전지연이 신부를 구슬렸다.

"베드로에게 별일이야 있을려구요? 생일파티 잘 모시라고 신신당부했어요."

소피아 가희복도 전지연의 말을 받아 암브로시오를 위로했다.

"신부님, 너무 염려 마세요. 베드로는 외인부대에 있을 때 사하라 사막도 맨몸으로 건넌 강골이잖아요."

시루떡 위에 촛불을 켜고 생일축가를 부르려 할 때였다. 베드로 두희송에게서 암브로시오를 찾는 전화가 왔다.

"베드로, 지금 어디에 있소? 풀려났소?"

"자유롭게 걷고 있습니다. 걱정 마십시오. 생일잔치에 가지 못해 죄송합니다. 대신 전화로 생일축가를 부를게요."

260

두희송의 노래가 전화로 흘러나왔다.

좌예 자니베르세
좌예 자니베르세
(생일 축하합니다 생일 축하합니다) …

노래가 끝나자 암브로시오는 휴대전화를 귀에 댄 채 눈물을 주르르 흘리며 촛불을 훅, 불어 껐다.

"신부님, 재훈이가 어딘가에 감금당한 모양입니다. 제가 구출하겠습니다."

"하느님께 간구하겠소."

두희송이 전화를 끊자 암브로시오는 시루떡 한쪽을 베어 물고 오물오물 씹으며 말했다.

"소피아를 재회한 게 벌써 1년이 지났구만. 그 사이에 바깥세상이 엄청나게 어지러워졌어. 여기 글로벌 빌리지에는 사랑과 평화가 충만한데 …."

전지연이 옷소매를 걷어붙이며 나섰다.

"저는 노래부르는 사람이라 정치는 잘 모릅니다만, 정치인들이 썩어 빠져서 그래요. 통령이란 인간은 장기 집권하겠다고 헌법을 고친다잖아요? 국회의원들은 뭐 하는 사람인가요? 고액 세비를 받고 당리당략에만 골몰하는 국가공인 한량패 아닌가요? 높은 자리에 앉은 양반들은 얼굴에 무쇠판을 깔았어요. 잘못을 저지르고도 부끄러워할 줄을 모르니 …."

암브로시오가 고개를 끄덕이자 전지연은 침을 삼키더니 판소리 같은 사설을 읊는다.

어허어허 답답하네 이내 간장 다 타겠네
고관대작 벼슬아치 목에 힘줘 눈 부라려
백성들의 고혈 빨아 금준미주 흥청망청
옥반가효 배불리네 조병갑이가 수두룩하네
십리 백리 보릿고개 혈세가 웬 말이냐
못 내겠다 안 내겠다 억울해서 어찌 낼꼬
김시몽인지 백일몽인지 어서 빨리 물렀거라

2

"통령이 당신 인생을 망쳐놓은 그놈인 걸 알고 있었지?"

"……."

"이제 놈을 결딴내야겠어."

음태출은 등에 멘 도끼를 꺼내들었다. 눈을 부릅뜨고 허공에 도끼를 휘두른다. 버릇처럼 된 동작이지만 그날따라 가희복의 눈에는 그런 남편이 무모한 돈키호테처럼 비쳤다.

음태출은 도끼를 등에 다시 메고 호주머니에서 누런 봉투를 꺼냈다. 그는 봉투를 아내에게 내밀었다.

"뭐예요?"

"열어 보시오."

가희복은 조심스레 봉투 속의 물건을 꺼냈다. 물건을 싼 얇은 미농지를 펼쳤더니 빛바랜 흑백사진 2장이 나왔다.

"아!"

사진을 본 가희복은 짧은 신음을 토했다. 젊은 남녀가 풀밭에 앉아 있는 모습이었다. 가희복 자신이었다. 남자는 김시몽이었다.

"당신이 이 사진을 어떻게?"

"그때 은오산에서 찍었소. 우연히 봤소."

"이럴 수가….."

다른 사진은 김시몽 혼자 찍힌 것이었다. 피사체 인물이 흐릿해 누구인지는 확실하지는 않지만 옆얼굴이나 옷차림으로 봐서 김시몽이 분명했다. 그가 사각깡통을 들고 걸어가는 모습이었다.

"사진인물이 왜 이리 희미해요?"

"동이 틀 무렵에 찍었기 때문이오."

"왜 그 새벽에?"

"새벽미사 지내는 신자들을 촬영할까 해서 일찍 성당 쪽으로 갔소. 그때 멀리서 누군가 움직이기에 카메라에 담아두었소."

"이 깡통은 뭐에요?"

"미군부대에서 쓰는 연료깡통이오."

"그렇다면?"

음태출은 눈을 지그시 감고 숨을 내쉬었다.

"그놈이 마을 뒷산에 기름을 뿌린 것 같소. 그때 불은 산불이 아니오. 방화가 틀림없소."

"불은 새벽이 아니라 낮에 일어났잖아요."

"남의 눈을 피해 새벽에 기름을 뿌리고 기다렸겠지요. 산불은 대개 낮에 일어나니 의심받지 않으려고… 점심 먹고 나와 기름 위에다 담뱃불을 슬쩍 떨어뜨렸겠지요."

"끔찍하군요."

"그놈은 악마요."

가희복은 가슴에 솟아오르는 뜨거운 분기(憤氣) 때문에 앉아있을 수 없었다. 그녀는 일어서서 숨을 크게 들이쉬었다.

"이 사진을 어떡할 거예요?"

"그놈을 파멸시키는 데 써야지요."

"신중해야 해요. 이 사진만으로 방화범으로 몰기엔 증거가 불충분해요. 잘못하면 당신이 위험해져요. 그 자는 어쨌건 이 나라의 최고권력자예요."

"악마가 우리나라 통령이라니 방관할 수 없소."

3

음태출은 오랜만에 편지를 써 보았다. 하얀 종이를 펴놓고 골똘히 생각하다가 비뚤비뚤한 글씨로 써내려갔다. '존경하는 김시몽 통령님께'라고 시작했다가 종이를 찢고 새로 썼다. 발신자는 가명으로 할 작정이어서 마음에도 없는 존칭어를 쓸 이유가 없었다. 만일에 대비해 지문을 남기지 않으려고 장갑을 꼈다.

김시몽 통령 전(前)

여기 동봉한 사진을 잘 보시오. 청년시절이 생각나지 않으시오? 제2의 사진에서 당신이 든 기름통 때문에 어떤 일이 일어났는지 모르지 않을 것이오.

당신의 파렴치한 과거 행각을 이 사진들이 증명하고 있소. 사진 원판필름을 내가 갖고 있으니 당신의 운명은 내 손 안에 있음을 잘 알 것이오.

당신이 국가통치권자라는 사실 때문에 예우를 하겠소. 이 사진을 언론사에 제보하거나 인터넷에 공개하기 전에 협상기회를 준다는 뜻이오. 다음 두 가지 조건을 이행하시오.

첫째, 개헌을 통해 중임하겠다는 터무니없는 야욕을 버린다고 분명히 밝히시오.

둘째, 안가에 감금한 용재훈 청년을 즉각 석방하시오.

이 요구에 따르지 않으면 그 후 사태에 대해서는 당신에게 책임이 돌아갈 것이오. / 애국지사

음태출은 우체통을 찾아갈 때 심장이 빠른 속도로 꿈틀거림을 느꼈다. 떨리는 손으로 봉투를 우체통에 넣은 후 부리나케 현장에서 벗어났다.

통령 비서실의 실무자는 통령에게 온 편지와 괴(怪)사진을 받고 찢어 없애려 하다가 혹시나 하여 통령에게 올렸다. 사진 속의 인물을 자세히 살피니 통령의 젊은 시절 모습으로 보였기 때문이다.

김시몽의 손이 경련을 일으켰다. 김시몽은 창밖을 응시하며 한동안 말을 잊었다.

김시몽은 홍순창을 불렀다.

"발신자를 빨리 찾아. 수단 방법 가리지 말고!"

김시몽은 사진잔상을 지우려 손으로 머리를 톡톡 치며 잠자리에 들었다. 밤새 꿈자리가 사나웠다. 소복을 입은 소피아가 웃는지 우는지 모를 묘한 표정을 지으며 나타났다. 아기 울음소리가 요란하게 들렸다.

"으으…."

김시몽은 심하게 가위눌려 눈을 번쩍 떴다. 베갯머리가 땀으로 축축하게 젖었다.

홍순창은 원로사진가를 찾아다니며 그 흑백사진을 보여주고 촬영자가 누구인지 짐작 가는지를 물었다. 수소문 끝에 탑골공원에서 만난 한 사진가는 대번에 알겠다고 말했다. 70대 고령인데도 영어발음이 꽤 부드러운 노인이었다. 그는 흑백사진 예술에 대해 장황한 설명부터 늘어놓았다.

"흑백사진에는 작가의 예술혼과 장인정신이 들어있어. 사진을 현상하고 인화하는 암실작업이야말로 사진예술의 백미(白眉)지. 흑백사진의 대가인 안셀 아담스가 말하기를 인화는 필름을 악보삼아 연주하는 음악이라고 했지."

마음이 급한 홍순창이 수고비가 든 봉투를 슬며시 내보이자 사진가는 마무리 발언을 했다.

"쉐도 디테일을 묘사한 솜씨가 돋보이는 사진이군. 적정한 콘트라스트를 표현한 테크닉은 노련미가 없으면 안 돼요. 재야고수 음태출의 작품인 것 같소."

홍순창은 행정전산망에서 음태출이란 이름을 조회했다. 이 이름을 가진 사람이 전국에 한 명뿐이어서 의외로 쉽게 찾았다. 통신회사의 협조를 얻어 그의 휴대전화번호를 알아냈다. 위치를 추적했다.

홍순창은 부하요원 두 명을 데리고 음태출을 잡으러 나섰다. 머리를 박박 깎은 중늙은이가 먼발치에서 보인다. 음태출이다. 부하요원은 잽싸게 음태출의 허리띠를 낚아챘다. 음태출은 동네 방앗간에서 가래떡을 뽑아 들고 오다가 붙들렸다.

"잠시 봅시다."

"뭐하는 놈들이야?"

음태출은 발버둥 쳤지만 건상한 젊은 무관들을 낭할 수 없었다. 요원들이 당기는 대로 끌려갔다.

가희복은 남편이 늦도록 돌아오지 않아 찾아 나섰다가 길바닥에 널브러진 가래떡을 발견했다. 남편 신상에 심상찮은 일이 일어났음을 짐작했다. 권력은 막연하지 않고 매우 구체적임을 실감했다. 남편 휴대전화는 꺼져 있었다.

"협박편지를 보낸 노인네를 잡아왔습니다."

"친국을 하겠으니 저 영감쟁이를 묶어라."

요원들이 음태출을 밧줄로 묶으려 할 때다. 음태출은 갑자기 등에서 도끼를 꺼내들고 김시몽에게 달려들었다. 그 순간, 홍순창이 몸을 공중으로 날려 음태출의 넓적다리를 걸어찼다. 멧돼지가 김시몽에게 돌격할 때 보인 그 동작이었다.

"어이쿠!"

음태출이 바닥에 쓰러지자 홍순창은 잽싸게 도끼를 뺏었다. 요원들은 음태출을 순식간에 밧줄로 꽁꽁 묶었다.

김시몽은 너풀거리는 곤룡포 소매를 흔들면서 음태출을 노려보았다. 음태출의 갈강갈강한 얼굴이 범상치 않았다. 곤룡포의 권위가 없다면 기세(氣勢)가 밀릴 판이다. 김시몽은 안가에 오면 곤룡포로 갈아입는 게 습관이 됐다.

"이실직고하지 않으면 살아 나가지 못할 터이니 그리 알라."

음태출은 이명(耳鳴)이 들려 머리를 흔들었다. 귓속에 윙윙거리는 소리가 맴돌면서 누군가가 자꾸 '이실직고'라는 말을 되풀이하는 듯했다. 조선시대의 형틀이 보였다. 사지를 묶고 문초하던 기구 아닌가.

"사진필름은 어디에 있는고?"

"……."

음태출이 눈을 감고 입을 닫자 김시몽은 이를 득득 갈며 짙은 양쪽 눈썹을 부들부들 떨었다.

"여봐라, 저 요강대가리 늙은이, 따끔하게 매질을 해서 입을 열게 하라."

4

두희송은 택시에서 내려 발목통증을 참으며 삼청공원 부근을 헤맸다. 신호 대기중인 검은색 승용차 안에서 낯익은 얼굴이 보였다. 주걱턱의 거한이었다. TV에서 자주 보던 탁광팔 의원이 아닌가. 국회의원보다는 격투기선수 또는 씨름선수가 여전히 더 어울리는 사내다. 뒤따라오는 승용차의 뒷좌석에 몸을 묻은 승객도 낯이 익었다. 도지사 김장권이다. 신호등이 파란불로 바뀌자마자 탁광팔과 김장권을 태운 승용차는 각각 급가속을 하며 언덕길을 질주했다.

두희송은 그 승용차들이 간 방향으로 절뚝거리며 걸어갔다. 숲속 언덕 쪽으로 샛길이 보였다. '통행금지'라는 표지가 보인다.

통행금지 표지를 넘어 20미터쯤 올라가니 머리를 짧게 깎은 검은 양복차림의 청년 두 명이 나타났다.

"누구십니까?"

청년들은 날카로운 눈매로 두희송을 아래위로 훑어보았다. 두희송은 이곳이 안가임을 알아차렸다. 잡음 없이 들어가려면 기지를 발휘해야 한다. 두희송은 태연하게 말했다.

"통령께서 불러서 왔소."

청년들이 입구 대기실로 안내했다. 곧 홍순창이 나타났다.

"통령께서 부르셨다고요? 어디에서 오셨습니까?"

"타고르 프로젝트를 도와주는 사람이라고 하면 통령께서 아실 것이오. 내 이름은 두희송이오."

두희송은 나중에 탄로가 나더라도 일단 이렇게 둘러댔다. 홍순창은 낌새가 이상해 두희송에게 신분증을 내라고 요구했다. 마침 김시몽이 곤룡포 차림으로 바람을 쐬러 나왔다.

"홍 팀장, 그분 누구신가?"

"각하께서 부르신 두희송 선생님입니다."

"내가 불렀다고?"

김시몽은 두희송에게 다가왔다. 두희송은 거짓말이 너무 일찍 들통나 당혹스러웠다. 더욱이 검찰에 연행되다 도망친 몸이니 신분이 드러나면 낭패를 당한다.

김시몽은 안가까지 찾아와 통령의 초대손님이라고 속이는 이 사내의 정체가 궁금했다. 배포가 큰 대장부인가, 거짓말에 익숙한 사기꾼인가.

김시몽은 두희송의 얼굴을 똑바로 쳐다봤다. 눈동자가 낯설지는 않았다. 단순한 기시감(既視感)인지 실제로 과거에 본 사람인지는 불분명했다.

"들어오시오."

김시몽이 이렇게 말하자 홍순창은 신분조회 절차를 생략했다.

접견실로 들어가니 김시몽의 좌우에 탁광팔 의원과 김장권 도지사가 서 있었다. 김장권의 덩치도 꽤 컸지만 탁광팔 옆에 서니 왜소해 보였다.

"배짱 좋은 양반이군. 용건이 뭐요?"

김시몽은 의자에 앉아 두희송을 노려보며 따져 물었다.

"여기에 감금당한 용재훈과 시현을 구출하러 왔습니다."

"당신이 누군데?"

"용재훈이 일하는 레스토랑의 주인입니다."

"감금이라니 …. 용 아무개라는 이무기 같은 녀석이 제 분수를 모르고 용처럼 날뛰기에 버르장머리를 고쳐 주려고 잠시 보호하고 있어. 시현 기자는 취재하고 있고 … 함부로 감금이라는 말을 쓰는 게 아니야."

"본인이 원하지 않은데 억지로 가둬두면 감금 아니고 무엇입니까?"

도지사 김장권이 발끈하여 두희송에게 달려들어 주먹으로 얼굴을 후려쳤다.

"이 자식이 어느 분 앞에서 대꾸야?"

김장권은 이어 두희송의 옆구리를 발로 찼다. 불의의 습격을 받은 두희송이 웅크리자 김장권은 더욱 열을 내며 발길질을 했다. 김장권은 탁광팔 앞에서 자신도 이 정도 킥을 날릴 수 있음을 과시하는 듯했다. 탁광팔이 김장권을 말리지 않았다면 두희송은 더 맞았을 뻔했다.

"김 지사, 그만 하쇼. 사람 잡겠소."

김장권은 못이긴 체하며 발길질을 멈추고 두희송의 머리채를 움켜쥐었다.

"당신 영업장이 어디 있어?"

"은오산 기슭에 있는 글로벌 빌리지 …."

김장권은 글로벌 빌리지라는 말이 들리자 두희송의 얼굴을 빤히 쳐다보고는 눈알을 데굴데굴 굴렸다.

"당신이 그 불온한 선동가이구만. 납세거부운동을 주도한 …."

도지사는 두희송의 멱살을 잡고 흔들었다.

"연행도중에 토꼈다고? 국가공권력을 어떻게 보는 거야?"

두희송은 눈에 힘을 실어 김장권을 노려보았다. 두희송의 관자놀이에 시퍼런 정맥이 돋아났다.

"네가 째려보면 어쩔 건데?"

김장권은 왼손으로 두희송의 멱살을 더욱 세게 흔들면서 오른손으로는 두희송의 뺨을 찰싹찰싹 때렸다.

두희송이 더 참지 못하고 벌떡 일어나면서 김장권의 얼굴에 박치기를 했다.

"어이쿠!"

김장권의 터진 입술에서 피가 흘렀다.

"도야지 같은 도지사 개잡놈아!"

두희송과 김장권의 육탄전이 벌어졌다. 신체조건은 김장권이 유리했다. 유도선수를 방불케 하는 어깨에 큼직한 주먹을 가졌다. 두희송의 체구도 건장한 편이었으나 김장권에는 못 미쳤다. 탁광팔이 중간에 끼어들어 말리려 했다. 그러자 김시몽은 팔짱을 끼고 빙긋이 웃으며 탁광팔에게 말했다.

"가만히 놔 둬봐. 마스터스 격투기 챔피언 쟁탈전 아니겠어? 탁 의원이 심판을 봐."

격투기 중계를 심야에 자주 본 김장권은 하이킥, 로킥을 제법 정확한 동작으로 구사했다. 주먹도 가볍게 내뻗는 것으로 보아 고교생 시절에 주먹을 연마한 가락이 남았다. 김장권의 절도 있는 발차기, 예리한 각도로 휘두르는 펀치공격이 이어졌다. 이 정도 스피드의 공격 같으면 평소의 두희송은 충분히 피할 수 있었다. 그러나 발목을 다쳐 걸음걸이가 시원찮은 판국이라 두희송은 곤욕을 치렀다. 얼굴과 배에 잔 펀치를 일고여덟 대 맞은 두희송은 코피를 흘리고 입술이 터진 채 절뚝절뚝 뒷걸음질 쳤다. 재미를 본 김장권이 그 기세로 두희송을 계속 구석으로 몰고 갔을 때다.

"읔!"

김장권이 외마디 비명을 지르며 썩은 볏단 쓰러지듯 풀썩 주저앉았다. 두희송이 김장권의 명치에 정권으로 치명타를 꽂은 직후였다. 무너져 내리는 김장권의 면상에 두희송은 무릎을 올려 교과서 그림 같은 정확한 동작의 니킥을 먹였다.

뻑!

김장권의 콧대가 내려앉았다. 두희송은 외인부대 훈련 때 이런 1 대 1

격투실전을 여러 차례 치렀다. 거의 목숨을 건 혹독한 훈련이었다.

김시몽과 탁광팔은 팔짱을 끼고 히히거리며 관전했다.

"대단한 묘기네. 탁 의원, 어떻소? 우리만 보기엔 아까운 명승부였지요?"

"그렇습니다. 대단하네요. 왕년에 다들 힘깨나 쓰신 분이네요."

"내 후계자를 뽑을 때 격투기로 승부를 가리는 방법도 고려해 봐야겠어."

"진짭니까?"

"검토해보자 이거요. 보나마나 탁 의원이 우승할 것 아니겠소?"

"긍정적으로 검토해 주십시오. 통령 각하!"

"탁 의원, 지금 짐이 곤룡포를 입고 있으니 통령이라 부르지 말고 상감마마라고 불러 보시오."

김시몽의 이런 요청에 탁광팔은 거구를 엎드려 큰절을 올렸다.

"상감마마, 무릇 체력은 국력이라 했거늘, 나라를 융성하게 하려면 지도자의 체력이 탁월해야 하옵니다. 후계자를 뽑으실 때 체력경기를 시행해주실 것을 간청드리옵니다. 통촉하시옵소서!"

탁광팔이 이마를 바닥에 대고 한참 동안 꼼짝하지 않고 있자 김시몽은 흐뭇한 표정을 지었다.

"귀공의 충정을 잘 알았소. 그만 일어나시오."

김장권은 피투성이가 된 채 벌렁 드러누워 으으, 신음을 냈다. 손으로 땀을 닦는 두희송에게 김시몽이 승리를 축하하는 악수를 청했다.

"승자에게 재미있는 구경거리를 보여주겠소."

두희송은 김시몽, 탁광팔을 따라 지하벙커로 내려갔다. 엘리베이터를 타고 한참 가는 것으로 봐 꽤 깊은 지점에 위치한 듯하다. 벙커라 하지만 회의실 대여섯 개가 붙은 널찍한 공간이었다. 은행 비밀금고 출입문처럼 50센티미터 가량의 두꺼운 철제문을 열고 회의실에 들어갔다.

"앗!"

안으로 들어간 두희송은 짧은 신음을 뱉었다. 음태출, 용재훈, 시현 등이 조선시대 죄수 복장으로 목에 칼을 차고앉은 모습이 보였다. 용재훈과 시현도 두희송의 출현에 놀랐다. 음태출은 정신이 혼미해져 눈을 감고 있었다. 시현 옆에 앉은 이는 김종률인데 두희송은 그가 누구인지 몰랐다.

이들 앞에 놓인 옥좌에 김시몽이 조선시대 국왕 옷을 입고 좌정했다. 조금 전의 곤룡포를 벗고 면복으로 갈아입었다. 익선관 대신에 면류관을 쓰고 손에는 홀(笏)을 들었다. 경호요원들은 조선시대 구군복(具軍服)을 입고 섰다. 탁광팔은 몸에 맞는 옷이 없어서 양복차림 그대로이다. 김장권은 부러진 코뼈를 치료받으려 병원 응급실로 실려 갔다.

김시몽이 손을 높이 들어 홀을 흔들며 의기양양하게 외쳤다.

"너희 죄인들을 구원할 수호천사 두희송이 왔도다. 내가 내는 퀴즈를 푸는 사람만이 수호천사의 손을 잡고 바깥세상으로 나갈 수 있다. 정답을 못 대는 사람은 이 하데스에서 영원히 나가지 못한다."

싱긋싱긋 웃는 김시몽의 눈자위에 빨간 실핏줄이 도드라졌다.

"너희 놈년들, 은오산에서 살았다 하니 은빛 까마귀 이야기 들었겠지?"

은빛 까마귀라는 말에 음태출이 눈을 번쩍 떠서 김시몽을 바라본다.

"그 까마귀를 실제로 본 사람이 있어. 누군지 알아? 이게 퀴즈문제야."

아무도 대답하지 않자 김시몽은 푸하하하…, 하는 괴성을 지르며 웃었다.

"아무도 몰라? 못 맞추면 여기서 못 나가!"

음태출이 이를 부득부득 갈더니 김시몽을 향해 소리를 질렀다.

"장난이 심하오. 어서 풀어주시오. 이게 뭐하는 짓이오?"

"이 늙은 개가 겁도 없이 고함을 질러? 너는 필름을 가져오기 전에는 꼼짝 못해. 필름 어디 있어?"

"풀어주어야 바깥에 나가서 필름을 가져올 게 아니오?"

"어디에 있는 거야? 우리가 찾을게."

필름을 자꾸 거론하기에 두희송은 궁금해서 음태출에게 무슨 필름인지 물었다. 음태출은 눈을 크게 껌벅이며 대답했다.

"김시몽 통령이 어떤 인간인지를 증언하는 필름이오."

"어떤 인간이라뇨?"

"말종이오. 인간 말종!"

그 말을 들은 김시몽이 몸을 붕 날려 음태출의 얼굴을 구둣발길로 걷어찼다. 우두둑, 소리가 나며 음태출의 앞니 대여섯 개가 부러졌다. 두희송이 김시몽을 말렸다. 김시몽은 흥분해 두희송에게도 주먹을 날렸다. 음태출은 덜렁거리는 이빨에서 피가 줄줄 흐르는데도 아랑곳 않고 기세등등했다. 음태출은 퉤, 하는 소리와 함께 핏덩어리 범벅인 이빨을 김시몽에게 뱉었다. 김시몽의 얼굴에 음태출의 피투성이 치아 네댓 개가 튀었다. 김시몽의 얼굴도 시뻘건 핏덩이로 범벅이 됐다.

음태출은 목을 높이 쳐들며 외쳤다.

"김시몽은 살인범이오. 아주 흉악한….."

김시몽의 눈은 불잉걸처럼 이글거렸다.

"늙정이가 뒈지려고 환장했나? 그래 송장으로 만들어주지."

274

김시몽은 홍순창에게 다가가 홍순창의 펄럭이는 도포를 들추어 허리에 찬 권총을 뽑아들었다. 김시몽은 음태출을 향해 조준했다. 총구에서 살의(殺意)가 번득였다.

탕!

총성이 울렸다.

그 자리의 사람들은 정신이 아득해졌다. 통령이 노인에게 총을 쏘다니….

총성 여운이 그치자 사람들은 음태출을 응시했다. 풀썩 쓰러질 줄 알았는데 의외로 허리를 꼿꼿이 세우고 앉아 있다.

"윽!"

오히려 총을 쏜 김시몽이 비명을 지르며 몸을 웅크렸다. 왼손으로 오른손을 움켜쥔 채 신음을 했다. 권총은 바닥에 떨어졌다.

웅크린 김시몽을 홍순창과 탁광팔이 다가가 일으켜 세웠다. 김시몽의 오른 손등에서는 선혈이 뚝뚝 흘러나오고 있었다. 손등에는 굵직한 다트가 박혀 있었다. 두희송이 순식간에 던진 것이었다.

"이 놈이 …."

홍순창이 상황을 짐작하고 이렇게 말하며 권총을 주워들었다. 홍순창이 두희송을 겨냥해 방아쇠를 당기려 할 때였다. 두희송의 손놀림이 더 빨랐다. 두희송은 허리춤에서 꺼낸 다트를 홍순창의 팔목에 던졌다.

휘~익!

타~앙!

"윽!"

다트를 맞은 홍순창의 팔목이 피를 퉁기며 흔들리는 바람에 권총은 조준점에서 크게 벗어났다.

이번에는 탁광팔이 육탄으로 두희송에게 달려들었다.

"욱!"

두희송이 던진 다트 두 개가 탁광팔의 오른손, 왼손에 꽂혔다. 김시몽, 홍순창, 탁광팔이 손을 움켜쥐며 고통으로 몸부림치는 틈을 타서 두희송이 권총을 얼른 주웠다.

"총칼로 민초를 탄압하는 너희 놈들, 오늘 심판을 받아라. 자, 이 구석에 다들 모여."

두희송은 총을 겨누며 그들을 구석으로 몰았다. 김시몽도 오들오들 떨며 구석으로 갔다.

"우선 저분들 목에 걸린 칼을 풀어."

두희송은 홍순창을 시켜 칼을 풀도록 했다. 홍순창은 칼을 고정시킨 비녀장을 빼고 이들의 목에서 칼을 풀었다.

음태출이 비틀거리며 일어나서 칼을 끌고 김시몽에게 다가갔다.

"이 흉악범에게 칼을 걸어야지."

김시몽은 뒷걸음치다 엉덩방아를 찧는 바람에 면류관이 벗겨졌다. 음태출은 김시몽의 목에다 기어이 칼을 씌우고 비녀장을 질렀다.

음태출은 칼을 쓰고 앉은 김시몽에게 손가락질을 하며 죄상을 폭로했다.

"이 시대 최대의 위선자 김시몽, 듣거라. 빛바랜 그 흑백사진 속의 여성은 아직 살아 있다."

이글이글 타오르는 음태출의 눈길을 보며 이 말은 들은 김시몽은 아연했다. 소피아가 살아있다니 ….

"너는 네 씨를 밴 그 여성을 죽이려 한 파렴치범이다. 아기는 유산됐고 여성은 중화상을 입어 오랜 세월 신음했다. 너는 은오산에 불을 지르고 산불로 가장했다. 실정법에서는 시효가 있다 하지만 너 같은 패륜아는 시효 없이 형벌을 받아야 한다. 인류 양심의 이름으로 너를 처단

276

하겠다."

음태출은 두희송에게 손을 내밀었다.

"베드로, 그 총을 좀 주시오."

그때 대회의실 문이 열리며 경호요원 두 명이 들어왔다. 그들은 반사적으로 권총을 꺼내 김시몽 옆에 선 음태출을 향해 발사했다.

탕! 탕!

음태출이 총탄을 맞고 고꾸라졌다.

툭! 툭!

두희송이 던진 다트가 요원들의 팔목에 꽂히며 살갗이 찢어지는 소리가 났다. 권총을 쥔 그들의 손아귀는 풀어졌다. 바닥에 떨어진 권총을 용재훈과 시현이 하나씩 주워들었다. 두희송이 음태출을 살폈다. 아직 의식을 잃지는 않았다.

"난 괜찮아."

음태출이 짐짓 웃으며 말하자 두희송이 용재훈에게 재촉했다.

"여기를 빠져 나가자."

용재훈이 음태출을 업었다. 시현도 권총을 든 채 용재훈의 뒤를 따랐다. 대회의실을 막 빠져나가려 할 때였다. 주먹코가 두드러져 보이는 경호요원 하나가 시현의 다리를 걸고넘어지며 총을 낚아챘다.

쿵, 소리와 함께 시현이 쓰러지자 주먹코는 시현의 목에 총을 대고 소리쳤다.

"너희들 전부 꼼짝 마!"

그 고함을 듣자마자 두희송은 총부리를 김시몽에게 겨누었다.

"그 아가씨를 놓아줘, 그렇지 않으면 …."

주먹코는 시현을, 두희송은 김시몽을 향해 총을 겨누었다. 국가원수와 젊은 여기자의 목숨이 나란히 저울에 올랐다. 적막 속에 팽팽한 긴

긴장감이 감돌았다.

"으 … 으 …."

음태출의 신음소리가 정적을 깼다.

김시몽이 말문을 열었다.

"그 노인네 출혈이 심하니까 빨리 나가서 치료해야 할 것 아니야? 기자를 여기에 두고 가. 우리가 잘 보호할 테니. 대신에 그 필름을 갖고 오면 기자를 내보내겠다."

시현은 몸을 와들와들 떨더니 고개를 똑바로 세운 채 말했다. 눈에서 빛이 번쩍 났다.

"제가 남겠어요. 여기서 취재를 더 할게요."

두희송은 고민했다. 김시몽을 믿을 수 없었다. 하지만 별다른 대안이 없어 협상에 응할 수밖에 없었다. 음태출의 치료가 급했기 때문이다.

"좋소. 약속은 꼭 지키시오."

두희송 일행이 막 나가려 할 때다.

"잠깐!"

김시몽이 큰 소리로 이들을 불렀다. 두희송이 돌아봤다.

"뭐요?"

"아까 내가 낸 퀴즈문제, 정답을 말해야 나갈 수 있다고 했잖은가?"

"모르겠소. 가르쳐 주시오."

김시몽은 회심의 미소를 짓더니 자신 있게 말한다.

"은빛 까마귀를 목격한 사람은 … 바로 나 김시몽이야. 하하하 …."

두희송은 김시몽의 말을 믿지 않았다. 저런 야비한 인간의 눈앞에 은빛 까마귀가 나타날 리가 없지 ….

서둘러 안가를 나섰다. 안가 주차장에 세워진 승용차문을 열었더니 다행히 키가 꽂혀 있었다. 뒷좌석에 용재훈과 음태출이 탔다. 음태출은 계속 가느다란 신음을 내뱉었다.

"헉!"

운전석에 앉은 두희송은 시동을 걸려 하다가 키를 떨어뜨리며 비명을 질렀다. 오른팔에 격렬한 통증이 왔다. 실내등을 켜고 살펴보니 팔회목에서 피가 펑펑 쏟아져 나왔다. 홍순창이 쏜 총을 맞은 듯하다. 두희송은 오른 발목을 다쳐 브레이크와 액셀레이터를 밟을 수 없다는 사실은 잊고 있었다.

운전 면허증이 없는 용재훈이 운전대를 잡았다. 두희송은 팔회목 부상탓에 다트를 영영 못 던지게 되면 어쩌나 걱정했다.

출혈 때문에 정신이 아득해진 두희송은 눈을 감았다. 프랑스 신학교 동기생 클로드가 어른거린다. 클로드가 뭐라고 고함을 치는데 잘 알아듣지 못하겠다.

"클로드, 뭐라고 말했어?"

"나, 클로드 아니야. 팽점곤이야."

"팽점곤? 아⋯네 한국이름⋯."

"베드로, 이제는 다트에서 손을 떼라고 말했어. 다트에 집착하면 과녁만 바라보는 좀팽이에서 못 벗어나. 눈을 크게 뜨고 봐. 우주를 응시하라고!"

"자네 지금 어디에 있어?"

"여기? 파라다이스⋯ 하하하⋯."

은빛까마귀, 날아오르다

1

글로벌 빌리지에 도착하니 음태출은 이미 의식을 잃었다. 총상에 따른 출혈이 심한 탓이었다. 가희복은 익숙한 솜씨로 총탄을 빼내는 수술을 했다.

두희송의 팔회목에는 총알이 박혀 있지 않았다. 총알이 신경조직을 엉망으로 망가뜨리고 관통했다.

가희복은 남편을 편하게 눕혔다. 상처에 약초를 붙이고 마사지를 시작했다. 음태출은 눈을 희미하게 뜨며 아내를 응시했다.

"그놈을 만났어. 원수를 갚지 못해 천추의 한이 되오."

"그런 인간은 스스로 무너지게 마련이에요."

"여보, 미안하오."

"무슨 말씀을 하세요?"

"나 먼저 가겠소."

음태출은 눈꺼풀을 몇 번 껌벅이더니 눈을 뜬 채 숨을 거두었다. 레스토랑 홀의 무대에 마련한 간이침대 위에서였다. 남편을 살리려는 가희복의 치열한 치료노력은 물거품이 됐다. 기적은 일어나지 않았다.

가희복은 카메라 셔터를 누르느라 몇십만 번의 노고를 한 남편의 오른손 검지를 잡고 묵상에 잠겼다. 눈물을 흘리거나 흐느끼지 않았다. 무대 주변에는 음태출이 촬영한 사진들이 걸려 있었다.

고인의 평소 뜻대로 시신은 은오산 자락에 묻기로 했다. 고인은 가희복에게 자신이 죽으면 부고를 결코 알리지 말라고 당부한 적이 있다. 3일장이니 49재(齋)니 하는 번거로운 행사도 일절 금지했다. 가희복의 증언에 따르면 음태출은 사후처리에 대해 다음과 같이 이야기했다는 것이다.

"자연으로 돌아가는 게 순리인데 떠들썩하게 장례를 치르면 천리(天理)를 거스르는 것이오. 내 죽으면 당일 또는 이튿날에 은오산에 시신을 갖다 놓으시오. 까마귀밥이 되면 좋겠소. 은빛 까마귀가 나타나 내 몸을 쪼아 먹으면 더 없는 영광이고…. 그러니 깊이 묻어 봉분을 만들면 안 되오. 관에 넣지도 말고…. 땅 위에 시신을 방치하기가 차마 곤란하다면 땅을 얕게 파서 시신을 눕히고 그 위에 풀잎이나 나뭇가지를 살짝 덮어주시오. 그리고 제사와 차례도 지내지 마시오. 굳이 나를 추모하고 싶으면 기일(忌日) 아침에 뽕잎차 한 잔을 내 영정 앞에 올려 주시오."

고인의 유지를 존중하여 날이 밝자 시신을 비선폭포 부근에 얕게 묻었다. 매일 새벽에 배코를 쳐 늘 반들반들하던 음태출의 정수리에서 가뭇가뭇한 머리카락들이 솟아나 있었다.

용재훈은 음태출의 시신 위에 검불을 덮으며 필름원본을 어디에서 찾을까 고민했다.

까~악, 과~악.

음태출의 시신을 처리하고 내려오자 비선폭포 쪽에서 까마귀 울음소리가 들려왔다. 용재훈은 귀를 쫑긋 세웠다.

크아악, 콰아악.

여느 까마귀 울음소리와는 다른 장쾌한 소리가 들렸다.

"은빛 까마귀 소리가 아닌가?"

두희송이 그렇게 말하자 용재훈이 두희송의 소매를 잡아끌었다.

"사장님, 얼른 비선폭포 쪽으로 가십시다. 거기에 은빛 까마귀가 놀고 있을지도 모르지요."

푸드드득.

까마귀 대여섯 마리가 하늘로 비상했다. 창졸간에 아득히 멀어져 그 속에 은빛 까마귀가 있는지 보이지 않았다. 새떼는 북쪽 하늘에서 까만 점 하나로 수렴돼 가뭇없이 사라졌다.

2

김시몽은 김장권을 불러 글로벌 빌리지를 정리하도록 지시했다. 김장권은 부러진 코뼈를 치료하느라 플라스틱 보호대를 쓰고 있었다. 입술주변의 부기도 여전히 가라앉지 않았다.

"글로벌 빌리지가 자네 관할에 있으니 제대로 처리해."

"무슨 뜻입니까?"

"거기엔 불온분자들이 득실거리잖아. 그러니 싹 쓸어버리자 이 말이야. 자네 코를 이렇게 만든 놈에 대해 원수도 갚고…."

"기분 같다면야 당장 그러고 싶지요. 하지만 그곳은 성공사례가 속출하는 명소로 떠오르는데요."

"체제를 뒤엎으려는 자들이 발호하면 앞으로 이 나라 장래가 걱정되네. 정보보고에 따르면 그 괴수는 전국적인 네트워크를 꾀한다고 하잖아."

"세상 많이 좋아졌습니다. 그런 녀석들이 활개 쳐도 공권력이 자유를 보장하니 …. 민주공화국 만세입니다."

김시몽은 김장권의 귓불을 가만히 잡아 당겨 말한다.

"이번 일을 잘 마무리하면 자네를 내 후계자로 지목하겠네."

김장권은 귀가 번쩍 떴다.

"예? 진심입니까?"

"자네만큼 믿을 만한 사람이 있겠는가?"

"감사합니다. 그런데 괴수마을을 싹 쓸어버리는 묘책이 없을까요?"

"내가 일일이 그것까지 가르쳐 주어야 하나?"

"통령님은 워낙 지략이 탁월하신 분이니까 …."

김시몽은 잠시 뜸을 들이더니 귓속말을 속삭인다.

"그곳은 산불이 자주 일어나는 지역 아냐? 그 특성을 잘 이용하면 …."

"예?"

"그쯤 하면 알아들어야지."

"아, 예 … 알겠습니다."

김장권은 머리를 조아리며 의미심장한 웃음을 지었다.

3

음태출이 숨긴 필름을 찾으려고 용재훈은 음태출의 집안 곳곳을 뒤졌다. 암실에 들어가 수많은 필름을 살폈으나 못 찾았다. 시현과는 연락이 되지 않는다. 그녀를 구출하려면 필름을 어서 찾아야 한다….

용재훈은 높고 견고한 벽 앞에서 한 발도 앞으로 나가지 못하는 지경이었다. 근 이틀을 잠을 거의 자지 않고 필름파일을 뒤졌다. 가희복도 그 필름의 소재에 대해서는 전혀 모르겠다고 한다.

"그렇게 중요한 증거자료라면 귀뜸이라도 해주었어야지."

가희복은 저 세상 사람이 된 음태출을 이렇게 나무랐다.

용재훈은 답답한 가슴을 달래려 혼자 매봉에 올랐다. 시현과 함께 매봉정상에 앉아 호접몽이 어떻고, 시뮬라크르가 어떠니 하고 이야기하던 장면이 떠올랐다. 그러고 보니 시현은 독사에 물린 후로는 성격이 크게 달라졌다. 용기가 넘치고 붙임성이 좋아졌다. 그 무시무시하다는 백화사의 독성분이 시현의 인체 메커니즘에 그렇게 영향을 끼쳤을까, 이런 궁금증이 생긴다.

용재훈은 빨갛고 누런 낙엽들이 지천으로 깔린 비탈길을 걸어 내려오며 시현의 손목에서 느꼈던 온기와 부드러움을 떠올렸다. 비선폭포로 왔다. 음태출 가희복 부부를 처음 만난 장소다. 당시에 만난 광경이 또렷하게 떠올랐다. 머릿속에 비디오 재생기가 있는 듯하다.

아! 저 장면…. 그때 하산을 서두를 때 그들 부부의 모습과 대화내용이 살아난다.

"땅 파고 나서 도끼는 챙기셨어요?"

"앗, 도끼를 두고 갈 뻔했군."

음태출은 눈 속에 묻힌 도끼를 찾아 배낭 옆에 끼웠다.

용재훈은 음태출이 도끼를 집어 들던 지점에 섰다.

"가만 있자… 혹시 여기에 뭘 묻어놓았나?"

용재훈의 머릿속에 섬광이 스쳐 지나갔다. 굵은 나뭇가지로 땅을

팠다.

툭!

나뭇가지가 무슨 물체와 부딪히는 소리가 들렸다. 손으로 흙을 파 보니 자개상자가 나타났다. 용재훈은 떨리는 손으로 조심스레 상자를 꺼내 열었다.

"필름!"

희뿌연 필름 3개가 들어 있었다. 피사물의 음양이 뒤바뀐 필름이었다. 용재훈은 이런 흑백필름을 처음 봤다. 사람의 머리칼은 허옇게, 얼굴은 까맣게 나타났다. 기괴한 형상이다. 흑백필름은 유명(幽冥) 세계의 분위기를 풍긴다.

필름 한 장은 가회복과 김시몽의 젊은 시절 모습을 담은 것이다. 다른 한 장은 김시몽이 홀로 선 모습이다. 이 필름들이 김시몽이 찾는 바로 그 문제의 원판이다.

나머지 한 장에는 사람 모습이 보이지 않았다. 하늘을 촬영했는지 구름 비슷한 형체가 어른거렸다. 구름 속으로 희미한 물체가 보이는 듯했다. 필름만으로는 무엇을 찍었는지 판별하기 어려웠다. 인화를 해야 알 수 있을 것 같았다.

상자 안에는 조그만 보석함도 들어 있었다. 용재훈은 그것도 조심스레 열어보았다.

"아, 목걸이 …."

펜던트와 줄, 모두 은(銀) 제품이었다. 펜던트를 자세히 살펴보니 날개를 활짝 펼친 새 모양이었다.

"은빛 까마귀?"

용재훈은 필름을 갖고 곧장 서울로 갔다. 숨을 헐떡이며 안가로 들어섰다. 홍순창이 콧잔등에 반창고를 붙인 얼굴로 용재훈을 맞았다.

"필름을 갖고 왔습니다. 통령께 직접 전달하겠습니다."

"좋아."

용재훈이 접견실로 들어가자 김시몽은 봉황무늬가 새겨진 의자에 앉아 있었다. 며칠 전 광란의 밤 흔적은 보이지 않았다. 말끔히 면도한 얼굴에서 광채가 났다. 천사의 가면을 다시 쓴 모습이다. 용재훈은 필름이 든 봉투를 김시몽 눈앞에 흔들어 보였다.

"이것입니다."

"내용물을 봐야지."

"시현 기자를 데리고 오면 드릴게요."

"어허, 의심도 많기는…."

잠시 후 시현이 나타났다. 피부가 푸석푸석했다. 목 언저리의 생채기에는 딱지가 앉았다.

"고생 많았죠?"

"통령 서재에서 책 읽는 것도 고생인가요?"

시현은 이렇게 반문하고 쾌활하게 웃었다. 벌린 입 사이로 분홍빛 목젖이 보였다. 작위적으로 과장된 제스처를 나타내는 듯했다. 용재훈을 안심시키기 위해서다.

용재훈은 김시몽에게 필름을 넘겨주었다. 김시몽은 필름 두 장을 받아 찬찬히 살폈다. 그의 손이 가볍게 떨렸다.

김시몽은 라이터 불을 켰다.

후~욱!

가녀린 바람을 일으키며 필름은 불길 속에서 사라졌다. 김시몽은 입에서 후, 하는 김을 내뿜으며 안도하는 표정을 지었다.

용재훈이 시현의 손을 잡고 떠나려 할 때 김시몽이 이들을 불러 세웠다.

"잠깐!"

김시몽은 탁자서랍에서 누런 서류봉투를 꺼내 시현에게 건넸다.

"며칠 새 일어난 일에 대해 입도 뻥긋해서는 안 돼. 더더구나 기사로 보도한다는 것은 상상조차 하지 마."

"신문사 선배들과 상의해서 처리할게요."

"국익을 위한다면 신중해야 해."

"이 봉투는 뭐예요?"

"아버지가 딸에게 주는 선물이야."

시현이 봉투를 열자 달러 현찰이 가득 들었다. 말로만 듣던 촌지봉투 였다. 시현은 순결을 유린당하는 듯한 불쾌감이 치솟았다.

팟!

시현은 봉투를 바닥에 팽개쳤다. 마찰음과 함께 돈뭉치가 흩어졌다. 100달러짜리 지폐가 김시몽의 발 주변에 어지럽게 깔렸다. 김시몽의 표 정이 다시 악마 비슷한 것으로 바뀌었다. 김시몽은 흐흐흐, 웃으며 시 현의 등을 향해 외쳤다.

"아가씨! 화대(花代) 갖고 가!"

4

신문사에 출근한 시현은 먼저 사진부에 들렀다. 용재훈에게 받은 흑 백필름 하나를 사진부 선배 손에 쥐어주며 인화를 부탁했다. 그 선배는 신문사 사진부에도 암실이 사라졌다며 자기 아버지집에 있는 개인작업 실에서 만들어오겠다고 말했다. 대(代)를 이어 사진기자로 일한단다.

시현은 선배기자 반윤식에게 며칠 사이의 악몽 같은 사건을 이야기했다.

"총격전까지 벌어졌다고?"

"제가 인질로 붙잡혔다니까요."

"며칠 전 통령이 국회 시정연설을 할 때 손가락 부상이 화제가 되었다면서요?"

"그랬었지. 영부인이 깨물었다는 소문이 돌았고….."

"제가 물었습니다. 하하하….."

"놀랍구먼."

"사실이 틀림없습니다."

"기사로 써."

시현은 〈통령 안가에서 난 총성 3발, 그 전말을 밝힌다〉라는 제목을 앞세우고 리드와 본문을 정리했다.

편집국장은 이 기사원고를 읽고 돋보기안경 다리를 입에 물었다. 어이가 없는 일을 당할 때 그가 보이는 버릇이다. 대명천지 민주주의 국가에서 이런 황당무계한 일이 일어났으리라 믿기 어려웠다. 그러나 기사가 나름대로 완결성을 갖추었고 기자가 직접 체험하고 목격했다 하니 믿지 않을 수도 없었다.

"제 목을 보세요. 칼을 썼을 때 피부가 쓸려 시퍼렇게 멍든 자국입니다. 연옥에 다녀온 기분입니다."

고위 편집회의에서 신재구 국장은 성종문 주필에게 원고를 보여주었다.

"그 수습 여기자가 쓴 기사입니다. 사실이라면 쇼킹합니다."

성종문은 A4 용지로 출력된 기사를 읽더니 점점 눈이 휘둥그레진다.

"김종률 장관이 고문을 당했다고? 이럴 수가….."

"김 장관이 최근에 서울대병원에 입원했다고 합니다. 의학담당 기자가 확인해보니 무릎골절, 인대손상 등 중상을 입었다고 하네요. 생명에는 지장이 없지만 평생 앉은뱅이로 지내야 한답니다."

"이 기사내용이 사실이라는 거요?"

"그렇습니다."

"내가 직접 김 장관에게 확인해 봐야겠어."

성종문은 그 자리에서 김종률에게 전화를 걸었다.

"입원하셨다면서요?"

"죽을 지경이오. 어떻게 아셨소?"

"저희 시현 기자가 기사를 썼기에 …."

"그래요?"

"며칠 전 심야상황, 사실입니까?"

"음 … 내가 좀 고민해보고 연락드리겠소."

주필과 편집국장이 커피를 두 잔째 마시고 있을 때 김종률에게서 전화가 왔다.

"시현 기자가 취재한 내용은 명명백백한 사실이오. 김시몽 통령은 사이코패스요. 교활함의 극치인 인간말종이오."

"듣기 난처하군요."

"성 주필, 언론인으로서 마지막 불꽃을 태우시오. 김시몽을 국민에게 고발하시오. 낭자야심이라."

"예?"

"낭자, 즉 이리 새끼란 뜻이오. 내가 이리 새끼를 잘못 키웠소."

"……."

"그 야수를 쫓아내시오. 제발!"

김종률은 단말마 같은 절규를 외쳤다. 성종문은 몸에 소름이 돋아 움찔했다.

5

"민심동향을 가감 없이 알려주십시오. 겸허하게 경청하겠습니다."

김시몽이 이처럼 정중하게 초대하니 성종문으로서는 거절할 명분을 찾기 어려웠다. 게다가 성종문은 자신의 신상문제 때문에 김시몽에게 묻고 싶은 게 있어 초청을 은근히 기다리기도 했다. 총리경질 소문이 나돌면서 경쟁신문에 '후임 총리후보로 언론계 S씨 유력'이라는 보도가 났기 때문이다. 이 S씨가 혹시 자신인지를 확인하고 싶었던 것이다.

"주필님의 명칼럼을 읽고 늘 많은 가르침을 받습니다."

김시몽은 성종문과 악수할 때 고개까지 숙이며 말했다. 성종문은 필봉으로 김시몽을 혹독하게 때린 것이 좀 미안하기도 했다. 안가 접견실에서 둘이 마주 앉아 식사를 하며 국정 전반에 걸쳐 다양한 이야기를 나누었다.

"주필님은 제가 이룬 업적이 없다고 몰아치는데 좀 억울합니다. 통일을 위한 물적, 제도적 시스템을 구축했고 문화대국으로서의 기틀을 다졌습니다. 연구개발 투자를 장려해 경제의 질적 발전을 도모했으며 공교육 정상화를 이루었지요. 사회적 약자를 위한 복지정책은 과거 어느 정권에서도 시도하지 못한 것입니다. 여러 정책들이 단기간에 가시적인 성과를 나타내지 못했을 뿐입니다. 하지만 저는 백년대계를 세웠다고 자부합니다. 후세 사가(史家)들이 훌륭한 통령으로 기록하도록 신명을 바치고 있습니다."

차분한 어조로 설명하는 김시몽의 말을 듣고 성종문은 별달리 반박을 하지 않았다. 듣고 보니 그럴 듯한 측면이 있긴 했다. 성종문은 리드미컬하게 고개를 끄덕였다. 김시몽은 이 동작을 보고 성종문이 예상과 달리 유약한 인물임을 간파했다.

"국가간에 치열한 경쟁이 벌어지는 글로벌시대가 아닙니까? 역사상 중차대한 시점이지요."

"맞습니다."

"우리나라를 반석 위에 올려놓으려면 양심적인 지식인이 국정에 참여해야 합니다. 그렇지 않습니까?"

"그렇지요."

"혹시 천거할 만한 분이 계신지요?"

김시몽은 막걸리 사발을 든 성종문의 손이 가늘게 떨리는 것을 봤다. 가슴 속 깊은 곳에 묻어둔 성종문의 욕망이 손끝으로 흘러나왔다고 짐작했다. 성종문은 뜸을 들이다가 막걸리를 마시고 술기운을 빌려 물었다.

"한 가지 확인할 게 있습니다. 후임 총리후보로 거론되는 S씨가 누굽니까?"

김시몽은 금니를 드러내며 빙그레 웃었다.

"단도직입적으로 말씀드리지요. S씨는 바로 성 주필입니다."

"예?"

김시몽은 성종문에게 손을 내밀어 악수를 청했다.

"함께 일해 봅시다."

김시몽은 힘찬 악수를 나누며 국정동참을 촉구했다. '영원한 기자'로 지내다 은퇴하려던 성종문은 근래에 신문사 사주와의 관계가 불편해지자 가끔은 용퇴를 궁리했다. 창간기념식을 마치고 오찬을 나눌 때 발행인이 한 말이 귀에 맴돌았다.

"과거에 성 주필의 칼럼은 질풍노도 같은 힘이 있었지요."

지금 칼럼은 그렇지 않다는 뜻을 넌지시 비친 것으로 들렸다. 성종문의 칼럼에 대한 세평(世評)도 실제로 그랬다. 사주는 또 이런 말도 덧

붙였다.

"진정한 군자란 자신이 물러날 때를 아는 사람이지요. 요사이 우리 신문사에도 고액 연봉자들이 우글거려 골칫거리입니다."

이래저래 눈칫밥을 먹는 것 같아 심기가 편치 않았다. 성종문은 만일의 상황에 대비하여 얼마 전엔 칼럼을 모아 《역사 앞에 떳떳한 삶》이란 제목의 책을 냈다. 베스트셀러가 되기를 은근히 기대했으나 출판기념회 때 나간 1,000부가 판매량의 거의 전부였다. 의기소침한 판국에 통령이 직접 국정참여를 제의하니 불감청(不敢請)이언정 고소원(固所願)이었다.

"신명을 바치겠습니다."

권력의 비리를 비판하며 들짐승처럼 달려들던 성종문도 총리 자리가 눈앞에 어른거리자 견마지로를 다짐하는 집짐승으로 변신했다. 김시몽은 득의만면하며 성종문의 어깨를 툭툭 쳤다.

"총리로만 끝나지 않을 거요. 잘하시면 차기 통령 자리도…."

"예?"

성종문은 자기 귀를 의심하며 김시몽을 쳐다보았다.

"며느님이 현직 검사라면서요?"

"아직 풋내기일 뿐입니다."

"얼마 전에 국세청장이 검찰에 신세를 졌다고 보고했소. 납세거부운동 때문에 골치를 앓는데 주니어 여검사가 멋진 아이디어를 냈다고요. 여담 삼아 하는 말이 그 여검사가 성 주필님의 며느님이라고…."

"그런 시시콜콜한 사항까지 보고하는 모양이지요?"

"주필님은 이 나라의 국사(國師) 같은 분 아니오? 그러니 성 주필 관련정보는 시시콜콜하지 않고 중요하지요."

"과찬에 몸 둘 바 모르겠습니다."

"며느님이 리더십도 출중하다고 들었소. 장차 훌륭한 여성정치인 재목이라고⋯."

"며늘아기가 야심을 남에게 들켰다면 하수인 셈이지요."

"시아버지, 며느리로 이어지는 정치 명문가를 이뤄보세요."

성종문은 성층권을 날아다니는 기분이 들었다. 차기 통령, 국사⋯. 정신이 혼미해질 정도였다. 잠시 후 김시몽의 공세적인 질문 때문에 화들짝 놀랐다.

"김종률 장관과 절친한 관계이지요?"

성종문은 김종률의 절규가 귀에 맴도는 차에 이 말을 들으니 속이 뜨끔했다.

"가끔 만나는 사이입니다."

"그 어른이 최근에 노망이 든 것 같소. 눈에 헛것이 보이는지 자꾸 엉뚱한 망언을 하더군요. 듣자 하니 며칠 전에 계단에서 굴러 크게 다쳤다고 하고⋯."

김시몽의 말이 옳다면 김종률이 헛소리를 한 셈이다.

김시몽은 성종문의 사발에 막걸리를 가득 따랐다.

"그건 그렇고⋯. 총리 취임하기 전에 신문사 일을 하나 처리할 게 있소."

"저희 신문사요?"

"시현 기자라고 있잖소. 저번에 개헌기사를 쓴 기자⋯. 나를 인터뷰하겠다고 접근하기에 만나주었지요. 수습기자여서 딸자식이라 생각하고⋯ 장시간 대화를 해보니 여러 모로 미심쩍은 행동을 하더군요."

"예?"

"내 입으로 말하기 민망하오만⋯ 김종률 씨와 그렇고 그런 사이인 것 같소."

"나이 차이가 얼마인데⋯."

"남녀관계란 나이가 상관없지 않아요? 두 사람이 마주치는 현장을 내가 봤소. 그 자들의 눈에서 애정의 불꽃이 튀는 걸 내 눈으로 똑똑히 확인했단 말이오."

"허허 …."

"그리고 … 그 여성의 정신상태가 조금 이상해요."

"어떤 증상이었습니까?"

"정신분열증 환자 같았소. 체계적 망상을 하는 증세가 뚜렷해요. 상상세계와 현실을 구분하지 못한다는 말이오. 국내 어딘가에 은빛 까마귀가 살고 있는데 그 신비의 까마귀를 보는 사람은 다른 차원의 삶을 누릴 수 있다는 둥 횡설수설을 늘어놓더라고요. 그러니 그 기자가 쓴 기사를 보도하면 엄청난 오보가 될 것이오. 각별히 유념하시오."

6

김장권 도지사는 최양묵 비서실장을 불렀다.

"최 실장, 언제까지나 이렇게 비서실장 자리에만 앉아있을 건가?"

"무슨 말씀입니까? 혹시 저를?"

"자를까?"

"농담이라도 그런 말씀 마세요. 하하하."

"자네, 도지사 자리에 관심이 없나?"

"깜냥이 못 됩니다. 지사님처럼 탁월한 영도력을 가진 분이 오래 하셔야죠."

"나는 자네를 내 후계자로 생각하고 있네. 팍팍 밀어주겠네. 나는 조국과 민족을 위해 더 큰 십자가를 짊어져야지."

"아, 그렇군요."

최양묵은 엊그제 김장권이 서울에 다녀온 뒤 혼자서 싱글벙글거리는 꼴을 보고 뭔가 좋은 언질을 받은 것으로 짐작했다. '더 큰 십자가'를 들먹이니 통령 후계자 내락을 받은 모양이다.

"자네 딸, 요즘도 주말마다 글로벌 빌리지에 가나?"

"물론입니다. 지금은 세밑이라 집에 와 있습니다만."

"나라를 위해 자네가 큰일을 해야 할 게 있네."

김장권은 호주머니에서 번쩍이는 금장(金裝) 라이터를 꺼내 최양묵의 손에 쥐어주었다.

"자네, 러시아어로 이걸 뭐라고 하는지 알아?"

"모르는데요."

"자쥐깔까."

"예? 설마?"

"농담이 아냐."

"자쥐깔까? 야하게 들리네요."

"흐흐."

"이것으로 뭘?"

김장권은 목소리를 낮추어 속삭였다.

"은오산으로 가서 글로벌 빌리지를 없애게."

"어떻게요?"

"어허, 도지사를 지낼 사람이 머리가 안 돌아가기는…. 그곳은 산불 빈발지역임을 알겠지? 구한말에 화전민들이 많이 살았잖아."

김장권이 한쪽 눈을 찡긋 깜빡이자 최양묵의 얼굴에 핏기가 사라진다.

"예? 아, 예."

7

사진부 선배가 시현에게 흑백사진을 넘겨주면서 감탄사를 내뱉었다.

"멋지네, 멋져! 네가 맡긴 필름을 인화한 거야. 새떼가 날아오르는 모습인데 예술사진의 극치야."

시현은 사진을 받아 들고 눈을 의심했다. 은빛 까마귀? 수십 마리 검은 까마귀 사이에 홀로 치솟아 하늘로 향해 날갯짓을 하는 하얀 새가 아련히 보였다. 그 새 위에 햇살이 강하게 내려쪼였다. 햇빛반사 때문에 은빛으로 보이는지, 진짜 은빛 까마귀인지는 분명치는 않았다.

시현은 사진을 가방에 넣고 서둘러 글로벌 빌리지로 향했다. 해가 거의 중천에 떴는데도 겨울 들녘에는 무서리가 가시지 않았다. 무서리 물방울들이 햇빛을 받아 반짝였다.

르 꼬르보 다르장에 들어가니 암브로시오, 두희송 부부, 용재훈, 가희복 등이 둘러 앉아 차를 마시고 있었다. 요 몇 달 새 가희복이 무척 노쇠해진 듯하다. '고정멤버'였던 음태출의 존재는 멤버들의 기억 속에서만 남았다.

시현은 인화한 사진을 용재훈에게 넘겼다. 용재훈은 가희복에게 필름을 발견한 경위를 털어놓았다.

"이 사진은 어르신께서 소피아 아주머니께 남긴 선물입니다."

가희복은 어리둥절한 표정을 지으며 사진을 건네받았다. 고무줄을 풀고 사진을 펼쳤다.

"아!"

사진을 본 가희복의 목에서 짧은 감탄사가 터져 나왔다. 그녀는 사진을 뚫어지게 바라보더니 흐느끼기 시작했다.

"은빛 까마귀를 보셨어. 그 순간을 촬영한 거야."

두희송은 그렇게 말하고 가희복의 어깨를 토닥였다.

용재훈은 목걸이가 든 조그만 보석함을 가희복에게 건넸다.

"땅속 상자 안에 이것도 들어 있었습니다. 어르신이 아주머니께 드리려던 또 다른 선물…."

가희복은 목걸이를 꺼내 들고 목이 메어 윽, 윽 울음소리를 냈다. 남편의 시신 앞에서도 의연했는데….

두희송이 목걸이를 가희복의 목에 걸어주었다.

"소피아 누님, 자형의 혼백이 지금 누님 모습을 보고 있을 겁니다."

두희송의 아내 전지연이 가희복의 손을 잡으며 위로했다.

"목걸이가 너무나 아름다워요. 소피아님에게 딱 어울리네요."

가희복은 눈물을 훔치며 일어섰다. 비틀거리며 벽 쪽으로 다가가 은빛 까마귀를 찍은 사진을 벽에 붙였다.

유리창으로 석양 햇빛이 들어왔다. 무수한 빛 알갱이는 폭포수처럼 사진 위로 쏟아졌다. 빛 알갱이는 힘차게 반사됐다. 물보라를 일으키며 치솟는 물방울처럼 … 날아오르는 빛 알갱이를 타고 은빛 까마귀도 비상 (飛翔) 하는 듯했다.

푸르르, 푸드드, 푸푸르르드드…

날개소리가 귓전을 때리는 듯한다.

가희복은 양팔을 머리 위로 뻗고 새 날개처럼 휘젓는다. 다리 놀림도 가뿐하다. 무중력 상태에서 우주유영을 하듯 무대 위를 빙빙 돈다. 가희복의 목에 걸린 목걸이 펜던트가 살아 움직이는 듯하다. 펜던트의 새도 원무(圓舞)에 동참한다.

가희복의 동작을 멍하니 지켜보던 전지연이 무대 위로 오른다. 전지연도 가희복과 함께 팔을 휘젓고 다리를 날렵하게 움직이며 춤을 춘다. 전지연의 입에서는 허밍이 흘러나온다. 브람스의 레퀴엠 1악장의 멜로

디다. 암브로시오는 멜로디를 따라 독일어 가사를 읊는다.

애통하는 자는 복이 있나니 저희가 위로를 받을 것이요
눈물을 흘리며 씨를 뿌리는 자는 기쁨으로 거두리로다
울며 씨를 뿌리러 나가는 자는 정녕 기쁨으로 그 단을 가지고 돌아오리로다

8

음력 설날이 다가오자 글로벌 빌리지 이용객들은 대부분 집으로 돌아
갔다.

용재훈과 시현도 각자 집에 가려고 짐을 꾸렸다.

두희송과 전지연은 서양인 신부들을 레스토랑에 모시고 설을 쇠려고
음식을 장만하고 있었다.

전지연은 떡국을 끓이려 떡을 썰다가 허리가 아파 잠시 산책을 하러
바깥으로 나왔다. 멀리 숲속에서 낯익은 남자가 어른거리더니 부리나케
자드락 쪽으로 사라진다. 수진이 아빠가 아닌가?

전지연은 콧노래를 부르며 팔을 쭉 뻗어 스트레칭을 했다. 이어 양
다리를 펴고 손바닥을 땅에 붙이는 동작을 하려 머리를 숙였다. 가랑
이 사이로 거꾸로 보이는 숲 풍경이 이상했다. 뭔가 검붉은 기운이 감
돌았다.

"저게 뭐야? 불?"

전지연은 눈을 의심했다. 산 아래에서 불길이 올라왔다. 시커먼 연기
가 치솟는다.

"불이야, 불!"

전지연은 레스토랑으로 뛰어들면서 고함을 쳤다. 두희송은 주방에 있다가 그 소리를 듣고 문을 박차고 홀 쪽으로 나왔다. 용재훈과 시현도 짐을 싸다 말고 뛰쳐나왔다.

불덩어리가 무서운 속도로 달려오고 있었다. 열기가 후끈 느껴졌다.

"얼른 은오산 쪽으로 대피해!"

두희송이 큰 목소리로 재촉했다. 두희송과 전지연은 내실로 들어가 현금만 챙겨서 황급히 바깥으로 내달렸다. 시현은 노트북이 든 작은 배낭만 메고 뛰었다.

레스토랑 옆 숙소에 묵는 서양인 신부들을 대피시키려 두희송과 용재훈이 숙소 안으로 들어갔다. 가희복도 뒤따랐다.

"암브로시오 신부님은 지금 지하 기도실에 계시는 시간이야. 내가 가서 모셔올 테니 베드로 너는 다른 신부님들을 모시고 나와."

"누님, 얼른 나오셔야 합니다."

두희송은 방마다 문을 두드려 신부들을 피신시켰다. 용재훈은 노환을 앓는 신부들을 차례로 업고 나왔다.

가희복이 지하 1층 기도실 문을 열자 암브로시오는 무릎을 꿇고 홀로 묵상에 잠겨 있었다.

"신부님, 산에 불이 났어요. 얼른 대피하세요."

"또 불이 났다고?"

가희복은 암브로시오의 손을 힘껏 끌어 기도실 바깥으로 나왔다. 고무가 타는 매캐한 냄새가 지하 복도에 그득했다. 뿌연 연기 탓에 눈앞이 보이지 않았다.

"쿨럭, 쿨럭…."

가희복과 암브로시오는 기침을 하며 지상으로 올라가는 계단으로 다가갔다. 농무(濃霧) 같은 연기가 이들의 머리 위를 덮었다.

쾅!

화염에 휩싸인 지상 건물이 무너지는 소리에 이어 시뻘건 불길이 계단을 타고 내려왔다. 지상으로 올라가는 길이 차단됐다.

"소피아, 이승에서의 마지막 미사를 올려야겠어."

"아, 신부님⋯."

암브로시오는 기도실로 다시 돌아가 어둠 속에 손을 더듬어 성유(聖油)와 성체를 찾았다. 소피아는 암브로시오 앞에 무릎을 꿇고 두 손을 모았다. 암브로시오는 소피아의 얼굴에 성유를 발랐다. 천주교에서 병자에게 행하는 병자성사 의식이다. 부활할 때 깨끗한 육체로 나타나라고 축원하는 의미이다. 이어 암브로시오는 소피아에게 노자(路資) 성체, 즉 죽기 전의 마지막 성체를 입에 넣어 주었다. 신부는 자신도 성체를 하나 머금고 최후의 기도를 했다.

내 살을 먹고 내 피를 마시는 사람은 영원한 생명을 누릴 것이며 내가 마지막 날에 그를 살리리라.

9

타, 타탁, 타타탁⋯.

숲에 불길이 번지면서 나뭇가지가 타는 소리가 울려 퍼진다. 너럭바위 위에 잔돌을 던지는 소리처럼 들린다. 열기가 산등성마루에까지 올라온다. 단풍나무, 구상나무, 자작나무 등 지천으로 깔린 나무들이 곧 잿더미로 변하리라. 화마(火魔)가 산 정상 쪽으로 올라오는 기세가 쓰나미 같다. 두희송은 일행을 다그쳤다.

"불보다 빨리 움직여야 안 죽는다!"

두희송 일행은 비선폭포 쪽으로 대피했다. 서양인 신부 5명과 베트남어 강사 구엔 반 라옹, 응 팍투 등도 동행했다. 신부들은 암브로시오가 보이지 않자 내내 기도를 하며 발걸음을 옮겼다. 베트남의 '보트 피플' 출신인 구엔 반 라옹은 일흔 나이 평생에 전쟁이나 재난으로 급히 몸을 피한 경험이 일곱 번이나 있었다고 밝혔다. 이번이 여덟 번째란다.

전지연은 아까 숲속에서 얼쩡거리는 남자가 불을 저지르지 않았나 하고 골똘히 유추했다. 그 남자가 서 있던 곳이 발화지점이었다. 전지연은 산길을 올라가며 남편에게 그 사실을 털어놓았다.

"불이 처음 났던 곳에 어떤 남자가 서 있었어. 얼굴을 마주치니까 후닥닥 달아나데."

"인상착의는?"

"수진이 아빠를 닮았어. 내게 노래를 배운 최수진 ⋯."

"최양묵 실장?"

"그런 것 같아."

"그놈의 최 실장이 고의로 불을 지르지 않았을까?"

"내 느낌엔 그래."

"음모가 개입됐음이 틀림없어. 야비한 놈들 ⋯."

화가 날 때마다 다트 던지는 동작을 하는 두희송은 오른팔을 들어 올려 빠른 속도로 앞으로 뻗었다.

"으윽."

두희송은 격심한 통증 때문에 눈을 질끈 감았다. 팔회목 부상이 아직 낫지 않은 탓이다. 발목도 여전히 시큰거린다.

용재훈은 다리를 크게 벌리고 엉거주춤한 자세로 걸었다. 허벅지 화상이 완쾌되지 않아 보행이 불편한 상태다. 아까 신부들을 업고 나올 때는 워낙 위급해서인지 통증을 느끼지 못했다. 가파른 된비알을 오를 때는 시현이 용재훈의 손을 잡고 이끌어주었다.

일행이 비선폭포에 도착했을 때다. 아득한 하늘에 적란운이 보이더니 이내 진눈깨비가 내리기 시작했다. 일행은 너럭바위에 나란히 앉아 산 아래 글로벌 빌리지가 불타는 광경을 지켜봤다. 시커먼 연기가 계속 올라왔고 건물은 형체도 없이 사라졌다.

"흐흐, 흐흐흐…."

두회송이 웃음인지 울음인지 모를 야릇한 소리를 냈다. 얼굴은 검댕이투성이다. 전지연이 손수건을 꺼내 남편의 얼굴을 닦아주며 용기를 북돋웠다.

"힘내요. 당신은 사하라를 건넌 용사잖아."

"그, 그렇지. 고마워."

두회송은 실눈을 떠서 글로벌 빌리지 쪽을 쳐다보며 중얼거린다.

"이제 새로운 삶의 출발선에 섰군. 과거는 인풋의 일상이었지만 미래는 아웃풋의 생활이야."

두회송이 이 말을 하고 뜸을 들이자 전지연이 남편의 무릎을 톡 건드리며 묻는다.

"인풋, 아웃풋이라니 … 앞으로 어떻게 하겠다는 거야?"

"필생의 목표를 시도해야지. 나의 체험, 고뇌, 정념을 오롯이 담은 장편소설을 쓰겠어. 권력자의 음험한 실체를 들추어내고 거대한 욕망에 사로잡힌 인간군상의 내면세계를 파헤치겠어. 싱싱한 생명을 추구하는 아름다운 사람들의 열정도 소개할 것이야. 지금까지 축적한 에너지를 활용해 작품을 산출하겠어."

"멋진데! 당신 일생이 너무 파란만장해서 여러 권을 써야 할 걸?"

302

"차근차근 한 권씩 …. 한글, 영어, 불어로 동시에 쓸 거야."

전지연의 얼굴에 옅은 화색이 감돌았다.

"맨 처음 쓰고 싶은 작품은?"

"여기 은오산에 얽힌 이야기 …."

"그럼 나도 작중인물로 나오겠네?"

"당연하지. 영혼의 목소리로 노래 부르는 가수로 그려줄게."

"첫 작품 제목은 〈은빛 까마귀〉로 하면 되겠네?"

"좋지."

습기를 머금은 돌개바람이 갑자기 몰아친다. 두희송은 두 팔을 벌려 오들오들 떠는 전지연의 몸을 감쌌다. 전지연은 콧소리가 든 목소리로 남편에게 속삭였다.

"당신도 노벨문학상에 도전해 봐."

"그러면 나도 김시몽 같은 개불상놈이 되게? 사르트르처럼 수상을 거부하는 배짱이 있어야지. 문학상 받으려고 글을 쓰는 글쟁이는 문학을 모독하는 거야."

"그래도 주겠다는 문학상을 뿌리치지는 마. 상금이 아깝잖아. 사르트르 선생도 훗날 상금을 놓친 것이 안타까웠다고 농반진반으로 말했다잖아."

"알았어. 암튼 한국인이 겪는 분단고통은 세계사적으로 매우 큰 의미가 있지. 이를 멋지게 형상화하면 불멸의 작품을 쓸 수 있어. 차우체스쿠 독재체제를 비판한 루마니아 출신 작가 헤르타 밀러도 노벨문학상을 받았지."

"우리, 이제는 레스토랑 사업은 접어야겠네. 당신이 팔을 다쳐 험한 주방 일도 못할 거고."

"뭘 먹고 살지?"

"내가 뮤지컬 무대에 서면 돼. 자신 있어."

이들 부부의 대화를 듣던 용재훈과 시현도 미래에 대해 이야기했다. 이들도 이제는 말을 트는 사이가 됐다.

"수습 때 이렇게 활약했으니 정식기자가 되면 대단하겠네?"

"기자는 기사로 말해야지. 이번 사건은 아직 보도되지도 않았잖아. '활약'했다니 낯 뜨겁네."

"맹활약하겠지."

"김시몽과의 대결은 아직 워밍업단계에 불과해. 앞으로 건곤일척 싸움을 벌여야 할 거야."

시현의 결기에 용재훈은 전율을 느꼈다.

"은오산은 누가 지키지?"

시현이 이렇게 묻자 용재훈은 침묵을 지키더니 입술을 꼼지락거린다.

"내가 저 잿더미에 초목을 가꾸고 싶어. 새로 집도 짓고. 소피아 님이 집필하던 《신 동의보감》을 내가 마무리하고 싶어. 물론 오랜 세월을 구도(求道)하는 자세로 정진해야겠지."

"휴가철마다 들를게."

"바쁜 기자가 휴가는 찾을 수 있으려나?"

투, 투투, 투투둑….

진눈깨비 입자가 굵어지면서 바위에 부딪히는 소리도 뭉툭해졌다. 산기슭에 진눈깨비가 쏟아져 불길이 잡힌다. 검은 연기가 하얀색으로 바뀌어 하늘로 솟아오른다. 연기는 생명체 같다. 달리고, 춤추고, 어깻짓을 한다. 하늘 수영장에서 헤엄을 친다. 물고기가 되고 인어로 변신한다.

"어! 저게 뭐야?"

용재훈이 시현의 손을 잡고 산기슭을 가리킨다.

"저럴 수가….."

시현의 날카로운 목소리를 들은 두희송과 전지연도 글로벌 빌리지를 바라본다.

알바트로스!

연기뭉치가 치솟으며 거대한 신천옹(信天翁) 모양으로 환생했다. 새는 광대한 날개를 천천히 움직이며 천상으로 날아간다.

새가 가는 방향으로 하늘이 밝아오면서 석양이 비친다. 무수한 햇빛 알갱이들이 새 몸뚱이를 감싼다.

새는 승천(昇天)을 위해 마지막 힘찬 날갯짓을 한다. 시현과 용재훈이 거의 동시에 입술을 움직인다.

"은빛 까마귀!"

10

시현은 기사를 정리했다. 화재기사는 처음 써본다. 6하 원칙에 따라 쓰기가 쉽지 않았다. 쓰고 고치기를 반복한 끝에 겨우 완성했다. 감정을 억제하려 애썼지만 눈물이 펑펑 흘러나왔다.

17일 오후 2시쯤 은오산 기슭 '글로벌 빌리지'에서 불이 나 임야 10만 평방미터와 건물 5채를 태우고 5시간 만에 꺼졌다. 이 불로 벨기에인 암브로시오 신부와 인근 주민 가희복 씨 등 2명이 숨지고 7명이 다치는 등 인명 피해가 있었다. 불길이 번져나가던 때마침 진눈깨비가 내려 자연스레 꺼졌다.

불을 처음 본 주민 전지연 씨는 "설날 음식을 준비하다 바깥에 나왔다가 산 아래에서 불길이 치솟는 것을 봤다"면서 "발화지점에서 남자 하나가 서성이다 황급히 도망갔다"고 말했다.

전씨의 남편인 두희송 씨는 "습도가 높던 때라 자연발화 산불은 아닌 듯하고 방화로 의심된다"면서, "30년 전에도 이곳에서 불이 나 마을이 몽땅 불 탄 적이 있다"고 밝혔다. 과거 화재 당시에 이곳에서 청년시절의 김시몽 통령이 기거했다. 이번 화재로 숨진 가희복 씨의 남편 음태출 씨는 "김시몽 통령이 30년 전 화재의 방화범이라는 물적 증거가 있다"고 주장한 바 있다. 음씨는 통령 안가에 납치돼 총격을 받아 그 후유증으로 사망했다.

숨진 암브로시오 신부는 한국전쟁 때 온 종군 사제로 지금까지 적극적으로 구빈 활동을 펼친 '빈자의 성자'였다. 그는 최근에는 글로벌 빌리지에서 청소년과 직장인들을 대상으로 외국어 학습을 통한 의사소통 확장 프로그램을 지도했다.

한편 은오산(銀烏山)에는 '은빛 까마귀'가 산다는 전설이 전해진다. 은오산의 정기를 품은 이 신비스런 까마귀를 보는 사람은 까마귀 등에 업혀 천상세계로 가거나 지상에서 대업을 이룬다는 것이다. 김시몽 통령은 본보 기자와의 단독 인터뷰에서 "내가 은빛 까마귀를 목격했다"고 주장했다.

시현은 설날 연휴를 마치고 받아 본 신문에서 다음과 같은 짤막한 1단 기사를 읽었다.

17일 오후 2시쯤 백두대간 산지에서 불이 나 임야 10만 평방미터와 건물 5체를 태우고 5시간 만에 꺼졌다. 이 불로 주민 2명이 숨지고 7명이 다치는 등 인명 피해도 있었다. 경찰은 이 지역이 산불 다발지역이어서 자연발생적인 산불로 추정하고 정확한 화인을 조사중이다.

은오산이라는 지명이 들어가지 않았다. 혹시나 하여 인터넷 검색 사이트에 들어가 '은오산'이란 단어를 쳤더니 뜨지 않았다. 금오산(金烏

山)은 여전히 있는데 … 빅브라더 같은 권력의 실체가 은오산의 존재를 완전히 지웠다는 느낌이 왔다.

시현은 선배기자들이 커피자판기 앞에서 삼삼오오 모여 심각한 표정으로 이야기하는 모습을 봤다. 반윤식이 그 가운데 서 있었다. 가까이 다가가 엿들어보니 다른 선배들이 반윤식을 설득하는 말을 했다.

"네가 사표 내고 나가면 우리는 어떻게 하라고?"

"내공을 더 쌓아야지요."

"지금 내공도 충분해."

"멘티 수습기자를 볼 면목이 없습니다."

시현은 자기 때문에 반윤식 선배가 사직한다는 이야기를 듣자 머리가 멍해졌다. 자리에 돌아와 말없이 한동안 앉아 있었다. 휴대전화가 드르륵 울렸다. 김종률의 전화였다.

"내가 입원한 서울대 병원에 올 수 있겠소?"

"죄송합니다. 문병도 못 가서 …."

"문병이 아니라 취재하러 와야 하오."

"무슨 일인가요?"

"방금 홍순창이가 다녀갔소. 나를 정신병동에 집어넣을 공작을 꾸미는 모양이오."

"김시몽 … 가증스런 인간이군요. 그자를 정신병동에 넣어야 하는데…."

"내가 퀵서비스로 보낸 물건, 받으셨소?"

"못 받았는데요. 뭔데요?"

"역사 앞에 사죄하는 뜻에서 보낸 거요. 잘 간직했다가 요긴하게 사용하시오."

시현이 김종률과 통화를 끝내자 스파이더맨 옷차림의 퀵서비스 배달원이 찾아왔다. 작은 상자였다. 뚜껑을 연 시현은 작은 비명을 질렀다.

"헉!"

권총이었다. 김종률은 김시몽에게서 되돌려 받은 권총을 시현에게 준 것이다. 시현은 배낭 밑바닥에 권총을 놓고 그 위에 스카프를 덮었다.

시현은 김시몽과 다시 승부를 벌일 각오를 다졌다. 휴대전화가 또 울렸다. 발신인 이름 대신 번호가 뜨는 것으로 보아 잘 모르는 사람인 것 같다.

"글로벌 빌리지에 있던 이용우입니다."

"이용우?"

"베트남 이름으로 응 팍투, 라이 따이한 말입니다."

"부모님과 함께 찍은 사진을 몸에 지닌 분?"

"예."

"무슨 일이에요?"

"꿈에 그리던 아버지를 찾았습니다."

이용우는 그렇게 말하고는 흐느꼈다. 말을 잇지 못했다. 무슨 사연이 있나 싶어 시현은 전화를 끊지 않고 기다렸다.

"저희 모자를 버리고 간 아버지가 한편으로는 원망스러웠죠. 하지만 모든 것을 이해하게 됐답니다."

"어떻게요?"

"며칠 전 베트남전 참전용사협회에서 긴급히 연락이 와서 아버지를 상봉했지요. 아버지는 고엽제 후유증으로 별세 직전이었습니다. 아버지는 울면서 저에게 용서를 구하더군요. 아버지의 손에도 저희 가족사진이 쥐어져 있었습니다. 아버지는 제 손을 꼭 잡고 영원히 눈을 감았습니다."

이용우는 더 이상 말을 잇지 못하고 전화를 끊었다. 조금 있다가 이용우는 문자 메시지를 보내왔다.

고엽제 피해자에 대해 취재 보도해 주세요.

반윤식이 다가와 싱긋 웃는다.
"칼국수 먹으러 가지."
"예. 제가 쏠게요."
엘리베이터에 반윤식과 시현 둘만이 탔다.
"좋은 계획 있으세요?"
"독립 저널리스트로 활동할까 해."
"인터넷을 매체로요?"
"그렇지. 그것과 함께 호흡이 긴 글을 써서 책으로도 내고 싶어. 신문기자는 하루하루 쫓기다 보니 탐사보도에 취약하잖아."
신문사 문을 나서는데 시현의 휴대전화가 울린다. 최수진이다.
"언니, 나 '미스 사이공' 오디션에 합격했어요. 최연소 합격자래요."
"축하해. 공연은 언제야?"
"6개월 후에요. 그때 초청할게요."
"참, 그리고 요즘 너희 아빠는 어떻게 지내셔?"
"좀 이상해요. 거울 앞에 서서 연설연습을 시작했어요."
칼국수집으로 걸어가는데 시현의 휴대전화가 다시 딩동거린다. 국제전화다.
"여기 런던인데요, 저 피예나예요, 기억나세요?"
"피예나? 아… 바이올린 천재 소녀?"
"천재라뇨? 호호호… 노력하는 범재죠."
"런던에서 웬일이에요?"

"공쿠르에서 우승했어요. 맨 먼저 언니에게 알려드려요."

"우승? 아… 축하드려요."

"귀국하면 뵙고 싶네요."

"제가 신문기자가 됐어요. 이번엔 정식 인터뷰를 하는 거예요. 약속 하시겠어요?"

"물론입니다."

피예나의 쾌거 소식에 시현은 눈시울이 뜨거워졌다.

시현이 칼국수를 한 젓가락 먹으려 할 때 휴대전화가 또 진동한다. 아버지다.

"현이냐? 설날에 집에 왜 안 왔어?"

"수습기자에게 설날이 어디 있겠어요?"

"정초부터 이런 말을 해서 답답하다마는…. 연말에 암행 감찰반에 걸렸어. 한과세트 안에 든 상품권 때문이야."

"돌려주면 될 것 아니에요?"

"아무래도 함정에 걸린 것 같아. 차 트렁크에 선물을 넣으려 하는 순 간 감찰요원이 덮쳤어. 김장권이가 나를 쫓아내려고 공작을 꾸몄음에 틀림없어."

"곧 정년퇴직할 때 됐으니 미련 갖지 마시고 명퇴하세요."

"그래야겠지? 그래도 내가 박사학위라도 가졌으니 대학강의는 맡을 수 있겠지?"

"그럼요. 박사님…."

시현은 반윤식 앞에서 아버지와 그런 대화를 하려니 창피했다. 서둘 러 전화를 끊었다.

또 전화기가 부르르 떤다. 문자 메시지가 떴다. 용재훈이 보냈다.

어머니 모시고 은오산 가서 살기로 결정함.
시현 기자님 맹활약 기대. 은빛 까마귀 …

작가의 말

신문기자로 27년간 일했다.

직업 특성상 별별 인물을 만났다. 노숙자, 전쟁난민, 살인강도범 등 '막장 인생'부터 노벨상 수상자, 여러 나라 대통령, 대기업 총수 등 꿈을 이룬 '성공인'까지 ….

온갖 현장을 다니는 것도 기자활동의 특징이다. 포성(砲聲)이 진동하는 걸프전쟁터, 두터운 시멘트장벽이 무너지는 베를린, 서울올림픽과 한일 월드컵의 화려한 개막식 등 ….

이때저때 접촉한 인간 군상(群像)이 눈앞에 명멸한다. 나는 그들의 목소리를 들은 대로 전달해야 했다. '리포터'의 사명이다.

노회(老獪)한 취재원은 자신에게 유리한 말만 내뱉는다. 거짓말쟁이는 기자에게도 천연덕스럽게 거짓말을 한다. 이 왜곡된 진술이 '사실'이라는 허울을 쓰고 보도된다. 진실과는 어긋난다.

이게 어찌 언론보도에서만 나타나는 현상이랴. 법정에서 난무하는 피고인, 변호인, 검찰관의 발언에서 진실은 과연 몇 퍼센트나 될까. 사랑고백조차 액면대로 믿을 수 있을까. 신앙간증은 착각 또는 과장의 산물이 아닐까.

인간은 자신만의 내밀(內密)한 심리(心裏)를 감추는 데 익숙하다. 이 내면세계를 파헤쳐 진실을 밝히는 것은 문학의 영역이다. 특히 소설이 그렇다.

소설가 밀란 쿤데라가 쓴 《커튼》이란 소설론에 이런 대목이 나온다.

"이 세상에는 인간이 보고 읽고 느끼는 모든 존재 앞에 마법의 커튼이 쳐져 있다."

사람들은 커튼 너머에 있는 진실을 보지 못하고 커튼 위에 장식된 자수(刺繡)만 본다는 것이다. 훌륭한 소설은 그 커튼을 걷고 진실을 보여준다고 한다.

문학사회학자 뤼시앵 골드만은 "소설은 타락한 세계에서 진정한 가치를 추구하는 이야기"라고 역설했다.

어떤가. 쿤데라와 골드만의 소설관(觀)을 들으면 소설창작이 매우 의미 있는 활동임을 알 수 있지 않은가. 명작짓기를 위해서라면 영육(靈肉)을 바칠 만하지 않나. 표면을 더듬는 '리포터' 차원을 넘어 심연(深淵), 근원(根源)을 파헤치는 탐험에 나서고 싶지 않은가. 이런 '타는 목마름' 때문에 나는 소설을 쓰기로 결심했다.

기자의 영역이 공맹(孔孟)의 정원(庭園)이라면 소설가의 공간은 노장(老莊)의 광야(曠野) 아니겠는가. 나는 기꺼이 그 거친 들판을 달리리라.

한국에서는 흔히 진실을 감추려 거짓말을 하는 것을 '소설 쓴다'고 표현한다. 국회에서도 거짓 증언을 하는 발언자에 대해 "소설 쓰지 말라"고 반박한다. 이 논리가 맞는다면 '소설가는 거짓말 꾸미기를 직업으로 삼는 이'가 되겠다. 하지만 이는 진실을 추구하는 소설 본연의 가치를 모르고 하는 실언이다. 물론 말초적인 흥미만을 좇는 싸구려 이야기책이 소설로 분류되면 그런 오해가 나올 만도 하다.

소설은 '가공(架空)의 진실'이라 불린다. 노벨문학상 수상작가 알렉산드르 솔제니친(1918~2008)의 대표작 《수용소 군도》가 소련 당국의 어떤 공식자료보다도 소련의 진면목을 더 정확하게 보여주지 않았을까. 박경리(朴景利, 1926~2008) 선생의 대하(大河) 민족소설 《토지》가 다룬 100여 년간의 한반도 근·현대사는 어느 사료에 못잖게 시대상을 제대로 반영하지 않았는가.

청년시절에 이병주(李炳注, 1921~1992) 선생의 소설을 읽고 압도당한 적이 있다. 장대한 스케일, 웅혼(雄渾)한 문장, 흥미진진한 스토리에 매료됐다. 그의 대표작 《산하(山河)》에 나오는 '태양에 바래지면 역사가 되고 월광(月光)에 물들면 신화가 된다'는 경구(警句)는 문학 문외한인 나에게도 문학의 힘을 일깨워주었다. 언론인으로도 필명을 날린 선생을 사숙(私淑)했다.

2년 전 경남 하동에 있는 '이병주문학관'을 방문했을 때 묘한 체험을 했다. "어디 멋진 소설 없소?"라는 선생의 우렁찬 목소리가 들렸다. 환청이었겠지만…. 선생의 질문에 화답하고 싶었다. '멋지지 않을 수도 있는' 소설 《은빛 까마귀》는 선생에 대한 나의 작은 오마주(hommage)이다.

감각적인 묘사가 두드러지는 내적 독백류 사소설(私小說)이 요즘 대세를 이룬다. 이와는 달리 속도감 있는 내러티브 위주의 이 작품은 기존 소설에 익숙한 독자에게는 생소할지 모르겠다.

이 소설에는 수습 여기자, 대통령, 외인부대 출신 레스토랑 주인, 도지사, 전직 장관, 서양인 신부 등 저마다 돋보이는 개성으로 치열하게 살아가는 다양한 인물이 등장한다. 이들은 내가 언론인 생활에서 만난 숱한 취재원의 분신이다. 이 '아바타'는 현실에서는 감추었던 속내를 소설에서는 훌훌 털어놓는다.

장기집권 야욕을 불태우는 현직 대통령, 목숨을 걸고 그의 권모술수를 캐려는 애송이 여기자 …. 이들 사이에 벌어지는 숨 막히는 '육탄(肉彈) 대결'을 독자께서는 느긋하게 감상하시기를.

2010년 7월
고승철 머리 숙임

실명소설

태평양의
바람

김동익 지음

서울역 쓰리꾼에서 미국 백악관 정보분석관이 되기까지,
임성래의 파란만장한 일생을 통해 읽는 한국 현대사 60여 년

원로언론인 김동익이 본격취재한 실명소설 《태평양의 바람》은 한국 현대사
의 모질고 거친 궤적을 두 발로 직접 밟은 '임성래'(스티브 임)의 고백을 뼈대
로 한 팩션(Faction)이다. 세계 2차 대전과 해방, 한국전쟁, 4·19와 5·16, 베트
남전쟁, 김대중 납치사건, 박정희와 핵개발…. 6·25로 고아가 된 임성래는
시대를 묶는 굵직한 매듭의 틈새에서 서울역 쓰리꾼으로, 미공군 하우스보이
로, 미군장교의 양자로, 베트콩 포로로 전전한다. 그러나 특유의 투지와 끈기
로 하버드 대학에 입학한 뒤 세계적 석학들로부터 재능을 인정받고, 후에 미
국 백악관 중국전문 연구원이 된다. · 신국판 변형 · 값 10,000원

나남
nanam Tel : 031)955-4600
www.nanam.net